지석영 평전 - 빛과 어둠을 살다 간 근대 과학자

한국의 과학자 시리즈

지석영 평전 - 빛과 어둠을 살다 간 근대 과학자

초판 1쇄 2024년 10월 31일
지은이 김현주
편집주간 김종성
편집장 이상기
펴낸이 윤정환
펴낸곳 과학과 이성
등록 2023년 9월 11일 제 2023-000102호
주소 서울특별시 종로구 창경궁로16길 70 12층 1205호
전자주소 birambooks@daum.net

ⓒ 김현주 2024, Printed in Korea.

ISBN 979-11-985028-1-0 43810

값 15,000원

| 한국의 과학자 시리즈 |

지석영 평전
빛과 어둠을 살다 간 근대 과학자

김현주 지음

과학과이성

차례

머리말   7

제1장 역병 천연두를 없애라   11
  1. 한의사 집안에서 태어나다   13
  2. 개항, 강제적 경제 침탈   16
  3. 천연두 바이러스, 조선에 착륙하다   21
  4. 종두법을 배우다   32
  5. 조선에게 『조선책략』이란   35
  6. 임오군란이 불러들인 외세와 개화 정책   42
  7. 갑신정변으로 개화파 몰락하다   51
  8. 『종두신설』 저술하다   60

제2장 정치적 세력 다툼 속에서   85
  1. 갑신정변 이후 정치 상황   87
  2. 전염병의 재유행   115
  3. 동학 농민군의 봉기와 갑오개혁   120

4. 전하께서는 깊이 살피소서　　　　　　　124

제3장 동학 토포사로 임명을 받다　　　　141
　1. 고종, 동학 농민군 봉기에 외세를 끌어들이다
　　　　　　　　　　　　　　　　　　　　143
　2. 을미사변과 을미개혁, 그리고 을미의병　　150

제4장 근대 의학의 꿈을 이루다　　　　　　161
　1. 춘생문 사건과 아관 파천　　　　　　　　163
　2. 고종이 러시아 공사관에 거주했던 동안　　167
　3. 지석영을 10년 유배형에 처하라　　　　　177
　4. 의학교를 설립하다　　　　　　　　　　　184

제5장 러일 전쟁의 혼란 속에서　　　　　　197
　1. 근대로 향하는 대한 제국의 지식층　　　　199
　2. 망국의 위기는 관료층에서부터　　　　　　203

3. 두 차례의 전쟁으로 매독이 성행하다　　212
　4. 의학교에서 국문 연구소로　　220
　5. 일본의 야욕　　227
　6. 폐하께서 두려워하실 것이 과연 무엇입니까　　239
　7. 국문 연구를 통한 지석영의 애국　　245
　8. 감염병의 대유행과 대한 제국 의사들　　258
　9. 한국인의 대대적인 이민이 시작되다　　264

제6장 식민의 시대를 살다　　269
　1. 안중근, 이토 히로부미, 지석영　　271
　2. 한일 합방으로 친일파가 득세하다　　277
　3. 개화의 어둠 속에서　　284
　4. 조선의 독립과 근대화를 꿈꾸며　　289

『지석영 평전』 해설　　297
지석영 연보　　305
『지석영 평전』을 전후한 한국사 연표　　314
참고 문헌　　317

머리말

현대를 사는 우리에게 닥친 가장 큰 재앙은 바이러스로 인한 팬데믹 상황이다. 전 세계에 죽음의 공포를 가져온 바이러스는 기후 변화로 인해 다변화하면서 세력을 확장할 것이고, 끝없이 변해가는 바이러스의 변이에 우리는 그때마다 새로운 백신과 방역으로 대응해야만 한다. 핸드폰으로 백신 접종을 확인하고 마스크 착용이 필수적이었던 지난해, 지석영 선생에 대해 글을 써보는 게 어떻겠냐는 제의를 받았다.

천연두 바이러스를 이 땅에서 몰아내기 위해 평생을 헌신한 의학자 지석영. 코로나19가 전 세계를 휩쓸고 있는 상황에서 맞닥뜨린 이 작업은 의미 있는 일이라 생각했으나 시작이 어려웠다. 자료를 찾던 중에 '친일파 지석영은 개화기를 빛낸 과학자에서 제외되었다.'는 기사를 접했다. 평전에서 가장 중요한 것은 한 시대를 살다 간 인물의 사상과 행적이다. 고민이 깊었다. 친일파란 무엇인가, 친일과 반일의 사이 지석영은 어디에 있었는가. 이 자리매김이 명백히 정해지지 않는다면 근대 의학자 지석영은 현재는 물론 앞으로도 제대로 된 평가를 받지 못할 것만 같았다.

여러 서적과 자료들을 찾아 읽으면서 선생의 행적을 추적해 나갔다. 개항부터 일제 강점기를 살다 간 삶은 친일로 판단하기 이전의 것이어야 했다. 개항기에 물밀듯 몰려온 감염병 천연두와 여러 전염병을 예방하기 위해 고군분투했던 업적은 가장 귀한 것이었다.

지석영은 권력과 부를 위해 친일을 지향하지는 않았으나, 의학자로서 친일 세력과 함께 그 시대를 호흡할 수밖에 없었다. 선생은 결코 평범할 수 없었던 생을, 개화를 꿈꾼 근대인으로 살면서 자신의 길을 갔을 뿐이다. 그러나 그 생애는 친일파로 부정당했고 현대사(現代史)가 평가한 역사의 페이지 속에 묻혀 있다. 암울한 시대 한일 합방 전까지 독립협회 활동과 각종 사회단체의 임원으로 활동하면서 자강 독립에 힘을 쏟았던 선생의 삶을 돌이켜 볼 때, 명명백백한 친일파라고 규정지어 버린 것은 몹시 안타까운 일이다.

이제 지석영 선생의 다양했던 삶의 궤적과 사상을 재평가해야 할 때가 되었다. 개화기에 가장 무섭고 치명적인 바이러스는 천연두였고, 천연두로 인한 죽음에서 그 어떤 누구도 자유롭지 못했다. 백신이 개발되었다고 해도 국가의 제도가 받침이 되지 않으면 죄인이 되어버린 예가 허다했다. 임오군란 이전부터 왕실이 인정한 '종두소'를 열어 우두법을 시행했고, 숱한 역경에도 불구하고 우두법 보급을 국가 차원으로 끌어 올렸던 단 한 사람 지석영. '천연두 바이러스'를 퇴치하기 위해 일신의 안녕을 돌보지 않았던 선생을 더욱 심층적이고 객관적인 시각으로 들여다보아야 한다. 개화사상가이며 근대 과학자 지석영은 망국의 시대에 영광과 숱한 오욕을 넘나들면서 의학자와 국둔 연구가의 길을 걸었다. 이 결론을 얻기까지 오랜 숙고의 시간을 거쳤다.

이 평전은 대한 의사 학회에서 발간한 전기 『송촌 지석영』에서 선생의 일생과 저서, 상소문의 내용을 옮겨 현대문으로 수정해서 서술하였다. 또한 우리나라 근대사는 『고종과 메이지 시대』를 참고해 편년체의 방법을 적용했다. 이는 지석영 선생의 일생이 개화기로부터 시작된 근대의 역사이기 때문이다. 이로써 평전에서 필수적인 역사의 사실적 기록과 시대성, 정치적 상황에서의 인물 관계성에 정확한 골격을 세울 수 있었다. 선생의 삶이 종두법에서 시작된 것이라는 것이 이 평전의 가장 큰 핵심이라고 본다. 우리나라 천연두의 역사와 저서·자료 등은 『감염병과 인문학』, 『호열자, 한국을 습격하다』에서 전문적인 내용을 참고해서 평전에 바르게 서술할 수 있었다. 그 외 각종 에피소드와 세밀한 자료는 『제국의 황혼』 등을 참고·요약하였음을 밝힌다.

이 평전을 탈고하면서 부끄러움을 느끼지 않을 수 없었다. 지석영 선생의 삶에 대한 탐구도 턱없이 부족했으며, 선생이 겪어내야 했던 정치적·인간적 갈등에는 더욱 접근하기 어려웠기 때문이다. 다만 격동의 근대기를 살았던 선생의 종두법 보급과 국문 연구에 관한 열정과 진실을 찾기 위해 성심을 다해 노력했을 뿐이다.

2024년 2월 1일
김현주

제1장 역병 천연두를 없애라

1. 한의사 집안에서 태어나다

지석영(池錫永)은 1855년(철종 6년) 5월 15일 한성 중서훈동1 12통 9호에서 한의사 지익룡과 어머니 경주 이씨 사이에서 넷째 아들로 태어났다. 지석영이 태어난 해, 조선은 안동 김씨의 포악한 세도 정치2로 관리들의 부패가 극심했다. 게다가 오랜 가뭄과 굶주림으로 인한 전염병이 전국을 휩쓸고 있었다. 당시 의료 기관인 혜민서와 활인서가 존재하기는 했으나, 가난하고 힘없는 백성들은 의료 혜택을 거의 볼 수 없었다. 한의사 아버지와 스승 박영선의 영향을 받은 그가 우두법을 배우고자 했던 것은 당연한 일처럼 여겨진다. 어려서부터 아버지의 침술과 의술을 보고 배웠던 지석영은 치료가 어려운 전염병, 한 번 걸리면 죽음에 이르는 천연두에 대해 깊은 관심을 쏟았다. 어린 조카가 천연두로 목숨을 잃은 일을 당한 경험이 있는 까닭이었다.

---

1 중서훈동(中署勳洞): 지금의 서울시 종로구 낙원동.
2 세도 정치(勢道政治): 조선 정조(正祖) 이후, 세도가(勢道家)에 의해 온갖 정사(政事)가 좌우되던 정치.

지석영이 책으로 접했던 천연두 예방법으로 우리나라에는 인두법3이 있었는데, 이는 천연두에 걸려 살아난 적이 있던 정약용의 저서 『마과회통』의 부록 「신증종두기법상실(信證種痘奇法詳悉)」에 실려 있다. 이 책에는 우두 넣는 방법, 접종 여부 확인, 접종 후 금기 사항, 소아의 접종 부위, 접종 기구 등이 소개되어 있지만, 그것을 실제로 시행한 여부는 알 수 없다. 최초의 동·서 의학 절충론자 최한기도 『신기천험(身機踐驗)』에 우두법을 소개했으나 이 역시 시행 여부는 없다. 다만 실학자 이규경의 『오주연문장전산고(五洲衍文長箋散稿)』에는 1854년 민간에서 우두법을 시행하고 있었다는 기록이 있다. 그렇지만 서학을 탄압하는 분위기 속에서 우두법은 정착할 수 없었을 것이다.

1876년 개항 후에 지석영은 종두법을 접하게 된다. 당시 한성에는 여항 문학4을 하는 사람들이 많았고, 그들은 근대의 산물 개화사상에 눈을 떴다. 개화사상가로는 강위(姜瑋, 1820~1884년)와 유대치(劉鴻基, 1831~1884), 그리고 금석학자 오경석(吳慶錫, 1831~1879)이 있었다. 지석영은 아버지의 주선으로 형 지운영

---

3 인두법(人痘法): 천연두에 걸린 사람에게서 채취한 고름을 건강한 사람에게 접종하는 방법.
4 여항 문학(閭巷文學): 조선 후기 서울을 중심으로 중인·서얼·서리 출신의 하급 관리와 평민들에 의해 이루어진 문학 양식.

과 함께 강위 등으로부터 근대 학문을 배웠는데 이때, 김옥균·김홍집·유길준 등을 만났다. 그들은 서양 문물을 배우고 서적을 읽으면서 개화에 눈을 떴고 새로운 세상으로 향한 열정을 더욱 불태웠으며 후일 조선의 개화기를 여는 중심 역할을 하게 된다. 특히 강위의 사상과 학문은 개화 인물들에게 커다란 영향을 끼쳤다. 강위는 추사 김정희의 제자로 1873년과 1874년에 동지 사절5을 따라 북경에 다녀왔고, 1876년 강화도 조약 체결 시에 신헌(申櫶, 1810~1884년)을 보좌하여 통역을 맡았다. 1880년에는 김홍집이 수신사로 갈 때, 서기로 수행했고, 1882년에는 김옥균과 함께 동경에 갔다가 임오군란 소식을 듣고 상해로 건너가 그곳 정치가들과 만나 중국과 일본의 정세를 파악하고 우리나라가 나아갈 방향을 모색하면서 개화사상을 형성하게 된다. 강위의 제자들이 모두 개화사상가로 성장하게 된 배경이다. 지석영도 그들과 함께 근대문물을 익히면서 시와 그림은 물론이요, 시무학6에 깊은 관심을 가졌다.

---

5 동지 사절(冬至使節): 조선 시대 동지에 명나라와 청나라에 보내던 사절 또는 파견된 사신.
6 시무학((時務學): 서기에 입각한 학문 – 세계사, 세계 인문·지리, 근대 과학.

2. 개항, 강제적 경제 침탈

일본은 메이지 정부를 세우면서 조선에 쓰시마번(대마도) 사절을 보냈다. 1868년 12월 중순이었다. 사절이 제출한 문서에는 「황칙(皇勅)」두 글자와 일본 메이지 천황의 새 도장이 찍혀 있었는데 대원군이 국서 접수를 거절했다. 당시 초량 왜관에는 4백 명 이상의 일본인이 살고 있었는데 임진왜란 이후로 국교가 단절되자 간접적으로 조선과의 무역이 이루어지고 있었다. 일본이 쓰시마번을 통해 조선의 왕에게 문서와 진상품을 제출하면 조선은 답례로 희사품을 내리면서 민간 무역도 이루어졌다. 그러나 1868년에 메이지 천황이 보낸 서계(국서)를 대원군이 거절했을 때, 일본과 조선과의 간접무역조차 끝이 났다. 이것이 바로 일본이 국가적 자존심을 내세우면서 사사건건 시비를 걸었던 '서계(書契)' 사건이다.

1873년 일본은 간접 무역을 중계했던 쓰시마번 무역 사절을 철수시켰다. 조선 정부는 일본 메이지 정부의 급격히 변한 외교정책을 알 리 없었다. 1875년(고종 12년) 음력 4월 20일 일본 군함 운요호가 초량 왜관에 입항했다. 5월 9일에는 군함 제이정묘호(第二丁卯號)가 입항한 후, 조선 정부에게 요구 조건을 보냈다. 일본이 조선에게 그동안 수차례 '국서'를 보냈으나 조선 정부가 답하지 않은 게 10여 년이 가까우니 이제 국서를 받아들이라는 요구였다.

  운요호가 왜관에 나타난 지 20일이 지나서야(5월 10일), 고종은 중신 회의를 열었다. 대원군으로부터 권력을 물려받았던 고종은 섭정 기간이 너무 길어서인지 시대의 변화를 알지 못했고, 위기에 대처하는 순발력도, 정책을 결정하는 추진력 또한 없었다. 고종은 쉽사리 결정을 내리지 못하고 있었다. '국서' 문제로 대신들 사이에 설왕설래가 계속되자, 고종은 의정부로 결정권을 넘겼다. 의정부에서는 국서를 보내는 것에 반대했다. 대신들 또한 보수파가 중심을 차지했던 까닭에 일본과의 교류를 찬성할 리 없었다. 1866년의 병인양요에서 프랑스를 격퇴했고, 1871년 신미양요에서 미국을 물리쳤기 때문에 이번에도 일본을 쉽게 제압할 수 있으리라 생각했을까. 1868년부터 7년이 흘러 1875년이 되었지만 조선 정부는 이번에도 일본의 '국서'를 가볍게 물리쳤다. 조선 정부는 일본 메이지 정부에 관심조차 두지 않았다. 다만, 좌의정 이최응과 판부사 박규설은 운요호가 가져올 무력 도발로 일본과의 갈등과 파국을 염려했다.

"일본 국서를 접수하느냐 마느냐 여부를 놓고 버틴 것이 벌써 일 년이 되어갑니다. (…) 저들이 국가 제도를 변경하고 이웃 나라와 우호를 닦겠다고 하는데 지금 저지당하여 접수하지 못하면 분명 원한을 가질 것이고 분쟁을 일으킬까 염려됩니다."

박규설의 불안감은 곧 현실로 나타났다.

운요호는 매일 무력시위를 하다가 6월 20일, 일본으로 돌아갔다. 그러나 6월 29일에 다시 초량으로 왔다가 7월 1일에 나가사키로 철수했다가 8월 13일, 초량 왜관에 입항했다. "조선 서해안에서 청나라 우진에 이르는 항로를 조사할 것"이라는 명목이었다. 그동안 메이지 정부에서는 정한론[1]이 득세하면서 조선을 무력으로 침략하자는 움직임이 시작되고 있었다. 한반도를 정벌하자는 주장은 임진왜란 이후부터 계속되었고 메이지 신정부에 이르러서는 조선 침략을 실행에 옮기려는 구체적인 계획과 논의가 결정되었던 것이다.

8월 20일 운요호는 월미도에 도착했다. 고종은 그제야 군사 300명을 손돌목으로 파견했다. 8월 21일 운요호에서 10여 명의 일본군이 작은 배로 옮겨 탄 후, 강화도 초지진으로 접근했다. 정

---

[1] 정한론(征韓論): 1870년대 전후 일본의 조선 공략론.

부에서 파견한 통역관이 도착하기 전이었다. 일본 군인과 조선 군인들은 30분 가까이 교전을 계속했다. 22일 오전, 선장 이노우에는 강화도 초지진 쪽을 향해 두 시간에 걸쳐 맹렬한 폭격을 가했다. 22일 밤에는 응도 앞바다에서, 23일 오전 7시쯤 영종도의 영종성을 함락시켰다. 기습전에 미처 대응하지 못한 조선 군인들의 사망자 수는 헤아릴 수 없었다. 영종도 침략을 일으킨 후, 일본은 국제 사회를 향해 조선 군인의 도발이라고 선전했으나 조선 정부는 국제 사회의 정보망이 없어 알지 못했다. 당시 조선은 청나라 외에는 그 어떤 나라와도 교류하지 않았기 때문이다.

  1875년 10월 26일 일본 해군 85명이 강화 좌일리 포구에 나타나 육지와 바다에서 무력도발을 시작했다. 1876년 1월 6일에는 구로다 함장의 군함 현무환이 조선으로 출병했다. 16일에 1차 협상과 2차 협상에서 구로다는 운요호 사건을 추궁했고 조선 정부가 파견한 관리 신헌은 우선 변명하기에 바빴다. 신헌의 지나친 사과로 인해, 무력도발로 시작한 운요호의 잘못은 문제 삼지 못하고, 협상의 승기가 일본으로 넘어갔다.

  그 사이 고종은 청나라에 운요호 사건에 대해 자문을 구했다. 1월 22일 고종은 아들(순종)을 왕세자어 봉한다는 청의 칙서에 우선 마음을 놓았고, 청나라의 의견을 좇아 개항을 결정했다. 청나라는 조선의 조력자가 아니었음을 몰랐던 것일까. 1월 25일

절차에 따라 의정부에서 일본과 수호 통상을 수락하자는 건의를 했고, 고종은 이에 아무 준비도 없이 개항을 결정했다. 조선의 신헌과 일본의 구로다가 합의한 총 12조의 강화도 조약 체결은 근대 최초의 강압적인 불평등 조약이었다.

3. 천연두 바이러스, 조선에 상륙하다

　강화도 조약이 체결된 지 19일 후, 조선 정부는 일본에 사신을 파견했다. 강화도 조약 제2조 '조선은 수시로 사신을 파견하여 일본국 도쿄에 가서 직접 외무경을 만나 교제, 사무를 토의하며'의 내용에 따른 것이다. 강화도 조약 이후 파견한 사신에게 붙이는 명칭은 수신사(修信使)이다. 수신사란 '신의를 닦는 사신'이라는 뜻으로 원래 조선이 일본에 파견한 사신은 통신사(通信使)였다. 그 통신사가 오랫동안 파견되지 않았던 것은 조선의 잘못이라는 일본의 억지 주장에 따라 사신단의 명칭을 수신사로 변경한 것이다.

　수신사로 임명된 김기수는 당하관 응교였으나 고종이 예조 참판으로 승진시켰다. 고종은 강화도 조약에 따라 일본의 외무대신을 만나는 것에는 조선의 예조 참판이 적당하다는 생각을 했을까. 일본에서 요구한 날짜에 맞추느라 대신들 간에 충분한 논의조차 거치지 못하고 급히 파견하면서 예조 참판의 서명이 담긴 '국서'가 합당하다는 단순한 결정을 내린 것은 일본에 대한 정보가 전혀 없었기 때문이었다. 1811년에 일본에 파견된 조선 통신사를 마지막으로 외교가 단절되었고 수신사 김기수는 조선이 65년 만에야 비로소 일본으로 보내는 사신으로 그 책임은 참으로 막중한 것이었다. 그러나 고종은 "저들의 물정을 탐지하도록 하라. 무릇 듣는 것마다 모두 빠짐없이 기록하라.", 김기수에게 이런 명을 내린 것 외에는 아무런 지시를 하지 않았다.

수신사 김기수의 수행원은 75명이었는데 이들 가운데는 지석영의 스승 한의사 박영선이 있었다. 박영선이 수신사 일행으로 떠난다는 것을 알게 된 지석영은 일본의 우두법에 대한 정보와 기술을 체득하고 돌아오기를 간곡히 청했다. "일본에 가시면 꼭 종두법[1]을 배워오시면 좋을 것입니다." 한의사 박영선은 일본 순천 당의원 의관 오키다에게서 종두법을 배웠고 '구가 가쓰아키'의 종두법 해설서 『종두귀감(種痘龜鑑)』을 구해왔다. 그러나 이론만으로는 종두 접종을 할 수 없었기 때문에 곧 난관에 봉착했다. 지석영은 '제너의 종두법'에 관한 서적을 접했고, 스승을 통해 『종두귀감』을 탐독했지만 아무런 소용이 없었다. 천연두 백신의 원료인 두묘(痘苗)가 없으면 우두법을 시행할 수 없었다. 두묘는 천연두에 걸린 소의 고름인데, 그 고름을 뽑아 접종할 종두침이 있어야만 사람에게 접종이 가능했기 때문이다. 초량 왜관 부근에

---

[1] 종두법(種痘法): 천연두를 예방하기 위하여 백신을 인체의 피부에 접종하는 방법.

서부터 시작된 천연두가 서울은 물론 전국으로 확산되는 동안, 지석영은 무력감에 빠져 아무것도 하지 못하는 자신이 한심하기 짝이 없었다. 천연두로부터 어떻게 백성들을 구제할 수 있을 것인지에 대한 생각으로 잠을 이룰 수가 없었고 종두법을 실행할 방법이 없어 깊이 고민했다.

일본과 조선은 감염병 예방에 대처하는 방법이 천지 차이였다. 일본은 이미 '제너의 우두법'을 시행하고 있었다. 당시 메이지 정부는 모든 국민에게 종두법을 적극적으로 홍보했고 예방 접종을 하도록 했다. 또한 제도적인 질병 관리와 근대 의학으로 감염병을 철저히 예방하고 있었다. 이와 달리 조선은 천연두가 돌기 시작하면 무당들이 굿판을 벌이면서 천연두를 '손님'으로 대접하면서 무조건 두려워하고 있었다.

1876년 개항 이후, 강화도 조약으로 인해 일본인들이 대거 조선으로 몰려 들어와 일정한 지역에 거주했다. 그들에게 조선은 일확천금의 기회를 주는 땅이었다. 초량 왜관은 조선 침략의 발판이 되었던 지역이었고, 일본인 거류지는 그 부근으로 점차 확장되기 시작했다. 일본인의 거주지에서부터 시작된 각종 전염병이 조선 전역으로 퍼지면서 유행하기 시작했다.

1879년에 콜레라가 조선 땅을 휩쓸었다. 일본에서 시작되어 조선의 항구 부산을 비롯한 인천과 원산 등 인구밀도가 높은 지역을 감염시킨 콜레라는 전국으로 확산되고 있었다. 조선 백성들 사이에서 유언비어가 흉측하게 퍼지기 시작했다. 호랑이보다 더 무서운 천연두 '호환마마'가 곧 밀려오고, 그로 인해 모두 죽게 될 것이라는 소문이었다. 일본 거류민의 급증으로 말미암은 흉흉한 사태였다. 조선 정부는 점점 번져가는 전염병에 대해서 어떤 대책도 세우지 못하고 있었다.

  1879년 7월 14일 일본은 '해항호열랄병전염예방규칙'이라는 검역 규칙을 만들었다. '호열랄'은 중국에서 콜레라를 가리키던 말이며, 일본에선 호열랄 그대로 쓰였다. 조선에서는 병의 정체를 알 수 없다 해서 괴질, 또는 호열자[2]로 불렸다. 괴질 콜레라에 걸린 환자들은 설사를 계속하다가 탈진하여 죽어갔다. 치사율은 60~70%에 이르렀고 백성들의 공포심은 더욱 커져만 갔다. 정부로서는 도탄에 빠진 백성들의 고통에 특별한 대책을 세울 수도 없었다. 국가의 의료 기관인 혜민서 등과 한약재를 쓰는 민간 의료법으로는 전염병을 예방할 수도, 구제할 수도 없었기 때문이다.

  찬 바람이 불기 시작하면서 콜레라가 조금 잠잠해지자 곧 천

---

2 호열자(虎列刺): 콜레라. 본디 중국에서 쓰는 '홀리에라(虎列剌)'의 우리 음 '호열랄'의 '랄(剌)'을 '자(刺)'로 잘못 써오는 말.

연두가 발생했다. 천연두 또한 전국적으로 퍼져나갔다. 전염병 중에서도 가장 무섭다고 알려진 천연두는 두창(痘瘡)으로 불렸다. 두창은 호랑이보다 무섭다고 하여 '호환마마'로 널리 통했다. 천신만고 끝에 목숨을 건져도 얼굴에 곰보 자국이 남아 얽은 흉터가 사라지지 않았다. 원래 조선의 풍속으로, 두창이 발병하면 무당을 불러 굿을 했다. 굿을 할 때, 두창 귀신이 환자에게 온 손님이라는 뜻으로 '손님'이라 높여 불렀다. 어떤 무당은 극존칭을 써서 '마마'라고도 불렀다. 왕실에서 국왕이나 비빈을 '마마'라고 부르듯이 역병 두창을 고이 대접하듯 보내야 한다는 의미였다.

천연두 바이러스는 사람의 몸 밖에서 오랫동안 생존할 수 있는 능력이 있다. 이런 생존방식 때문에 자연 속에 숨 쉬고 있다가 인간(숙주)을 만나면 급속도로 확산이 되어 수많은 사람을 전염시켰다. 천연두는 사람과 사람이 만나야만 발생하는 무서운 감염병이었다. 이 바이러스는 1~2주일 정도 특별한 증상이 없다가 갑자기 고열과 심한 두통을 일으키며 심한 경우에 의식을 잃게 한다. 초기 증상이 지나면 입에서 얼굴로, 마침내 전신에 발진이 일어나고 피부 속에 물이 찬다. 이를 농포3라 한다. 이 시기, 농

---

3 농포(膿疱): 피부에 생기는, 농이 차 있는 작은 융기를 말한다. 농은 고름이라고도 하며 염증 세포와 액체 물질의 혼합물로 구성된다.

3. 천연두 바이러스, 조선에 상륙하다 … 25

포에 무서운 통증이 퍼진 다음에는 그 자리에 딱지가 생기다가, 수일 내에 딱지가 떨어지면 다행히 살아난다. 그러나 깊게 팬 흉터를 남겼다. 아무도 이를 피해 갈 수 없었다. 하지만 한 번 앓은 후에는 다시는 천연두를 앓지 않게 된다. 천연두는 일주일을 넘기면 살아날 수 있으나 그렇지 않으면 죽음을 면치 못하게 되는 병이었다. 가족 중에 환자가 생기면 주변 사람들은 모두 전염의 공포에 떨었다. 천연두는 무서운 역병으로 빈부귀천을 가리지 않고 감염이 되었다. 주로 빈곤층 어린아이들이 죽어갔으나 왕실과 양반 계층도 예외 없이 천연두에 걸려 죽었고 요행히 살아나도 성치 못한 얼굴과 몸으로 평생 살아가야 했다.

한의학과 개화사상을 공부하고 있었던 지석영은 어떤 생각을 했을까. 조선 땅에 역병 천연두가 곳곳에서 출몰했고, 그것은 쉽게 사라지지 않을 것이었다. 개항 후, 부산에 일본인들이 물밀듯이 몰려오고 있다는 것을 알았던 지석영은 불길한 예감에 휩싸였다. 왜관 인근부터 여러 감염병이 돌고 있다는 소문은 흉측했고 그것은 빠른 속도로 감염 지역을 늘려가고 있었다. 페스트·콜레라·두창 등의 전염병이 가리지 않고 조선인들의 목숨을 빼앗았다. 왜관에 상륙한 일본 거류민들은 자체적으로 방역을 했기 때문에 조선인들이 감염병에 매우 취약한 상황이었다. 민심은 전염병의 공포로 인해 흉흉해졌고 무능한 조선 정부와 무도한 일본에 대한 반감은 날이 갈수록 높아졌다.

지석영은 한약재와 한의학 기술만으로는 천연두를 막을 방법이 없다는 것을 알고 있었다. 스승 강위를 통해 북경에서 수입한 외국 서적을 찾아 읽으면서 공부했지만 막상 천연두가 확산되자, 번역 이론서는 아무 도움이 되지 않았던 것이다. 그에게는 천연두로 인해 어린 조카를 잃은 슬픔이 마음 한구석에 우물처럼 고여 있었다. 자신의 눈앞에서 죽어간 마을 아이들이 한둘이 아니었고, 부모들은 천연두로 죽어가는 아이들을 보면서 발을 동동 구르고 무당을 불러 큰돈을 지출할 뿐이었다. 살아나면 다행이고, 죽더라도 조상의 탓이라고 말하는 무당을 원망할 수 없었다. 요행을 바랄 뿐, 아무 대처도 없이 천연두에 걸렸다 하면 대부분 죽어 나갔다. 아이를 잃은 집은 기하급수적으로 늘어나기만 했고, 마을마다 슬픔과 한탄을 못 이기는 곡소리와 넋두리는 끊기지 않았다.

이 시기, 지석영이 고심 끝에 깨달았던 것은 조선에서는 종두법을 배우기 어렵다는 것이었고, 요행히 종두법을 배웠다고 해도 실행할 수 있는 정치적 제도가 있어야 한다는 것이었다. 정치적 제도, 그것은 다산 정약용을 비롯한 실학자들이 금지된 서학[4]을

---

[4] 서학(西學): 조선 후기에 중국을 거쳐 들어온 천주교와 서양 문물.

신봉했다는 이유로 죄인이 되어버린 법이었다.

지석영은 정약용의 의학서 『마과회통』5이 금서가 되었던 것을 누구보다도 안타까워했을 것이다. 어린 시절의 정약용은 홍역을 앓은 적이 있었고, 자식 여럿을 홍역으로 잃었다. 이때의 고통과 슬픔을 기억하면서 어린아이들을 위해 홍역에 관한 처방을 더욱 깊이 연구했을 것이다. 정약용을 살린 몽수 이헌길은 영조 재위 시절에 홍역으로 죽어가는 많은 백성을 구해 명의로 칭송받았고, 홍역 처방법 『마진기방(痲疹奇方)』을 저술했다. 이를 실학자 이규경이 『오주연문장전산고』에 소개했다. "이헌길의 처방은 마진(홍역)을 치료하는 좋은 치료법이므로 특별히 뽑아 기록한다." 천연두 처방법은 영국의 의사 'E.제너'가 발명한 종두법(1800년)이 있었고, 이로부터 20년 후, 제너의 종두법을 연구한 청나라의 의서 『종두방(種痘方)』 등이 있었다. 이 저서들을 기초로 정약용은 실학자 박제가를 만나 의견을 나누면서 「종두설」(『여유당전서』 제1집)을 저술했다. 정약용과 박제가는 포천 의사 이종인과 함께 종두법 임상 실험에 성공을 보았고, 후일 이종인은 『시종통편(時種通編)』을 저술해

---

5 『마과회통(麻科會通)』: 1798년 정약용이 편찬한 홍역에 관한 의학서. 부록 「신증종두기법상실」에는 '제너의 우두법'이 실려 있다.

민간에 종두법을 적극적으로 보급했다. 이들 세 사람이 인두법 시험을 완료했으나 미처 법으로 시행하기도 전인 1800년 6월에 정조가 갑자기 죽었다. 이때 정권을 잡은 세력이 정약용에게 전라도 강진으로 유배형을 내린 것이다. 박제가는 역모 사건으로 연루되어 함경도 경원으로 귀양을 갔고, 의사 이종인 또한 천주교도로 몰려 고문 끝에 반죽음 지경이 되었다. 이런 정치적 상황으로 정약용 등이 연구한 종두법은 제대로 실행되지 못하고 그들의 저서는 금서가 되어 제대로 전해지지 않았다. 백성을 구할 수 있는 천연두의 예방법이 있어도 정치적 난관을 극복하지 못하면 그것은 사라지고야 말았다. 또한 철학자 혜강 최한기도 『신기천험(身機踐驗)』(1866, 고종 3년)에 우두법을 소개했으나 시행되었다는 기록은 보이지 않는다. 당시 천연두 의서를 찾아 읽으며 고심했던 지석영도 이 책을 구해 읽었을까. 설사 혜강의 저서를 구했을지라도 종두법을 배울 만한 여건이 되지 않아 몹시 답답했을 것이다.

찬 바람이 부는 10월이 지났어도 천연두는 사라지지 않고 확산되고 있었다. 지석영은 종두법 접종을 시행하고 있다는 부산의 제생병원을 찾아가기로 결심했다. 부산 제생병원 원장은 부산항에 들어오는 일본 무역선의 입항을 금지해 줄 것을 일본 정부에 요청했다는 것이다. 또한 일본 거류민들에게 매월 15일 천연두 예방 접종을 무료로 해 준다고 했다. 일본인들에게는 전염병을 막기 위한 예방책을 철저히 강구하고 있었으나 조선 백성과는 전혀 무관한 것이었다. 지석영은 집안이 너무 가난하여 여비조차 마련할 수 없는 상황이었지만 어렵사리 엽전 10냥을 구해 주린 배를 참아가며 주막에서 잠을 해결하고 20여 일을 걸었다.

　부산에 도착한 지석영은 제생병원의 마쓰마에 원장을 만나 간절하게 청했다. 종두법을 꼭 배워야 한다는 부탁을 원장은 단번에 거절했다. 쉽게 물러설 그가 아니었다. 서울에서 부산까지 걸어서 오는 동안, 그는 오직 종두법에 대한 일념으로 힘든 길을 걸어 부산에 도착했을 것이다. 지석영은 매일 찾아가 뚝심 있게 버티며 간곡히 부탁했다. 결국 마쓰마에 원장은 지석영의 정성에 감복해서, 일본 해군성의 도즈카 의원에게 소개장을 써주었다. 지석영은 뛸 듯이 기뻤을 것이다. 일본 국민에게 모두 접종한다는 종두법을, 말로만 들었던 종두법을 직접 배우게 된 것이다. 도즈카도 처음엔 지석영의 청을 단번에 물리쳤다. 그러나 의사들은 사람의 목숨을 가장 중요하게 여겼고, 목숨을 구하는 데는 국적이 따로 없는 법이다. 지석영의 간절한 부탁에 도즈카도 두묘와 종두침을 무료로 건네주었다. 그는 마쓰마에 원장 밑에서 종두법을 두 달 동안 습득한 후, 12월이 되어서야 날 듯이 가벼운 걸음으로 서울로 향했다.

천연두는 이미 산골 오지까지 무섭게 퍼져나가고 있었다. 지석영은 서울로 바로 올라가지 않고, 처가가 있는 충주 덕산면으로 갔다. 천연두에 취약한 두 살배기 아기 처남이 걱정되었던 것이다. 그러나 장인을 비롯한 가족들이 우두 접종을 강력히 반대했다. 우두는 일본에서 건너온 것으로, 믿을 수 없다는 것이다. 조선인들은 일본에 대한 악감정 때문에 우두법을 불신했다. 지석영이 설득에 지쳐 떠나려고 했을 때, 장인에게서 우두 접종 허락이 떨어졌다. 장인은 천연두를 살짝 앓게 하여 평생 천연두에 걸리지 않는 방법이라는 사위의 말을 처음엔 믿지 않았다. 그러나 가족을 설득하려는 사위의 태도는 절실하고 정성스러웠다.

1879년 12월 6일, 지석영은 두 살짜리 아기에게 처음으로 임상 실험을 했다. 처남이 우두 접종 사흘 만에 딱지가 잡히고 나서 완전히 회복했을 때, 소식을 듣고 덕산면 사람들이 몰려와 모두 우두 접종을 요청했다. 아기들 40여 명에게 두묘와 종두침을 모두 사용해 버린 지석영은 기쁘기도 했으나 한편으로는 걱정이 앞서면서 허탈했다. 두묘가 없는 우두법은 무용지물이었다. 두묘를 만드는 법은 조선에는 없었다. 막막할 따름이었다. 이제는 어떤 방법을 써서라도 자신이 직접 일본에 다녀와야 했다. 그러나 일본으로 갈 길은 없었다. 지석영은 당시 관직에 나가지 않은, 가난한 일개 선비에 불과했기 때문이었다.

4. 종두법을 배우다

1880년 조선 정부는 제2차 수신사로 김홍집을 파견하기로 했다. 이 기회를 놓칠 수 없었던 지석영은 김옥균에게 청을 넣어 일본으로 향했다. 강위의 제자로 공부할 당시, 지석영은 김홍집·유길준·김옥균 등의 개화파 등과 함께 수학하면서 인연을 맺었다. 왕실에서도 종두법에 대한 소문을 듣고 특별한 관심을 기울였다. 고종의 첫째 왕자인 완화군이 천연두 때문에 죽었고, 둘째 왕자(순종)도 천연두에 걸린 뒤 겨우 회복되어 얼굴에 흉이 남아 있었던 까닭이다.

김홍집 일행은 도쿄에 도착해, 한 달 동안 체류했다. 김홍집은 일본 주요 정치인은 물론, 청국 공사 하여장과 참찬관 황준헌과도 접촉해 필담으로 세계정세를 논의했다. 조선과 일본의 현안을 중심으로 동북아 정세 전반에 대한 것이었다. 하여장은 조선이 미국과 수호 조약을 맺어 한반도에 러시아의 남하를 막아야 한다고 강하게 주장했다. 여섯 차례의 필담 끝에 하여장은 황준헌을 시켜 조선이 취해야 할 대외정책을 책으로 만들어 김홍집에게 주었다. 이 책이 청나라의 견해를 담은 글 『조선책략』이다.

조선의 국토는 진실로 아시아의 요충지에 위치하여 반드시 다투어야 할 요해처(要害處)가 되므로 조선이 위협해지면 중국과 일본의 형세도 날로 위급해집니다. 러시아가 영토를 공략하고자 한다면 반드시 조선으로부터 시작할 겁니다. 아! 러시아는 승냥이와 같던 춘추 전국 시대의 진(秦)나라와 같은 나라입니다. 러시아는 마치 옛날의 진나라처럼 힘써 정복하고 경영해 온 지 300여 년인데 그 처음은 유럽이었고, 이어서 중앙아시아였으며, 오늘날에 이르러서는 다시 동아시아로 옮겨 조선이 그 피해를 보게 되었습니다. 그러므로 오늘날 조선의 급선무를 계책 할 때 러시아를 방어하는 것보다 더 급한 것이 없습니다. 러시아를 방어하는 계책은 어떤 것이겠습니까? 바로 친중국, 결일본, 연미국입니다.

조선이 세계정세의 급물살에 휩쓸리고 있는 현 상황과 위기의 대안을 세세히 기록한 것이지만, 결론은 청나라의 이익에 관련된 것이었다. 김홍집이 하여장과 정세를 논의하는 사이, 지석영은 도쿄에 있는 내무성 위생국을 찾아가 우두 종계소 소장 기구치를 만날 수 있었다. 지석영은 필담으로 조선의 천연두에 대한 사정을 알리고 종두법을 배우기 위해 일본까지 왔다는 것을 말했다. 그러나 기구치가 탐탁지 않은 반응으로 차일피일 미루기만 했다. 갖은 고생 끝에 일본까지 온 목적은 오직 종두법을 배우는 것에 있었는데, 빈손으로 조선으로 돌아갈 수는 없었다. 지석영은 기구치를 끈질기게 설득해 두묘의 제조법과 저장법, 송아지로부터의 채장법 등 완전한 종두법을 배우고 귀국할 수 있었다. 그처럼 끈질긴 인내와 집념은 어디에서 왔을까. 지석영의 위대한 점은 천연두를 예방하여 사람들을 살리고자 하는 애민 정신일 것이다. 그의 목적은 오직 단 하나, 종두법을 완전히 습득하여 천연두로 죽어가는 사람들을 구하는 것이었다.

귀국한 뒤, 지석영은 김홍집의 배려로 일본 공사관의 의사들과 함께 여러 차례의 임상 실험을 거쳐 종두소를 열게 되었다. 왕실의 협조 속에서 조선 최초의 종두접종소가 열린 것이다.

5. 조선에게 『조선책략』이란

　1880년 8월 28일 김홍집은 창덕궁 중희당에서 일본에서 보고 들은 것을 고종에게 보고했다. 가장 중요한 건은 청국 공사가 건네준 『조선책략』이었다. 고종은 김홍집의 의견을 적극적으로 수용했고 책의 내용을 한 치의 의구심도 없이 믿었다. 고종은 청나라를 깊이 신뢰할 수밖에 없었다. 일본이나 러시아에 대한 정보가 너무 부족한 상황이었기 때문이다. 청국 공사 하여장이 김홍집에게 준 『조선책략』의 내용대로, 고종은 후일 '친중국, 결일본, 연미국'의 외교적 수순으로 정치 노선을 정하게 되었다. 이 책은 고종이 청에게 지나치게 의지하게 된 정책으로 자리매김하면서 자국의 내란까지도 외세를 적극 동원하게 되는 결과를 가져왔다.

　김홍집과 만난 나흘 후, 고종은 개화파인 젊은 승려 이동인과 탁정식을 청나라 밀사로 파견할 계획을 세웠다. 10월 중순, 개화승 이동인은 청나라의 하여장을 만났고, 미국과의 수호를 주선해 달라고 요청했다. 이는 고종이 청나라를 우선으로 삼은 개화 정책을 본격화할 것을 예고한 것이다. 고종의 치명적인 외교 정책은 끝까지 사대주의를 벗어나지 못한 데 있다. 청나라의 이권과 야욕이 우선인 『조선책략』을 조선의 개화 정책으로 삼은 것이 한 예이다. 이는 후일, 조선 땅을 청·일간의 전쟁터로 만들게 된 시작이었다. 고종의 밀사 이동인은 조선 정부에서 공식적인 협조 요청이 있을 것을 하여장에게 알렸고, 하여장은 이 일을 북양대신 이홍장에게 보고했다. 하여장과 황준헌이 제작한 『조선책략』은 청나라가 조선을 속국이 아닌, 식민지로 만들려는 야욕을 숨긴 정책이다. 이로 인해 이홍장은 적극적으로 조선 정부에 엄청난 영향력을 행사하게 되었다.

고종은 결일본(結日本)을 위해 이동인을 밀사로 파견했다. 이 결과로 서구 열강과의 수호 조약을 추진하기 위한 기구 '통리기무아문'을 설치했다. 이는 청의 '총리각국사무아문'을 본떠 만든 것으로 정치와 군사 기밀을 담당했다. 고종은 청나라에 영선사를, 일본에는 신사 유람단을 파견했다. 통리아문의 참모관에는 이동인을 임명해 군함과 총포 구입을 비밀리에 협상하라는 밀명을 내렸다. 그러나 1881년 2월 15일에 이동인이 갑자기 실종되었다. 천민 출신으로 고종의 정책 결정에 핵심이었던 승려 이동인의 행방을 아는 이는 아무도 없었다. 이동인은 통리아문과 영선사 파견 등 모든 실무를 주도했었고 그의 배후에는 왕비 민씨와 민영익이 있었다. 개화파의 모든 실무를 담당했던 이동인은 개화를 반대하는 위정척사파의 표적이었고, 그들로부터 시시각각 목숨을 위협받고 있었다. 밀사 이동인의 갑작스러운 실종은 개화를 추진하려던 고종에게는 큰 타격이었다.

고종은 다시 시찰 단원을 꾸려 일본으로 브냈다. 이들 시찰 단원 중에는 귀국하지 않고 일본에 남은 개화파 유길준과 윤치호 등이 있다. 9월 26일 고종은 위정척사파의 격렬한 반대에도 불구하고 영선사에 김윤식을 임명하였고, 사절 80명을 청나라로 파견했다. 이 과정에서 구식 군대가 대대적으로 정리되면서, 별기군이라는 신식 군대가 창설되었다. 당시 서울에는 10,000명의 군병이 있었는데 이 중에서 절반 정도가 정리 대상이었다. 신식 군대 별기군의 총책임자로는 민영익을 임명하는 등 고종의 개화 정책은 급진전하고 있었으나 대신들과의 논의 없이 급하고 체계 없이 진행되어 위정척사파의 불만이 날로 쌓여갔다.

1882년(고종 19년) 4월 조미 수호 조약이 체결되었다. 조미 수호 조약은 연미국(聯美國)으로, 『조선책략』에 따른 고종의 개화 정책이다. 이 시기에 민심이 흉흉했고 불길한 징조들이 많았다. 비가 내리지 않아 흉년이 들었고, 국가 재정은 극히 악화된 상황이었다. 개항 이후 시작된 일본과의 무역 때문이었다. 조선에서 일본으로 가는 수출품 중 쌀이 8할을 차지했으므로 쌀 부족이 극심해 백성들의 원성은 날이 갈수록 높아졌다. 농민도 자신이 농사지은 쌀을 먹을 수 없었고, 전국에는 굶주림에 지친 부랑민들이 가득했다. 그 와중에 구식 군대 5천여 명의 병사가 월급(현품 지급)을 13개월 치나 받지 못했다.

1882년 6월 5일 호남에서 출발한 세곡선 몇 척이 서울에 도착했다. 이는 구식 군대의 쌀 배급을 위한 세곡이었고, 세곡의 실무는 민겸호(선혜청 당상)의 청지기가 맡았다. 민겸호의 청지기는 겨우 한 달 치 월급을 지급했는데 곡식에 겨가 가득해 가마니를 한 손으로 들 정도였고, 어떤 것은 모래가 섞인 쌀로 도저히 먹을 수 없는 상태였다. 분노한 군사들이 민겸호의 청지기를 집단 구타했고, 이에 민겸호는 주동자 네 명을 죽이겠다고 으름장을 놓았다.

6월 9일, 수백 명의 군병이 모여 네 명의 석방을 요구했다. 군병들은 민겸호와 청지기를 찾기 위해 돌아다니다, 포도청을 급습해 주동자 네 명을 구출했다. 곧이어 신식 군대 훈련장을 급습해 일본 장교 호리모토 레이조를 살해한 후, 일본 공사관을 파괴했고, 흥선 대원군이 있는 운현궁으로 몰려갔다. 이 때문에 군사 반란을 유도한 수장은 흥선 대원군이라는 세간의 평이 떠돌게 되었다.

임오군란의 직접적인 원인은 고종이 구식 군대를 급작스럽게 해고 정리했기 때문이었다. 이성을 잃고 분노한 군병들은 민겸호를 죽인 다음, 왕비 민씨를 죽이려고 창덕궁까지 쳐들어갔다. 그 시각에 흥선 대원군이 부인 민씨와 함께 입궐했는데, 왕비 민씨는 군사를 따돌린 홍계훈(무예별감)의 도움으로 궁을 빠져나갈 수 있었다.

구식 군대의 난이 확대되기 시작했다. 이어 부패한 관리들을 처단하고 싶었던 굶주린 양민들이 가세했다. 이들의 분노는 이태원과 왕십리에 거주하던 빈민들까지 대거 참여하면서 개화를 반대하는 반일 운동으로 번져가면서 왕실 주변의 건물 곳곳에 불길이 치솟아 올랐다.

지석영이 세운 종두장이 삽시간에 불이 났다. 지석영을 가장 못마땅하게 여긴 무리는 무당들이었다. 무당들과 함께 반일 감정에 차오른 사람들은 종두장이 개화파의 기물이라고 불을 질렀다. 당시의 풍습으로, 가족 중에 두창이 발병하면 용한 무당을 불러 굿을 했다. 지체 높은 양반 자식들이 두창에 걸리면, 무당들은 몇 차례씩 굿을 하면서 더욱 많은 돈을 벌었다. 무당들은 지석영을 서양 귀신이 씌웠다고 그를 죽이려고 혈안이 되어 있었다. 목숨이 위태로워진 지석영은 충청도 덕산의 처가로 피신해 간신히 살아남을 수 있었다.

흥선 대원군은 왕비 민씨가 행방불명되자 아예 죽은 사람으로 만들었다. 이 상황에서 고종은 대원군에게 통치권을 다시 넘길 수밖에 없었다. 재집권한 대원군은 고종의 개화 정책을 중단시키면서 민심을 달랬다. 분노에 찬 민심은 쉽게 가라앉지 않고 있었다. 이 난을 진정시키기 위해서는 청나라의 힘을 빌려 조선에 청나라 군대를 파견해야 한다는 조정의 의견이 우세했다. 천진에 머물고 있었던 영선사 김윤식이 청나라에 군대를 요구했고, 청나라 또한 군대를 파병할 기회만 엿보고 있던 상황으로, 청나라에게는 놓칠 수 없는 호기였다.

일본은 구식 군대가 일본 공사관 습격을 했다는 핑계와 조선 내 일본 거류민을 보호하기 위한다는 명분으로 군대를 파견했다. 천진에서 이 소식을 들은 김윤식은 적극적으로 청나라에 대규모의 군사를 요청해 군대를 파병했다. 청나라 장수 마건충은 흥선대원군을 계획적으로 납치했다. 청의 유력한 개화파 관료였던 마건충의 전략으로 고종은 왕비 민씨를 입궐시키기 위해 만반의 준비를 마쳤고 왕비는 서울에 무사히 입성할 수 있었다.

고종은 더욱 적극적으로 청나라 편에 섰다. 임오군란의 수습을 위해 달려온 청나라 원병으로 왕비 민씨는 구식 군대를 완전히 진압할 수 있었다. 결과적으로 임오군란으로 인해 서울에 청나라 군대와 일본 군대가 동시에 주둔하게 되었다. 여기에 조선 망국의 원인이 숨어 있다. 당시에는 알 수 없었던 망국의 시발점이었다. 임오군란 때의 청은 일본 세력보다 훨씬 더 큰 세력이었다.

고종은 내란 진압을 위해 나라의 위기를 스스로 불러들인 셈이었다. 이로써 조선에 청의 강력한 내정 간섭이 시작되었다. 고종은 청나라에 지나치게 의존적인 개화 정책을 썼다. 이는 개화가 아닌 사대주의였다. 청나라 황준헌이 김홍집에게 선물한 『조선책략』은 결코 조선을 위한 책략이 아니었으며, 청나라를 위한 것이었다.

6. 임오군란이 불러들인 외세와 개화 정책

조선의 김홍집과 일본의 하나 부사가 제물포 조약(1882년)에 합의했다. 임오군란 때, 습격당했던 일본 공사관의 유족들에게 5만 엔, 일본 정부에는 50만 엔을 배상해야 한다는 것이다. 일본이 요구한 터무니없는 액수 55만 엔은 조선 정부의 1년 예산의 3분의 1이 넘었다. 일본의 탐욕이 전면에 드러난 조약이었다. 이 배상금을 지급하느라, 조선의 재정은 더욱 열악해져 파탄지경이 되었다. 일본 공사관에 경비병 주둔과 조선 정부의 공식 사과를 위한 수신사 파견, 임오군란의 주모자 처벌, 또한 일본 거류민을 보호한다는 이유를 들어 일본 군대가 조선 땅에 주둔하게 되면서 일본은 조선에서의 지위를 구미 열강으로부터 인정받게 되었다.

김홍집은 일본 공사 오토리 게이스케의 지휘 아래 군국기무처의 업무를 시작했다. 총리대신으로 친일 내각을 조직하면서 조약에 따라 일본 공사관 직원 5명을 끌어들여 실질적인 권한을 부여했다. 그해 2월 『조선책략』이 전국에 널리 퍼졌고, 이를 읽은 영남 유생들이 「영남 만인소」를 올렸다. 유생 이만손을 중심으로 하는 경상도 지역 유생들은 새로 정권을 잡은 왕비 민씨가 고종의 뒤에서 정책 결정을 하고 있다고 믿었다. '영남 만인소'는 고종의 개화 정책에 반대해서 올린 상소문이다.

 (…) 다른 나라 사람의 『조선책략』은 애당초 깊이 파고들 것도 없지만, 너희들도 또 잘못 보고 지적함이 있도. 만약 이를 빙자하여 또다시 번거롭게 상소하면 이는 조정을 비방하는 것이니, 어찌 선비로 대우하여 엄하게 처벌하지 않을 수 있겠는가. 너희들은 이 점을 잘 알고 물러가도록 하라.

고종이 답했다. 이후 조선은 1882년에 미국과 수교했다. 1883년에는 영국, 독일과 수교했으며, 1884년에는 러시아, 1886년에는 프랑스 등과 차례로 수호 통상 조약을 맺었다. 고종의 개화 정책은 거침없이 급속도로 전개되고 있는 듯 보였다.

임오군란이 수습되자 지석영은 서울로 돌아와 불타버린 종두장을 다시 세우고 김홍집의 개화 정책을 지지하는 상소문을 올렸다.

「유학 지석영 상소문」
운운(云云)

엎드려 말씀드리옵니다. 하늘이 우리나라의 운수를 도와 중궁 전하께서 무사히 돌아오셨습니다. 이에 백성들의 기쁨이 한이 없으며 이로써 나라의 중흥을 가히 기약할 수 있습니다. 열 줄이나 되는 후회의 글을 내려 8도에 게시하라고 명령하신 전교(傳敎)는 여러 임금들이 행하지 못했던 일이며 억조 백성들을 깨닫게 하는 것입니다. 이는 진실로 큰 성인들이나 할 수 있는 일로 천만번 생각하신 후에 나온 것으로 알고 있습니다.

오늘날 당장 눈앞의 큰 정치는 오직 민심을 편하게 하는 것입니다. 수백 가지의 일이 모두 급하지 않은 것은 없으나 중요한 것은 외교입니다. 우리나라는 본래 궁벽하게 바다 왼쪽에 있어 다른 나라와 외교를 하지 못했습니다. 따라서 견문이 넓지를 못하고 겨우 내 집 울타리나 지킬 줄 알 뿐이었습니다. 또한 문학이니 경제니 하면서 자기가 제일이라고 자처하는 자들도 세계정세에는 어둡지 않은 자 없습니다. 교역을 하지만 무슨 물건을 할지 전혀 모르고 국제적인 계약을 함에 있어서 어떻게 교역해야 유리할지 모르는 실정입니다. 혹 이익을 생각하여 외교 쪽으로 뜻을 두는 자가 있으면 곧장 지목하여 비난합니다. 이를 사도(私道)에 물들었다고 헐뜯고 추하다고 침 뱉으며 욕설을 퍼붓고 있습니다. 이처럼 좁은 소견의 관리들이 또한 매사 일을 너무나 급하게 처리한다고 백성들의 원망이 많습니다.

청나라 군인들은 대궐 밑에 주둔하고, 왜병들은 성내를 활보하고, 장안의 부자들은 시골로 피신하려고 야단법석인 데다, 유언비어는 도로에 종횡으로 어지럽게 나돌고 있습니다. 하여 속히 보호책을 쓰지 않으면 안 되는 두려운 일이 머일 벌어지고 있습니다. 백성들로 하여금 오늘날 돌아가는 국내외의 사정을 알게 하였다면 저렇게 소요스러운 지경까지는 이르지 않았을 것입니다. 백성들이 편하게 살 수 없는 나라가 어떻게 나라 꼴이 될 수 있겠습니까.

원하옵건대 전하께서는 깊이 통찰하소서. 백성들이 안주하지 못한다면 나라가 어떻게 잘 다스려질 수 있겠습니까?

신이 삼가 생각한 첫 번째 대안으로 각국의 인사들이 저작한 『만국공법(萬國公法)』, 『조선책략(朝鮮策略)』, 『보법전기(普法戰記)』, 『박물신편(博物新編)』, 『격물입문(格物入門)』, 『격치휘편(格致彙編)』 등의 책을 살펴보는 것입니다. 그리고 우리나라 교리(教理) 김옥균이 편집한 『기화근사(箕和近事)』, 전 승지 박영교가 편찬한 『지구도경(地球圖經)』, 진사 안종수가 번역한 『농정신편(農政新編)』, 전 현령 김경수가 기록한 『공보초략(公報抄略)』 등의 책은 모두 막힌 소견을 열어주고 시무(時務)를 환히 알 수 있게 하는 책입니다.

원하옵건대 전하께서는 급히 한 개의 부서를 두어 여러 가지 책들을 수집해야 합니다. 유생들로 하여금 위에 기술한 책을 각 도에 보내어 각국의 배와 농기계, 직조기, 자동차, 무기 등을 견본으로 한 개씩 구입해야 합니다. 그다음으로 아전을 시켜 각 한 부씩을 베껴 해당 부서에 보내야 합니다. 이에 그 기계를 구경하도록 하고, 그 부서에 유숙하여 견학하는 날을 2개월로 만기를 정하면 좋습니다. 해당 읍에서는 한 사람을 교대로 보내 견학을 하도록 합니다. 숙식비에 대한 절차는 해당 읍에서 상납하는 조세 중에서 처리하도록 해야 할 것입니다. 새 기계를 모방하여 그 오묘한 이치를 터득하는 자와 서적을 인쇄할 줄 아는 자는 능력의 고하에 따라 반드시 가려 써서 그 정교한 분야에 전념하도록 해야 합니다. 책을 출판하는 자에게 그 번역을 금지하면, 이 부서에 들어오는 자들이 다투어 이치를 해득하여 연구할 것입니다. 또한 책의 내용을 환하게 깨우치는 자도 많을 것이니, 한 사람이 깨우치면 그 사람의 아들 손자 및 배우고 따르려는 자는 모두 다 따라 배우게 될 것입니다.

이렇게 되면 백성들의 의혹이 풀어지고 유언비어가 소멸되어 개화기의 화평을 확실하게 기대할 수 있을 것입니다. 이것이야말로 백성의 마음을 순화시키면서 풍속을 바로 잡는 묘법이며 후생을 이용하는 수선책이 아니겠습니까. 백성들이 스스로 의혹을 풀고 편히 살 수 있으면 국력은 스스로 강해질 것입니다. 이를 위한 방어의 계책 같은 것은 쉽게 말한 1권의 책에 다 실려있으니 신은 감히 더 말하지 않겠습니다.

1882년 8월 23일

위의 글은 당시 벼슬이 없었던 지석영의 첫 상소문이며 당시 개화파의 대표적인 상소문으로 꼽히는 중요한 내용이었다.

1882년 8월 23일, 당일 고종이 상소문에 대한 답을 내렸다. "네가 말한 시무가 조리가 있으니 가히 채택할 만하다. 내가 심히 기뻐하는 바이고, 너의 상소문을 의정부에 보내어 시행토록 하겠다." 지석영의 상소는 일본을 통한 각종 외국 서적과 새로운 문물을 수집하고 그 시행과 방법을 연구할 것을 주장하는 내용으로 개화가 절실했던 고종이 흔쾌히 답변을 내린 것이었다. 고종은 이 시기를 기점으로 일본에 신사 유람단을 파견했고 청나라에는 학생과 기술자들을 보냈다. 근대적 실무와 함께 무기 제조법을 익히기 위한 기기창도 설치하면서 개화파 지석영의 주장을 적극 수용했다. 당시 지석영은 스승 강위로부터 배운 개화사상을 실현하기 위한 정책을 내세우면서 백성들을 위해 상소했다. 개화파 중에서 그 누구도 이처럼 구체적이고 강력하게 고종에게 상소문을 올린 사람은 없었다.

이 시기, 전라도 어사 박영교가 지석영을 전주에 초빙하여 우두국 설치를 요청했다. 지방의 백성들은 당시만 해도 굿을 하는 일 외에 아무 치료 방법이 없었고 서양의 것이라면 모두 두려워하는 상황이었다. 박영교는 종두를 접종하기를 권하는 글 '권종우두문(勸種牛痘文)'을 백성들에게 반포했다.

6. 임오군란이 불러들인 외세와 개화 정책 … 47

두창은 귀천을 가리지 않고 찾아와 어린아이들이 그 위험에서 피할 수가 없다. 의원들도 치료법이 마땅치 않아 10명 중 8~9명은 죽고, 살아남은 1~2명도 얼굴에 상처가 생겨 폐인이 되는 자가 수백 명에 달하니 안타깝기 그지없는 일이다. 영국의 신의(神醫) 제너가 고생 끝에 우두라는 새 방법을 발견해서 100번 시행해서 100번 다 치유되어 실패가 없는 제일 좋은 방법이다. 이것은 시작한 지 87년이 되었고 중국에서도 78년 전부터 성행하고 있다. 이제 우리나라에서 의원 지석영이 부산 제생 의원에서 종두법을 배웠고 수년간 서울에서 시술해 귀신같은 효과를 얻었다. 요새 와서는 고관들의 자식과 가족들이 다투어 접종하여 모두 성과를 얻었다. 그래서 전주에도 우두국을 설치할 것이다. 지석영을 교사로 초빙하여 배우고자 하는 이들에게 가르칠 것이다. 이는 절대 안심하고 시술할 수 있는 방법이기 때문이다.

　　다음 해에는 충청좌도 어사 이용호가 지석영에게 우두법을 요청했다. 지석영은 서울과 전주 다음으로 공주에 우두국을 설치하였고 각 지역에 종두를 보급하기 위해 전념하게 되었다.

　　1883년에 수신사 박영효는 임오군란의 수습을 위해 일본으로 향했다. 이때, 지석영의 형 지운영이 동행을 요청했다. 지운영은 근대 문물 중에서 카메라와 사진술에 관심이 많았다. 일찍이 육교시사[1]의 일원으로 개화파 인사들과 인맥이 있었던 덕분이었다. 육교시사의 개화파들은 일찍부터 세계정세와 시대의 변화에 대한 정보를 나누었는데, 지운영은 그들 중에서 예술성이 풍부했다. 지운영은 박영효 일행이 조선으로 귀국한 뒤에도 일본에 남아 민영목의 후원으로 일 년 동안 사진술을 본격적으로 공부했다. 일본에 체류할 동안, 김옥균과도 다시 인연이 닿았다. 김옥균은 지운영의 직속상관이었으나, 그를 신뢰하지 않았던 것 같다. 지운영은 민영목의 도움으로 일본 유학을 했기 때문에 민씨 척족들과 더욱 친분이 깊었고, 이 문제는 김옥균을 자극하여 인간적인 갈등을 빚었을 것이다. 이 결과, 훗날 지운영이 김옥균을 암살하려고 자청한 동기 부여가 되었다.

지운영과 달리 지석영은 김옥균과는 더욱 돈독한 인연으로 성격 면에서 통하는 부분이 많았다. 학구적이면서 개화에 적극 앞장서고, 근대 문물 종두법을 널리 시행하고 있는 지석영에 대해 김옥균은 매우 호의적이었을 것이다. 하지만 이 관계는 후일 지

---

[1] 육교시사(六橋詩社): 강위를 중심으로 한 여항 문학 모임으로, 육교는 오간수문의 6번째 광통교의 별칭.

석영의 앞길을 가로막는 장애로 작용하게 된다. 지석영은 관직에 나간 이후, 정권이 요동을 칠 때마다 갑신정변의 주동자 김옥균과의 인연으로 인해 정치적으로 곤욕을 치르곤 했다.

7. 갑신정변으로 개화파 몰락하다

1883년 2월 22일 지석영은 문과에 급제했다. 이후 승정원을 거쳐 12월에는 성균관 전적과 사헌부 지평을 역임하면서 개화파 정권에 합류하게 되었는데, 그는 정치보다 천연두 연구와 치료에 더욱 매진하고 있었다.

개화파로 정국을 장악한 김홍집·김윤식·어윤중 등은 온건 개화로 청의 양무운동[1]을 본받아 나라의 부국강병을 이루자는 주장을 펼쳤다. 그러나 김옥균·박영효·홍영식 등의 급진 개화는 일본의 메이지 유신을 본받아 근대 국가를 세우려는 정책을 내세웠다. 급진 개화파는 서양의 과학기술은 물론 법과 제도·종교의 자유까지 수용할 것을 주장했으며 〈한성순보〉를 발행하고 우정국을 세워 우편 사업을 추진하기까지 했다. 김옥균 등의 이런 움직임은 청나라를 의지하고 있었던 왕비 민씨를 불안하게 만들었다.

---

1 양무운동(洋務運動): 19세기 후반 중국 청나라에서 일어난 근대화 운동.

고종은 온건 개화파와 급진 개화파 사이에서, 결정적일 때는 친청파인 왕비 민씨의 뜻을 따랐다. 왕비 민씨와 대척점에 있던 김옥균은 청나라로부터의 완전한 독립을 꾀했으며, 일본의 힘을 빌려야만 한다고 주청을 올렸다. 그러나 김옥균의 급진 개화에는 막대한 정치적 비용이 필요했다. 조선의 재정은 열악하기 짝이 없었기 때문에, 김옥균이 건의한 것은 일본에서 차관을 도입해야 한다는 것이다. 이와는 반대로 왕비 민씨는 조선의 재정을 위해서는 화폐 개혁으로 당오전을 주조해야 한다고 주장했다. 조선 재정의 어려움을 위한 두 가지 정책을 쓰기로 결정한 고종은 김옥균을 일본에 파견해 300만 엔의 차관을 도입하라는 명을 내렸다.

1883년 6월, 일본으로 건너간 김옥균이 차관 도입을 위해 백방으로 손을 썼으나 일본 정부는 거절했다. 일 년 동안의 노력이 허사로 돌아가고 1884년 5월에 김옥균은 빈손으로 귀국할 수밖에 없었다. 일본은 자국의 이익에 집중할 뿐으로 조선을 우습게 여긴 것이었다. 이 문제로 고종은 김옥균을 신뢰할 수 없다고 판단했다. 이로써 김옥균의 입지는 불안하고 위태로웠다.

김옥균은 이대로 차일피일 미루고만 있다면 조선의 독립적인 개화는 점점 멀어질 수밖에 없다는 판단이 들었다. 일단, 정국을 주도하는 위정척사파와 친청파를 밀어내야만 조선을 변화시킬 수 있었다. 이 당시, 청나라 이홍장은 프랑스와의 전쟁에 대비하기 위해 서울에 주둔했던 청나라 병력의 절반을 랴오둥 지역으로 이동시켰다. 청나라 병력이 절반으로 줄어들고 조선에 관심을 두지 않는 이때가 기회라는 판단은 급진 개화파들의 공통된 생각이었다.

1884년 12월 4일 우정국 낙성식을 축하하는 연회에서 김옥균 일파는 민규직·한태호·이조연 등 민씨 척족과 대신들을 살해했다. 이 정변을 알고 있었던 고종이 대신들을 해치지 말 것을 당부했으나 김옥균은 이들을 참혹하게 죽인 것이다. 개화에 대한 성급한 마음 때문이었다.

임금께서는 이미 내 음성을 들으시그 침전에서 급히 나를 불러 "무슨 변고가 있느냐?" 하고 물으셨다. 나는 즉시 박영효, 서광범과 함께 침전으로 들어가서 우정국의 변고를 모두 말씀드리며 부탁드리기를 "일이 급하니 잠시 정전을 피하소서." 했다. 왕비께서 내게 조용히 물으시기를 "이번 변고가 청국 쪽에서 났는가, 아니면 일본 쪽에서 났는가?" 하셨다. 내가 미처 대답하기 전에, 동북쪽에서 갑자기 대포 소리가 하늘을 울렸는데, 이는 궁녀 아무개가 통명전에서 거사한 것이었다.

윗글은 김옥균의 『갑신일록』의 한 구절이다. 당시의 급박한 상황을 그대로 기록한 것으로 참변이 벌어지고 있었던 그 시각, 김옥균이 창덕궁을 급습해서 고종과 왕비 민씨를 경우궁2으로 옮기게 한 경위를 서술한 것이다. 고종과 왕비 민씨가 의심하였다가 놀라 피신하게 된 이유는 통명전3에서 폭발음이 들렸기 때문이었다. 위협적인 대포 소리는 궁녀 고대수가 던진 것이다. 고대수는 김옥균의 밀명을 받아 갑신정변을 일으킨 중심인물이지만, 『갑신일록』에는 정보가 나오질 않는다. 고대수는 갑신정변 수습 과정에서 형장으로 향하던 중, 육모전(종로) 네거리에서 군중들이 던지는 돌에 얻어맞아 죽었다. 개화파 인물 중 궁녀와 내시도 가담했다는 기록이 있는데, 유일한 여성 고대수는 개인적인 고통과 한이 맺힌 탓에 개화의 새로운 질서에 목숨을 걸었을 것이다. 개화파가 여성의 권익을 위한 정책을 내세웠고, 여성문제에 적극적인 조항을 구체적으로 제시했기 때문이다. 예를 들면, 남편은 그 아내에게 횡포하지 말 것과 소학교와 중학교를 설립하여 남녀 6세 이상이 모두 취학하게 할 것, 법령으로써 남성

---

2 경우궁(景祐宮): 조선 정조의 후궁이며, 순조의 생모인 수빈(綏嬪) 박씨(朴氏)의 사당.
3 통명전(通明殿): 왕비의 침전 역할과 동시에 내외 명부를 다스리는 업무를 보던 내전의 으뜸 건물.

의 취첩(取妾)을 금하게 하고 청상과부의 임의 개가를 허락할 것 등이었다. 한편 내시 유재현은 고종과 왕비 민씨 앞에서 김옥균에 의해 살해되었다. 유재현은 원래 왕비 민씨의 측근으로 개화파와 손을 잡고 고대수와 함께 행동대원으로 활약하기로 했지만, 상황이 불리해지자 김옥균의 눈앞에서 변절했다.

급진 개화파의 갑신정변을 일러 세간에서는 '삼일천하'라 했다. 삼일천하의 첫째 날에는 위정척사파를 살해하고 고종을 납치했다. 둘째 날에는 급진 개화파의 새 내각을 발표했다. 셋째 날에는 14개 조의 정강을 발표했다. 14개 조의 주된 내용은 청에 대한 사대관계 폐지, 인민 평등권, 지조법 개정, 재정 일원화, 입헌 군주제 등으로 대단히 급진적인 것이었다. 김옥균의 정강은 근대 자주 국가 건설을 위해 꼭 필요한 것들이었으나 이 개혁을 실현시키기 위해서는 내부적 역량과 경제력과 시간이 필요했기 때문에 김옥균의 스승 유대치는 이 정변을 끝까지 말렸다고 한다.

갑신정변의 주동자들은 일본으로 망명했다. 그러나 미처 피하지 못한 개화파들은 전부 조사를 받았다. 민씨 척족이 살해당한 일로 왕비 민씨의 분노가 하늘을 찌를 정도로 원한을 품었기 때문에 정변에 연루된 자들은 끝까지 추적하였다. 그 결과, 90여 명이 체포되어 참형을 받았고 그 가족까지 살아남을 수 없었다. 이 잔혹한 수사는 1886년까지 계속되었으나 분이 풀리지 않은 왕비 민씨는 일본에 있는 김옥균을 죽이는 일에 모든 수단을 총동원했다.

갑신정변의 결과로 청나라의 영향력과 간섭은 극대화되어, 고종은 청의 압력을 벗어나기 위해 러시아의 강한 힘을 빌려 올 계획을 세웠다. 이 때문에 개화파 지석영도 위태로운 상황이었고, 초급 관리로서의 활동이 현저하게 줄어들 수밖에 없었다.

지운영은 갑신정변이 일어난 1884년에 귀국하였다. 귀국한 뒤에는 도화원4 출신 김용원의 도움과 민영목의 힘을 빌려 관립 촬영국을 함께 열어 고종의 사진을 처음 촬영했다. 한성 사람들은 일본에 대한 반감으로 개화파를 무조건 싫어했다. 갑신정변이 수습될 당시, 사람들이 지운영의 개인 사진관에 들어와 기물과 건물을 파괴시켰다. 사진관은 근대 문물이었기 때문에 공격을 당할 수밖에 없었는데, 지운영은 급진 개화파에 의해 후원자 민영목이 살해되자 큰 곤경에 빠졌다. 그는 김옥균이 정변을 일으켜 자신의 사업까지 망쳤다는 생각을 했을 것이다.

1885년 11월 3일, 지운영은 참판 민병석을 만나 김옥균 암살

---

4 도화원(圖畫院): 고려 시대부터 조선 초기까지 왕실과 귀족의 주문을 받아 그림을 그리는 일을 관장하였던 관청.

에 대해 논의했다. 이틀 뒤인 11월 5일 고종을 만난 지운영은 김옥균을 암살하겠다고 자청한다. 정변의 실패로 김옥균·박영효·서광범 등은 일본으로 망명했기 때문에 고종과 왕비 민씨는 이들을 추적해서 죽이려는 계획을 실행에 옮겼으나 이미 한 차례 실패한 이후였다. 1886년 1월 10일, 고종은 지운영을 불러 국서와 여비 5만 원을 건넸다. 국서에는 지운영을 '도해포적사'로 임명한다는 내용이 있었다. 바다를 건너 역적을 잡는 특사로 임명한 것이다. 지운영은 1886년 2월 23일 인천에서 출발해서 나가사키, 고베를 거쳐 도쿄에 도착한 후, 김옥균 일행과 접촉했으나 미리 알아챈 일행들의 방비로 인해 암살은 실패했다. 지운영은 무예에 출중한 협객으로 이름이 알려졌는데 그의 암살 계획은 너무나 허술했을까. 오히려 김옥균 측근들에게 속아, 고종의 국서와 여비까지 모두 빼앗기게 되었던 것이다. 오래전부터 김옥균은 지운영을 경계했다. 지운영과 민영목, 민영목과 왕비 민씨와의 관계 때문이었다. 지운영은 정치에는 관심이 없었고 인간적인 판단이 미흡했기 때문에 오히려 김옥균 일행의 신고로 도쿄의 교바시 경찰서에 투옥되었다가 겨우 조선으로 돌아올 수밖에 없었다. 고종은 이 암살 사건이 알려진다면 정치적으로 난처하게 될 상황이었으므로 지운영을 모르쇠로 대했다. 의금부가 지운영의 뒷조사를 할 뜻을 비쳤으나 고종은 밀명을 내리지 않은 것처럼 말했다. "제 맘대로 다니면서 나라에 수치를 끼쳤으니 지운영을 엄하게 다스리라." 했고, 급하게 유배형을 내렸다.

1886년 6월 17일, 지운영은 평안도 영변으로 유배를 떠났다. 어쩌면 지운영은 목숨을 위협받았을지도 모르고, 밀명을 내린 사실을 실토하지 않는 조건으로 유배형을 선택했을 것이다. 김옥균 암살에 실패한 이후, 의협심으로 가득했던 지운영은 자신을 외면한 고종에게 인간적인 상처를 받아 유배에서 풀려난 이후, 은둔 생활로 들어간다.

지운영이 실패했던 김옥균 암살 작전은 1894년 3월 28일 자객 홍종우5가 실행에 옮겼다. 왕비 민씨의 집요한 추적 끝에 이루어진 보복적 암살이었다. 낡은 제도와 정치를 개혁하고자 했던 김옥균의 말로는 처참하기 이를 데 없었다. 갑신정변은 조선과 일본의 외교적 쟁점이 되었고 일본 정부는 김옥균을 태평양의 절해고도 오가사와라에 억류시켰다가 2년 뒤에 일본 북단의 끝 북해도로 강제 이주시켰다. 일본은 조선과의 협상에서 김옥균을 적절하게 활용하려 했으나 조선이 3차례에 걸쳐 자객을 보내 계속 암살을 시도하자 일본은 김옥균을 귀찮은 존재로 여겨 끝까지 외

---

5 홍종우(洪鍾宇): 개항기 조선인 최초의 프랑스 유학생이자 김옥균을 암살한 대한제국의 '왕당파' 관료이다.

면했다. 청나라와 대립하고 있었던 일본의 호의와 군사적 힘은 조선을 위한 것이 아니었음을 김옥균은 그제야 알았을까. 김옥균은 일본에 실망한 나머지 마지막으로 이홍장의 아들이자 주일청국공사였던 이경방을 만나 정치적 협상을 하려고 했다. 일본 땅에서 김옥균을 죽이는 것에 매우 민감한 일본의 정치인들 때문에 홍종우는 정체를 숨긴 채, 김옥균을 따러 상해로 떠났다. 김옥균은 갑신정변 때 숨진 개화파 홍영식의 친척인 홍종우를 지나치게 믿었을까. 1894년 3월 28일, 홍종우는 상해의 한 여관에서 김옥균을 향해 3발의 총을 쏘았다.

김옥균의 시신은 왕명에 따라 부관참시를 당해 8도에 나뉘어 내걸렸다. 참수된 머리는 서울 양하진 저잣거리에 홍종우가 쓴 '대역부도옥균(大逆不道玉均)' 깃발과 함께 내걸렸다. 혁명의 실패로 김옥균의 이름은 역적으로 남았고 그의 가족들과 집안은 쑥대밭이 되어 죽었으며 겨우 살아남은 자들은 도망자 신세로 은둔 생활을 할 수밖에 없었다. 반면 관비로 프랑스 유학을 했던 홍종우는 유학비를 제공한 위정척사파에게 늘 빚진 마음이었을 것이다. 그는 김옥균 암살 후, 척사파의 세를 등에 업고 정치 활동을 시작했으며 왕당파로 고종의 측근이 되었다.

8. 『종두신설』 저술하다

    고종의 명으로 주조한 '당오전'[1]은 시중에 유통되었어도 임시방편이었기 때문에 서민 경제는 혼란에 빠졌다. 조선의 재정은 갈수록 궁핍해졌고 민생은 말할 수 없이 흉흉했으며 천연두 환자는 전혀 줄어들지 않았다. 지석영은 오직 종두법 시술을 민간에 알리려 했다. 정치 상황과 무관한, 종두법은 민생을 구제할 절대적인 의술이었다. 1885년 4월 지석영은 서양 의서를 인용하고 자신의 경험을 바탕으로 『종두신설』을 저술했다. 이 책이 출간되었을 때, 김홍집과 이도재가 서문을 썼다.

    하늘이 사람에게 수명을 부여함에 그 길고 짧음이 같지 않다. 아이가 태어나 종두에 죽는 이가 태반이지만 의원들이 혹 그 기술을 시행하지 못한다. 또한 군자는 그것을 명으로 여기지도 않는다.

---

1 당오전(當五錢): 1883년(고종 20)~1895년(고종 32)까지 통용된 화폐.

지석영이 아직 과거에 합격하지 않았을 때 우두법을 알아 이를 시험해 보고 말했다.

'이는 구제할 수 있겠다.'

경진년(1880년) 여름에 군(君)이 나를 따라 일본에 사신으로 갔을 때, 의사를 방문하여 종두법의 묘리를 다 터득하여 돌아왔다. 이것을 손 써보니 곧 효과가 있어 백 명에 한 명도 실패가 없었다. 그 종두법은 서양에서 시작되어 동양으로 전래되어 온 것이 오래되지 않았다. 사람들이 처음에는 그것을 의심했으나, 시간이 지나자 이를 믿는 사람들이 날로 늘어났다.

군은 살린 사람의 수가 거의 만여 명에 이르도록 이 법을 널리 베풀었다. 또한 그 방법을 감추지 않고 자신의 경험을 책으로 펴내 이것을 널리 전파했다. 장차 온 세상 사람들을 장수하는 경지에 다 오르게 하여, 일찍 죽는 두려움을 없앨 것이니, 그 공을 어찌 헤아릴 수 있겠는가? 옛날에 범문정[2]이 말하기를 "재상이 될 수 없다면, 원컨대 좋은 의원이나 될 것이다."고 하였으니, 군의 마음이 실로 어질다고 할 것이다.

---

2 범문정(范文正): 명·청 교체기에 활약했던 청나라의 한족 관료.

이 책을 나에게 보이니, 일찍이 내가 그 직책3을 맡았는데도 혜택을 받지 못한 사람이 많았다. 이 때문에 그의 글에 서문을 함으로써 나의 부끄러움을 기록한다.

을유년(1885년) 여름,

도원(道園) 김굉집(金宏集-김홍집)이 쓰다.

(…) 천연두가 사람을 해침은 오래되었다. 어린아이가 감염되어 열 명에 둘, 셋도 살아남지 못하고 혹 살아남더라도 나쁜 병으로 고통을 받으며 그 일생을 마친다. 1년에 세계의 어린이가 태어남을 헤아려 보면, 천만 억으로 감소하는데, 우두법을 터득함으로부터 비로소 예방법을 알게 되었다. 그 방법은 지극히 간단하고, 효과가 아주 신기하며, 그 이로움이 지극히 넓다. 이 법이 서양에서 유래하여 세계 각지에 전해져, 일찍 죽는 사람은 없는데, 오직 우리나라만이 궁벽하여 이를 모르고 있었다.

지송촌(池松村) 납언(納言)은 자비로운 사람이다. 어렵사리 바다를 건너 종두법의 스승을 찾아갔다. 그 지극히 간단하고도 신묘하며 넓은 법을 다 터득하고 돌아와서 이를 시험하였다. 사람에게서 소

---

3 직책: 고관이 되면 내의원·약방 등의 도제조·제조 등을 겸임함. 김홍집이 의원 직함을 띤 일을 말함.

에게로 사람에게로 시험하여 보았는데, 신령한 응험이 무척 빨랐으므로 이를 널리 베풀었다. 이에 나라 사람들이 이 소문을 듣고 그것을 배우고자 찾아온 사람이 날로 이어졌다. 송촌은 번거로움을 꺼리지 않고 그 방법을 남김없이 가르쳐주었다. 지금 우두법이 널리 퍼졌으나, 그 마음에는 오히려 부족하다 여겼다. 더욱 여러 사람들의 학설을 모아 한 권의 책으로 펴내고자 하였다.

하루는 송촌이 옷소매에서 이를 꺼내 내게 보여주었다. 내가 말하기를 "양생함에 나이를 늘리며 수명을 더함에 이르고, 나라를 다스림에 하늘에 빌어 명맥을 영원케 함은 진실로 같은 이치이다. 송촌은 이미 우두법을 널리 보급해 해마다 수십만 명의 생명을 구하였다. 비록 천지의 덕에 따르며, 화육의 공덕을 주선한다고 말할지라도, 지나친 것이 아니다. 우리 그대는 반드시 감히 그 복을 혼자만 갖지 말고, 우리 대군주에게 귀착시켜 우러러 만억 년을 도와 영원한 명맥을 기원하는 근본으로 하지 않으시겠소?" 하였다. 송촌이 말하기를 "그러합니다. 그것이 저의 뜻입니다." 하였다.

을유년(1885년) 봄에
원정 이도재(李道宰)가 쓰다.

지석영의 첫 저서 『종두신설』은 1885년에 썼고, 이도재의 서문에는 지석영을 '지송촌 납언'이라고 칭했다. 송촌은 지석영이 유배(1887년)당했을 때 신지도 송곡리(송촌)에 거주하면서 우두 접종에 매진했던 까닭으로 송촌, 이라는 호를 스스로 지어 불렀다. 위리안치된 송곡리에서 지석영은 1888년에 『중맥설』을, 1891년에 『신학신설』을 저술했다. 그 당시에 이도재는 인근의 고금도에 위리안치되었다. 두 사람은 개화파 관료였으나 갑신 정변 실패 후, 이완용의 모함을 받아 동시에 신지도와 고금도로 유배를 떠났다. 지석영은 이도재와 서신을 주고받으면서 유배 생활의 외로움을 견디었고, 둘은 깊은 우정과 신뢰를 쌓게 되었다. 이 두 권의 저서를 집필할 당시, 고금도에 있던 이도재의 격려와 응원에 힘입은 바 컸다. 송촌 납언, 이라는 호칭은 지석영의 호와 벼슬 이름이다. 이를 본다면 이 책은 그들이 유배에서 풀려나온 뒤에 이도재의 서문을 실어서 후에 새롭게 출간되었을 것 같다.

〈송촌 지석영 자서(自序)〉

하늘이 사람을 낸 지가 오래되었다. 성신(星辰)이 교대로 일어나, 생성하고 기르는 공에 법이 갖추어지지 않은 것이 없었다. 그러나 오래지 않은 옛날에 이르러서 어린아이가 천연두에 독을 입는 것을 능히 막지 못했다. 이따금 천연두에 걸리면 열 명에 여섯, 일곱 명도 그 생명을 보존하지 못했다. 다행히 목숨을 건진 사람도 얼굴

조선의 국토는 진실로 아시아의 요충지에 위치하여 반드시 다투어야 할 요해처(要害處)가 되므로 조선이 위험해지면 중국과 일본의 형세도 날로 위급해집니다. 러시아가 영토를 공략하고자 한다면 반드시 조선으로부터 시작할 겁니다. 아! 러시아는 승냥이와 같던 춘추 전국 시대의 진(秦)나라와 같은 나라입니다. 러시아는 마치 옛날의 진나라처럼 힘써 정복하고 경영해 온 지 300여 년인데 그 처음은 유럽이었고, 이어서 중앙아시아였으며, 오늘날에 이르러서는 다시 동아시아로 옮겨 조선이 그 피해를 보게 되었습니다. 그러므로 오늘날 조선의 급선무를 계책 할 때 러시아를 방어하는 것보다 더 급한 것이 없습니다. 러시아를 방어하는 계책은 어떤 것이겠습니까? 바로 친중국, 결일본, 연미국입니다.

조선이 세계정세의 급물살에 휩쓸리고 있는 현 상황과 위기의 대안을 세세히 기록한 것이지만, 결론은 청나라의 이익에 관련된 것이었다. 김홍집이 하여장과 정세를 논의하는 사이, 지석영은 도쿄에 있는 내무성 위생국을 찾아가 우두 종계소 소장 기구치를 만날 수 있었다. 지석영은 필담으로 조선의 천연두에 대한 사정을 알리고 종두법을 배우기 위해 일본까지 왔다는 것을 말했다. 그러나 기구치가 탐탁지 않은 반응으로 차일피일 미루기만 했다. 갖은 고생 끝에 일본까지 온 목적은 오직 종두법을 배우는 것에 있었는데, 빈손으로 조선으로 돌아갈 수는 없었다. 지석영은 기구치를 끈질기게 설득해 두묘의 제조법과 저장법, 송아지로부터의 채장법 등 완전한 종두법을 배우고 귀국할 수 있었다. 그처럼 끈질긴 인내와 집념은 어디에서 왔을까. 지석영의 위대한 점은 천연두를 예방하여 사람들을 살리고자 하는 애민 정신일 것이다. 그의 목적은 오직 단 하나, 종두법을 완전히 습득하여 천연두로 죽어가는 사람들을 구하는 것이었다.

귀국한 뒤, 지석영은 김홍집의 배려로 일본 공사관의 의사들과 함께 여러 차례의 임상 실험을 거쳐 종두소를 열게 되었다. 왕실의 협조 속에서 조선 최초의 종두접종소가 열린 것이다.

5. 조선에게 『조선책략』이란

 1880년 8월 28일 김홍집은 창덕궁 중희당에서 일본에서 보고 들은 것을 고종에게 보고했다. 가장 중요한 건 청국 공사가 건네준 『조선책략』이었다. 고종은 김홍집의 의견을 적극적으로 수용했고 책의 내용을 한 치의 의구심도 없이 믿었다. 고종은 청나라를 깊이 신뢰할 수밖에 없었다. 일본이나 러시아에 대한 정보가 너무 부족한 상황이었기 때문이다. 청국 공사 하여장이 김홍집에게 준 『조선책략』의 내용대로, 고종은 후일 '친중국, 결일본, 연미국'의 외교적 수순으로 정치 노선을 정하게 되었다. 이 책은 고종이 청에게 지나치게 의지하게 된 정책으로 자리매김하면서 자국의 내란까지도 외세를 적극 동원하게 되는 결과를 가져왔다.
 김홍집과 만난 나흘 후, 고종은 개화파인 젊은 승려 이동인과 탁정식을 청나라 밀사로 파견할 계획을 세웠다. 10월 중순, 개화승 이동인은 청나라의 하여장을 만났고, 미국과의 수호를 주선해 달라고 요청했다. 이는 고종이 청나라를 우선으로 삼은 개화 정책을 본격화할 것을 예고한 것이다. 고종의 치명적인 외교 정책은 끝까지 사대주의를 벗어나지 못한 데 있다. 청나라의 이권과 야욕이 우선인 『조선책략』을 조선의 개화 정책으로 삼은 것이 한 예이다. 이는 후일, 조선 땅을 청·일간의 전쟁터로 만들게 된 시작이었다. 고종의 밀사 이동인은 조선 정부에서 공식적인 협조 요청이 있을 것을 하여장에게 알렸고, 하여장은 이 일을 북양대신 이홍장에게 보고했다. 하여장과 황준헌이 제작한 『조선책략』은 청나라가 조선을 속국이 아닌, 식민지로 만들려는 야욕을 숨긴 정책이다. 이로 인해 이홍장은 적극적으로 조선 정부에 엄청난 영향력을 행사하게 되었다.

고종은 결일본(結日本)을 위해 이동인을 밀사로 파견했다. 이 결과로 서구 열강과의 수호 조약을 추진하기 위한 기구 '통리기무아문'을 설치했다. 이는 청의 '총리각국사무아문'을 본떠 만든 것으로 정치와 군사 기밀을 담당했다. 고종은 청나라에 영선사를, 일본에는 신사 유람단을 파견했다. 통리아문의 참모관에는 이동인을 임명해 군함과 총포 구입을 비밀리에 협상하라는 밀명을 내렸다. 그러나 1881년 2월 15일에 이동인이 갑자기 실종되었다. 천민 출신으로 고종의 정책 결정에 핵심이었던 승려 이동인의 행방을 아는 이는 아무도 없었다. 이동인은 통리아문과 영선사 파견 등 모든 실무를 주도했었고 그의 배후에는 왕비 민씨와 민영익이 있었다. 개화파의 모든 실무를 담당했던 이동인은 개화를 반대하는 위정척사파의 표적이었고, 그들로부터 시시각각 목숨을 위협받고 있었다. 밀사 이동인의 갑작스러운 실종은 개화를 추진하려던 고종에게는 큰 타격이었다.

고종은 다시 시찰 단원을 꾸려 일본으로 보냈다. 이들 시찰 단원 중에는 귀국하지 않고 일본에 남은 개화파 유길준과 윤치호 등이 있다. 9월 26일 고종은 위정척사파의 격렬한 반대에도 불구하고 영선사에 김윤식을 임명하였고, 사절 80명을 청나라로 파견했다. 이 과정에서 구식 군대가 대대즈으로 정리되면서, 별기군이라는 신식 군대가 창설되었다. 당시 서울에는 10,000명의 군병이 있었는데 이 중에서 절반 정도가 정리 대상이었다. 신식 군대 별기군의 총책임자로는 민영익을 임명하는 등 고종의 개화 정책은 급진전하고 있었으나 대신들과의 논의 없이 급하고 체계 없이 진행되어 위정척사파의 불만이 날로 쌓여갔다.

1882년(고종 19년) 4월 조미 수호 조약이 체결되었다. 조미 수호 조약은 연미국(聯美國)으로, 『조선책략』에 따른 고종의 개화 정책이다. 이 시기에 민심이 흉흉했고 불길한 징조들이 많았다. 비가 내리지 않아 흉년이 들었고, 국가 재정은 극히 악화된 상황이었다. 개항 이후 시작된 일본과의 무역 때문이었다. 조선에서 일본으로 가는 수출품 중 쌀이 8할을 차지했으므로 쌀 부족이 극심해 백성들의 원성은 날이 갈수록 높아졌다. 농민도 자신이 농사지은 쌀을 먹을 수 없었고, 전국에는 굶주림에 지친 부랑민들이 가득했다. 그 와중에 구식 군대 5천여 명의 병사가 월급(현품 지급)을 13개월 치나 받지 못했다.

1882년 6월 5일 호남에서 출발한 세곡선 몇 척이 서울에 도착했다. 이는 구식 군대의 쌀 배급을 위한 세곡이었고, 세곡의 실무는 민겸호(선혜청 당상)의 청지기가 맡았다. 민겸호의 청지기는 겨우 한 달 치 월급을 지급했는데 곡식에 겨가 가득해 가마니를 한 손으로 들 정도였고, 어떤 것은 모래가 섞인 쌀로 도저히 먹을 수 없는 상태였다. 분노한 군사들이 민겸호의 청지기를 집단 구타했고, 이에 민겸호는 주동자 네 명을 죽이겠다고 으름장을 놓았다.

6월 9일, 수백 명의 군병이 모여 네 명의 석방을 요구했다. 군병들은 민겸호와 청지기를 찾기 위해 돌아다니다, 포도청을 급습해 주동자 네 명을 구출했다. 곧이어 신식 군대 훈련장을 급습해 일본 장교 호리모토 레이조를 살해한 후, 일본 공사관을 파괴했고, 흥선 대원군이 있는 운현궁으로 몰려갔다. 이 때문에 군사 반란을 유도한 수장은 흥선 대원군이라는 세간의 평이 떠돌게 되었다.

임오군란의 직접적인 원인은 고종이 구식 군대를 급작스럽게 해고 정리했기 때문이었다. 이성을 잃고 분노한 군병들은 민겸호를 죽인 다음, 왕비 민씨를 죽이려고 창덕궁까지 쳐들어갔다. 그 시각에 흥선 대원군이 부인 민씨와 함께 입궐했는데, 왕비 민씨는 군사를 따돌린 홍계훈(무예별감)의 도움으로 궁을 빠져나갈 수 있었다.

구식 군대의 난이 확대되기 시작했다. 이어 부패한 관리들을 처단하고 싶었던 굶주린 양민들이 가세했다. 이들의 분노는 이태원과 왕십리에 거주하던 빈민들까지 대거 참여하면서 개화를 반대하는 반일 운동으로 번져가면서 왕실 주변의 건물 곳곳에 불길이 치솟아 올랐다.

지석영이 세운 종두장이 삽시간에 불이 났다. 지석영을 가장 못마땅하게 여긴 무리는 무당들이었다. 무당들과 함께 반일 감정에 차오른 사람들은 종두장이 개화파의 기물이라고 불을 질렀다. 당시의 풍습으로, 가족 중에 두창이 발병하면 용한 무당을 불러 굿을 했다. 지체 높은 양반 자식들이 두창에 걸리면, 무당들은 몇 차례씩 굿을 하면서 더욱 많은 돈을 벌었다. 무당들은 지석영을 서양 귀신이 씌웠다고 그를 죽이려고 혈안이 되어 있었다. 목숨이 위태로워진 지석영은 충청도 덕산의 처가로 피신해 간신히 살아남을 수 있었다.

흥선 대원군은 왕비 민씨가 행방불명되자 아예 죽은 사람으로 만들었다. 이 상황에서 고종은 대원군에게 통치권을 다시 넘길 수밖에 없었다. 재집권한 대원군은 고종의 개화 정책을 중단시키면서 민심을 달랬다. 분노에 찬 민심은 쉽게 가라앉지 않고 있었다. 이 난을 진정시키기 위해서는 청나라의 힘을 빌려 조선에 청나라 군대를 파견해야 한다는 조정의 의견이 우세했다. 천진에 머물고 있었던 영선사 김윤식이 청나라에 군대를 요구했고, 청나라 또한 군대를 파병할 기회만 엿보고 있던 상황으로, 청나라에게는 놓칠 수 없는 호기였다.

일본은 구식 군대가 일본 공사관 습격을 했다는 핑계와 조선 내 일본 거류민을 보호하기 위한다는 명분으로 군대를 파견했다. 천진에서 이 소식을 들은 김윤식은 적극적으로 청나라에 대규모의 군사를 요청해 군대를 파병했다. 청나라 장수 마건충은 흥선대원군을 계획적으로 납치했다. 청의 유력한 개화파 관료였던 마건충의 전략으로 고종은 왕비 민씨를 입궐시키기 위해 만반의 준비를 마쳤고 왕비는 서울에 무사히 입성할 수 있었다.

고종은 더욱 적극적으로 청나라 편에 섰다. 임오군란의 수습을 위해 달려온 청나라 원병으로 왕비 민씨는 구식 군대를 완전히 진압할 수 있었다. 결과적으로 임오군란으로 인해 서울에 청나라 군대와 일본 군대가 동시에 주둔하게 되었다. 여기에 조선 망국의 원인이 숨어 있다. 당시에는 알 수 없었던 망국의 시발점이었다. 임오군란 때의 청은 일본 세력보다 훨씬 더 큰 세력이었다.

고종은 내란 진압을 위해 나라의 위기를 스스로 불러들인 셈이었다. 이로써 조선에 청의 강력한 내정 간섭이 시작되었다. 고종은 청나라에 지나치게 의존적인 개화 정책을 썼다. 이는 개화가 아닌 사대주의였다. 청나라 황준헌이 김홍집에게 선물한 『조선책략』은 결코 조선을 위한 책략이 아니었으며, 청나라를 위한 것이었다.

6. 임오군란이 불러들인 외세와 개화 정책

조선의 김홍집과 일본의 하나 부사가 제물포 조약(1882년)에 합의했다. 임오군란 때, 습격당했던 일본 공사관의 유족들에게 5만 엔, 일본 정부에는 50만 엔을 배상해야 한다는 것이다. 일본이 요구한 터무니없는 액수 55만 엔은 조선 정부의 1년 예산의 3분의 1이 넘었다. 일본의 탐욕이 전면에 드러난 조약이었다. 이 배상금을 지급하느라, 조선의 재정은 더욱 열악해져 파탄지경이 되었다. 일본 공사관에 경비병 주둔과 조선 정부의 공식 사과를 위한 수신사 파견, 임오군란의 주모자 처벌, 또한 일본 거류민을 보호한다는 이유를 들어 일본 군대가 조선 땅에 주둔하게 되면서 일본은 조선에서의 지위를 구미 열강으로부터 인정받게 되었다.

김홍집은 일본 공사 오토리 게이스케의 지휘 아래 군국기무처의 업무를 시작했다. 총리대신으로 친일 내각을 조직하면서 조약에 따라 일본 공사관 직원 5명을 끌어들여 실질적인 권한을 부여했다. 그해 2월 『조선책략』이 전국에 널리 퍼졌고, 이를 읽은 영남 유생들이 「영남 만인소」를 올렸다. 유생 이만손을 중심으로 하는 경상도 지역 유생들은 새로 정권을 잡은 왕비 민씨가 고종의 뒤에서 정책 결정을 하고 있다고 믿었다. '영남 만인소'는 고종의 개화 정책에 반대해서 올린 상소문이다.

(…) 다른 나라 사람의 『조선책략』은 애당초 깊이 파고들 것도 없지만, 너희들도 또 잘못 보고 지적함이 있도. 만약 이를 빙자하여 또다시 번거롭게 상소하면 이는 조종을 비방하는 것이니, 어찌 선비로 대우하여 엄하게 처벌하지 않을 수 있겠는가. 너희들은 이 점을 잘 알고 물러가도록 하라.

고종이 답했다. 이후 조선은 1882년에 미국과 수교했다. 1883년에는 영국, 독일과 수교했으며, 1884년에는 러시아, 1886년에는 프랑스 등과 차례로 수호 통상 조약을 맺었다. 고종의 개화 정책은 거침없이 급속도로 전개되고 있는 듯 보였다.

임오군란이 수습되자 지석영은 서울로 돌아와 불타버린 종두장을 다시 세우고 김홍집의 개화 정책을 지지하는 상소문을 올렸다.

「유학 지석영 상소문」
운운(云云)

엎드려 말씀드리옵니다. 하늘이 우리나라의 운수를 도와 중궁전하께서 무사히 돌아오셨습니다. 이에 백성들의 기쁨이 한이 없으며 이로써 나라의 중흥을 가히 기약할 수 있습니다. 열 줄이나 되는 후회의 글을 내려 8도에 게시하라고 명령하신 전교(傳敎)는 여러 임금들이 행하지 못했던 일이며 억조 백성들을 깨닫게 하는 것입니다. 이는 진실로 큰 성인들이나 할 수 있는 일로 천만번 생각하신 후에 나온 것으로 알고 있습니다.

　오늘날 당장 눈앞의 큰 정치는 오직 민심을 편하게 하는 것입니다. 수백 가지의 일이 모두 급하지 않은 것은 없으나 중요한 것은 외교입니다. 우리나라는 본래 궁벽하게 바다 왼쪽에 있어 다른 나라와 외교를 하지 못했습니다. 따라서 견문이 넓지를 못하고 겨우 내 집 울타리나 지킬 줄 알 뿐이었습니다. 또한 문학이니 경제니 하면서 자기가 제일이라고 자처하는 자들도 세계정세에는 어둡지 않은 자 없습니다. 교역을 하지만 무슨 물건을 할지 전혀 모르고 국제적인 계약을 함에 있어서 어떻게 교역해야 유리할지 모르는 실정입니다. 혹 이익을 생각하여 외교 쪽으로 뜻을 두는 자가 있으면 곧장 지목하여 비난합니다. 이를 사도(私道)에 물들었다고 헐뜯고 추하다고 침 뱉으며 욕설을 퍼붓고 있습니다. 이처럼 좁은 소견의 관리들이 또한 매사 일을 너무 급하게 처리한다고 백성들의 원망이 많습니다.

청나라 군인들은 대궐 밑에 주둔하고, 왜병들은 성내를 활보하고, 장안의 부자들은 시골로 피신하려고 야단법석인 데다, 유언비어는 도로에 종횡으로 어지럽게 나돌고 있습니다. 하여 속히 보호책을 쓰지 않으면 안 되는 두려운 일이 매일 벌어지고 있습니다. 백성들로 하여금 오늘날 돌아가는 국내외의 사정을 알게 하였다면 저렇게 소요스러운 지경까지는 이르지 않았을 것입니다. 백성들이 편하게 살 수 없는 나라가 어떻게 나라 꼴이 될 수 있겠습니까.

원하옵건대 전하께서는 깊이 통찰하소서. 백성들이 안주하지 못한다면 나라가 어떻게 잘 다스려질 수 있겠습니까?

신이 삼가 생각한 첫 번째 대안으로 각국의 인사들이 저작한 『만국공법(萬國公法)』, 『조선책략(朝鮮策略)』, 『보법전기(普法戰記)』, 『박물신편(博物新編)』, 『격물입문(格物入門)』, 『격치휘편(格致彙編)』 등의 책을 살펴보는 것입니다. 그리고 우리나라 교리(教理) 김옥균이 편집한 『기화근사(箕和近事)』, 전 승지 박영교가 편찬한 『지구도경(地球圖經)』, 진사 안종수가 번역한 『농정신편(農政新編)』, 전 현령 김경수가 기록한 『공보초략(公報抄略)』 등의 책은 모두 막힌 소견을 열어주고 시무(時務)를 환히 알 수 있게 하는 책입니다.

원하옵건대 전하께서는 급히 한 개의 부서를 두어 여러 가지 책들을 수집해야 합니다. 유생들로 하여금 위에 기술한 책을 각 도에 보내어 각국의 배와 농기계, 직조기, 자동차, 무기 등을 견본으로 한 개씩 구입해야 합니다. 그다음으로 아전을 시켜 각 한 부씩을 베껴 해당 부서에 보내야 합니다. 이에 그 기계를 구경하도록 하고, 그 부서에 유숙하여 견학하는 날을 2개월로 만기를 정하면 좋습니다. 해당 읍에서는 한 사람을 교대로 보내 견학을 하도록 합니다. 숙식비에 대한 절차는 해당 읍에서 상납하는 조세 중에서 처리하도록 해야 할 것입니다. 새 기계를 모방하여 그 오묘한 이치를 터득하는 자와 서적을 인쇄할 줄 아는 자는 능력의 고하에 따라 반드시 가려 써서 그 정교한 분야에 전념하도록 해야 합니다. 책을 출판하는 자에게 그 번역을 금지하면, 이 부서에 들어오는 자들이 다투어 이치를 해득하여 연구할 것입니다. 또한 책의 내용을 환하게 깨우치는 자도 많을 것이니, 한 사람이 깨우치면 그 사람의 아들 손자 및 배우고 따르려는 자는 모두 다 따라 배우게 될 것입니다.

이렇게 되면 백성들의 의혹이 풀어지고 유언비어가 소멸되어 개화기의 화평을 확실하게 기대할 수 있을 것입니다. 이것이야말로 백성의 마음을 순화시키면서 풍속을 바로 잡는 묘법이며 후생을 이용하는 수선책이 아니겠습니까. 백성들이 스스로 의혹을 풀고 편히 살 수 있으면 국력은 스스로 강해질 것입니다. 이를 위한 방어의 계책 같은 것은 쉽게 말한 1권의 책에 다 실려있으니 신은 감히 더 말하지 않겠습니다.

1882년 8월 23일

위의 글은 당시 벼슬이 없었던 지석영의 첫 상소문이며 당시 개화파의 대표적인 상소문으로 꼽히는 중요한 내용이었다.

1882년 8월 23일, 당일 고종이 상소문에 대한 답을 내렸다. "네가 말한 시무가 조리가 있으니 가히 채택할 만하다. 내가 심히 기뻐하는 바이고, 너의 상소문을 의정부에 보내어 시행토록 하겠다." 지석영의 상소는 일본을 통한 각종 외국 서적과 새로운 문물을 수집하고 그 시행과 방법을 연구할 것을 주장하는 내용으로 개화가 절실했던 고종이 흔쾌히 답변을 내린 것이었다. 고종은 이 시기를 기점으로 일본에 신사 유람단을 파견했고 청나라에는 학생과 기술자들을 보냈다. 근대적 실무와 함께 무기 제조법을 익히기 위한 기기창도 설치하면서 개화파 지석영의 주장을 적극 수용했다. 당시 지석영은 스승 강위로부터 배운 개화사상을 실현하기 위한 정책을 내세우면서 백성들을 위해 상소했다. 개화파 중에서 그 누구도 이처럼 구체적이고 강력하게 고종에게 상소문을 올린 사람은 없었다.

이 시기, 전라도 어사 박영교가 지석영을 전주에 초빙하여 우두국 설치를 요청했다. 지방의 백성들은 당시만 해도 굿을 하는 일 외에 아무 치료 방법이 없었고 서양의 것이라면 모두 두려워하는 상황이었다. 박영교는 종두를 접종하기를 권하는 글 '권종우두문(勸種牛痘文)'을 백성들에게 반포했다.

두창은 귀천을 가리지 않고 찾아와 어린아이들이 그 위험에서 피할 수가 없다. 의원들도 치료법이 마땅치 않아 10명 중 8~9명은 죽고, 살아남은 1~2명도 얼굴에 상처가 생겨 폐인이 되는 자가 수백 명에 달하니 안타깝기 그지없는 일이다. 영국의 신의(神醫) 제너가 고생 끝에 우두라는 새 방법을 발견해서 100번 시행해서 100번 다 치유되어 실패가 없는 제일 좋은 방법이다. 이것은 시작한 지 87년이 되었고 중국에서도 78년 전부터 성행하고 있다. 이제 우리나라에서 의원 지석영이 부산 제생 의원에서 종두법을 배웠고 수년간 서울에서 시술해 귀신같은 효과를 얻었다. 요새 와서는 고관들의 자식과 가족들이 다투어 접종하여 모두 성과를 얻었다. 그래서 전주에도 우두국을 설치할 것이다. 지석영을 교사로 초빙하여 배우고자 하는 이들에게 가르칠 것이다. 이는 절대 안심하고 시술할 수 있는 방법이기 때문이다.

다음 해에는 충청좌도 어사 이용호가 지석영에게 우두법을 요청했다. 지석영은 서울과 전주 다음으로 공주에 우두국을 설치하였고 각 지역에 종두를 보급하기 위해 전념하게 되었다.

1883년에 수신사 박영효는 임오군란의 수습을 위해 일본으로 향했다. 이때, 지석영의 형 지운영이 동행을 요청했다. 지나 색깔이 흐리고 효력이 떨어진다. 두의 알갱이가 익었을 때, 시간이 빠르면 장이 비록 작으나 그 전염하는 힘이 좋다. 이른바 시각의 빠르고 느린 것은 잠깐에 달려 있고, 사람의 성실과 불성실이 관건이며 채장의 기술이 있음과 없음에 달려 있다.

12) 독우사양법

송아지를 기르는 방법은 보통 짐승을 기르는 방법과 크게 다를 바 없다.

젖을 뗀 지 오래되지 않은 송아지는 기르는 데 신중해야 한다. 하루에 세 번 먹이는데 너무 늦지도 이르지도 않게 주어야 한다.

먹는 양은 송아지가 조금씩 자라는 것에 따라 더하거나 덜어준다. 대개 5, 6개월 된 것은 한 번 줄 때, 밀기울 2되 5홉을 물과 섞어 죽처럼 만들어 준다. 소금은 하루에 1홉을 세 번의 여물에 타서 준다.

여름날 낮에는 우리 밖에 풀어놓아 들판의 풀을 마음껏 뜯어 먹게 하고, 겨울에는 마른풀 10근을 세 번 준다.

13) 방약 부마진험방

○ 두가 터져 고름 물이 그치지 않음을 치료할 때

면견산 잠아견(비단)을 꺼내어 명반(明礬)으로 가루를 만들어

비단 안에 메워 넣은 다음, 그것을 태워 재를 만들어 사용하면 그 물이 스스로 마른다. 혹은 감초 달인 물로 적셔, 그 재가 마르기를 기다려 다시 가루를 만들어 사용하면 그 속성이 순수하다.

○ 두가 헐어 문드러졌을 때 치료하는 방법

백용산(白龍散): 오래 말린 소똥을 써서 태우고 그 중간에 흰 것을 취하여 갈아 가루로 하여 바른다.

두회산(豆灰散): 누런 콩을 태운 재를 갈아 미세한 분말로 바른다.

○ 두가 헐어 문드러지고 피가 그치지 않고 흐를 때 치료하는 방법

패독산(敗毒散): 여러 해 담장·지붕을 덮은 문드러진 풀 혹은 볏짚을 취해다가 깨끗이 씻고 말려서 가루를 만들어 바른다. 능히 창독(瘡毒)을 풀고 습기를 흡수할 수 있다.

○ 두가 터져 움푹 들어가고 아물지 않을 때 치료하는 방법

생기산(生肌散)과 갇초, 1전과 황백(黃柏), 황련(黃蓮), 지골피(地骨皮), 오배자(五倍子), 고백반(枯白礬) 각 2전을 모두 미세하게 갈아 가루로 바른다.

○ 두가 생긴 다음에 오는 모든 상처 치료법

금화산 황련, 황금, 황백, 황단(黃丹), 대황(大黃), 경분(輕粉)

등을 똑같이 나누고 사향 조금을 곱게 빻아 분말을 만든다. 상처 부위가 마르면 돼지기름으로 써서 고르게 발라주고 상처 부위가 축축하면 그냥 바른다.

○ 두정15을 치료하는 방법

발독고(拔毒膏), 웅황(雄黃)과 경분(輕粉)를 나누어 미세한 분말을 만들어 연지수(臙脂水)로 섞어 바른다.

○ 두풍선16을 치료하는 방법

누런 콩의 껍질을 볶아 그 물로 씻으면 해소된다.

○ 나머지 독과 홍종(紅腫)을 치료하는 방법

삼두산17을 모두 가루로 만들고 식초를 섞어 바른다.

여의고(如意膏), 대황과 반하(半夏)를 각 1전, 남성(南星)을 8분(分), 백지(白芷), 울금, 강황, 창출을 각 5분(分)을 가루로 만든 후에 식초를 섞어 바른다.

○ 희마진경험방(稀麻疹經驗方)

수세미 1개를 바람에 말려 섣달그믐날에 새 기와면 위에 방

---

15 두정(豆疔): 화농균의 침입으로 피부 및 뼈마디에 생기는 부스럼. 열독이 모여 쌓여서 생기는데, 단단하고 뿌리가 깊고 형태가 못과 같으며 통증이 심함.
16 두풍선(豆風癬): 마른버짐 같은 피부병.
17 삼두산(三豆散): 녹두와 흑소두, 적소두

치해둔다. 수세미 태운 재를 땅에 뿌린 후, 불기운을 없애고 갈아, 끓인 물을 복용한다. 이를 3~4차례 복용하면, 어린이는 마진18을 앓지 않는다.

---

18 마진(痲疹): 홍역.

제2장 정치적 세력 다툼 속에서

1. 갑신정변 이후 정치 상황

　1887년 3월 30일에 지석영은 상소문을 올린다. 그의 상소문은 내용이 방대하면서도 전체적인 조항을 매우 꼼꼼하게 다루고 있다. 당시 나라의 정세는 점점 기울어 가고 있었고 지석영은 개화파의 실패에도 불구하고 개혁이 시급하다는 것을 강조했다. 갑신정변 후, 개화파를 향한 위정척사파의 날 선 공격에도 아랑곳없는 위태로운 행보였다. 나라와 백성을 위한 것임이 분명했으나 청나라와 미국의 눈치를 보기에 급급한 고종의 고민과는 상관이 없었다. 지석영은 자기의 소신을 과감하게 펼쳤지만 혼란했던 고종의 심중을 알아채지 못했다. 그와 달리 이완용의 신중하면서 합리적인 처신은 지석영과는 사뭇 다른 것이었다.

　이완용은 25세에 증광별시 문과에 급제했다. 이후 1886년 9월 23일에는 조선 최초의 근대식 교육 기관인 육영 공원의 학생으로 특별히 선발되었다. 그는 민영익과 유길준이 의견을 내어 설립한 육영 공원에서 29세에 선발된 독보적인 인물이었다. 육영 공원에서는 헐버트·길모어·벙커 세 명의 미국인 교사가 초빙되어 최초의 영어 교육이 시작되었다. 대부분의 교육이 영어로 진행되었기 때문에 친미적 성향의 힘이 중요하다는 것을 느꼈을 것이다. 이완용은 정치의 출발점부터 근대 교육의 수혜를 누렸고 친미 세력의 힘을 등에 업고 있었다. 따라서 출발점부터 지석영과는 근본적으로 큰 차이가 있을 수밖에 없었다. 지석영은 과거 급제 전에 이미 종두장에서 백성들을 치료했고, 친일 개화파의 세력 안에 있었다. 일본에 직접 가서 종두법을 배워온 열정으로 그는 백성들의 천연두 접종에 온 열정을 기울이면서 정계에 진출했다. 그러나 이완용은 육영 공원에서 미국인 선생들로부터 수학했기 때문에 영어에 능통했고, 자연스럽게 미국과의 교역이 중요하다고 여겼다. 또한 국제정세에 민감했던 까닭에 갑신정변의 수습 과정에서부터 타국과의 정보가 부족한 고종의 심중을 정확히 읽어냈다. 그러나 워낙 조심성이 많은 까닭에 예민한 고종의 심기를 건드리지 않으면서 개화파의 완전한 축출을 위해 척사파 대신들과 힘을 모았다.

지석영은 이런 상황에도 불구하고 1887년 3월 30일에 직언을 하듯 상소를 올린 것이다. 4월 12일 이완용은 지석영을 문초할 것을 강하게 주장하며 상소문을 올렸다. 지석영과 김옥균의 친분을 이유로 갑신정변에 연루되었다는 주장이었다. 지석영은 국문을 받은 후, 당일에 유배지로 떠나게 된다. 이는 이완용 등이 올린 상소문을 고종이 받아들여 이루어진 것이었다.

지석영과 이완용은 정치 성향부터 지나치게 차이가 났다. 성격이 올곧고, 융통성이 없는 데다 오직 관직의 직무에 충실했던 지석영을 왕실의 동향에 빠르게 대응한 이완용이 그냥 두지는 않았다. 세계 정치의 흐름과 실리적 권력에 민감했던 이완용은 미국과의 교류에 정신을 집중하고 있었던 고종의 편에서 친일 개화파를 척결해야 한다는 주장을 폈다. 이완용은 지석영이 정계에서 처음 맞닥뜨린 악연인 셈이었다. 그들의 뒤틀린 인연은 한일 합방에 이를 때까지, 이완용이 죽을 때까지도 수없이 충돌하면서 지석영의 입지를 뒤흔들어 놓곤 했다.

〈장령 지석영 상소문〉

운운(생략하고)

엎드려 아뢰옵니다. 국가에 일이 없으면 공경대부의 말도 기러기 털 같이 가볍고, 국가에 일이 있으면 한미한 필부의 말도 태산보다 무거운 것입니다.

신은 본래 한미한 사람으로서 외람되게 승지직에 올랐습니다. 그동안 말을 하고 싶어도 말하지 못했던 것은 신의 죄입니다. 말을 하고 싶었으나 말이 없었던 것도 신의 죄입니다.

전하의 오늘날 큰 복은 아름답고 성스럽습니다. 위로는 선대 임금의 기틀을 이어받았고, 안으로는 중전의 음덕으로 왕세자를 등용하고 조정 대신들도 모두 한 마음 한 덕으로 국사에 심신을 바쳐 충성을 다하는 중요한 시기입니다. 신은 벌레같이 한미하고, 견마같이 우둔합니다. 그러나 감히 숨김이 없는 뜻으로 우러러 구중궁궐 깊고 엄한 곳에 상소를 올립니다. 엎드려 원하옵건대 전하께서는 깊이 살피시기 바랍니다.

첫째, 세금을 받아들이되 양에 맞춰서 들이고 계획에 의하여 지출하는 것이 나라의 살림입니다. 높은 사람이 좀 손해를 보고, 아랫사람이 이익을 보도록 하는 것은 백성들의 바람입니다. 세금이란, 걷어 들이고 계획을 세워 지출하는 것이 세밀하게 정해져 있는 것입니다. 그런데 오늘날 각 공청의 창고는 텅텅 비어 있습니다. 공청의 지출은 부채가 쌓인 지 오래되었는데, 그 씀씀이가 헤퍼서 그럽니까. 아니면 생산하는 힘이 전날보다 감소해서 그럽니까.

신의 어리석은 생각으로는 자기들의 노력으로 계획을 세우지도 않고, 법도에 맞춰 지출하지 않습니다. 외국에서 사신들이 와서 접대할 때도 1자씩이나 되는 진수성찬을 저네들의 식성을 따라 대접하고 있습니다. 그러니 한 젓가락에 천금이나 소모되고 있습니다. 이것은 성대하게 대접하는 것이 아닙니다.

가축을 기르는 시설에서 돼지 한 마리 키우는데 천금의 말(馬)값보다 더 들어갑니다. 개 한 마리 값이 6묘의 뽕나무보다 더 비쌉니다. 또 바다의 배를 대궐 안 연못에 띄우기 위해서 바다에서 육지로 운반해 오는 데 인력을 총동원해야 합니다. 전등을 전각에 매달아 대낮처럼 밝히는 것도 모두 필요 외의 막대한 경비를 소비하는 것입니다.

옛날 한나라 무제는 100금을 아껴서 노대[1]를 철폐했습니다. 위나라 문공은 큰 삼베옷을 입고 전투복을 대신했다 합니다. 오늘날 우리나라는 나라가 부자이고 백성들이 가난합니다. 예로부터 백성들이 가난하면 나라가 살찌는 일은 없는 법입니다. 엎드려 원하옵건대 전하께서는 깊이 살피소서.

하나는 화폐에 대한 말씀입니다.

우리나라가 생긴 이후, 상평통보의 돈은 심산궁곡[2]에 사는 부인들이나 삼척동자까지도 한 푼의 엽전을 보이면 보물이라 했습니다. 이는 오랫동안 보고 듣고 또 써왔기 때문입니다. 그러나 오늘날 사용하는 당백전[3]은 사용한 지가 얼마 되지 않았고, 당오전[4]은

---

1 노대(露臺): 천자가 거동하여 천체를 관상하는 곳.
2 심산궁곡(深山窮谷): 깊은 산, 험한 골짜기.
3 당백전(當百錢): 경복궁 중건 때 만든 돈으로 한 푼이 엽전 백 푼과 같음.
4 당오전(當五錢): 다섯 푼이 엽전 백 푼과 같음. 1883년 주조.

팔방에 널리 퍼지지 않아 사용하지 않고 있습니다. 1전으로서 5전을 겸할 수 있고, 20전으로서 100전을 겸할 수 있으니 사용하는 데는 간편합니다. 그러나 백성들이 아직 잘 쓰지 않고 있으니 무슨 까닭입니까. 이런 상황이니 간교한 관리들이 백성들의 세금을 걷을 적에 어떻게 온전하게 수납할 수 있겠습니까. 탐관오리들이 서울로 세금을 납부할 적에 어떻게 온전하게 납부할 수 있겠습니까. 그렇다면 당백전은 써도 쓰이지 않는 것입니다. 이런 사정이니 새 화폐 당오전을 쓰지 않는 책임이 백성들에게 있다고 보십니까. 엎드려 원하옵건대 전하는 깊이 살피시옵소서.

하나는 궁궐 관리에 대한 말씀입니다.

궁궐의 위엄은 엄숙하면 엄숙해지고, 맑게 하면 맑게 할 수 있는 것입니다.

지난 묘유년 일입니다. 해가 져도 대궐 문을 닫지 않았습니다. 나라의 기밀이 누설되어 시골 사람들의 신문 역할을 하며 밤낮없이 분주하였습니다. 그로 인해 임금이 밤을 새우며 잠자리에 들지 못하여, 옥체가 편치 않으니 진실로 건강을 해칠까 두렵습니다. 신의 어리석은 생각으로는 정사가 내각(의정부)에서 나오면 그 나라는 어지럽고, 정사가 조정5에서 나오면 그 나라는 바로 선다고 봅니다. 전하께서는 깊이 살피소서.

하나는 태학에 대하여 말씀드립니다.

나라는 학교를 세우고, 학교는 나라를 일으키고, 나라는 선비를 기르고. 선비는 백성을 가르치는 것입니다. 오호라! 500년 동안 유학의 풍화가 융성했습니다. 오늘날 태학의 일을 말씀드립니다. 동서의 기숙사에 학생들의 식량이 이어지지 못하고, 흰머리의 진사들은 먹지 못하여 얼굴빛이 말린 나물같이 꺼멓게 변했습니다. 춘추제향6 때는 제실이 다 무너져 있었는데, 유건을 쓴 집사들이 스스로 적당히 해결했습니다. 교실은 모두 구멍이 났고, 방은 썰렁합니다. 또한, 교수들의 급여와 학궁 관리들의 월급은 차별이 심해 누구는 배부르고, 누구는 박하게 받습니다. 신의 생각으로는 영재를 교육하여 어학을 교육하는 것이 급선무가 아닐 수 없습니다. 정치의 도략을 소급하여 생각해 보니, 선비를 기르고 유학을 호위하는 도리가 뒤떨어지지 않을까 두렵습니다. 엎드려 원하옵건대 전하께서는 깊이 살피소서.

하나는 정령7을 말씀드립니다.

---

5 조정(朝廷): 임금과 신하가 정사를 논의하는 자리.
6 춘추제향(春秋祭享): 봄·가을에 나라에서 지내는 제사.
7 정령(正領): 조선 말기의 영관급 무관(武官).

정령이 바른 연후에 백관8이 바르고, 백관이 바른 연후에 조정이 바르고, 조정이 바른 연후에 나라가 바른 것입니다. 근일 수령들의 병폐를 보면 교체하고는 곧 바꾸고, 특별한 폐백단자가 해를 지나면서도 한 소굴로 흘러갑니다. 조정은 정령을 한꺼번에 세 사람씩 내는가 하면, 감역9을 연달아 내면서도 잘못을 깨닫지 못합니다. 정치가 이러한 것입니까. 정령이 그러한 것입니까. 심지어 헛이름만 첩지에 가득합니다. 가짜로 첩지를 만들고 도장을 위조하는 등, 협잡이 시골까지 횡행하여 어리석은 백성들은 가산을 탕진해 가면서 매관매직에 놀아나고 있습니다. 이보다 심한 일이 무엇이 있겠습니까. 나라의 은혜를 입은 정령의 몸으로 멋대로 행하니 이를 엄하게 다스리지 않으면 왕도의 위엄을 더럽힐까 두렵습니다. 왕명을 받아 종사하는 관리가 구타당해도 제재하는 자가 없습니다. 이 어찌 나라 법의 기강이라 하겠습니까. 사람을 전형 채용하는 일에 정령들이 전권을 휘두르는 것이 가합니까. 왕법이 문란한 것입니다. 도정의 예가 무너진 것입니다.

백관들은 녹봉만 허비하고 5부10는 설 곳을 잃고, 천한 하인들

---

8 백관(百官): 모든 벼슬아치.
9 감역(監役): 종9품의 임시관직.
10 5부: 의정부를 중심으로 한 행정 조직.

은 걸인이 되어 길가에서 빌어먹고 있습니다. 불요불급한 관리 따위를 경감한 것은 처음부터 녹봉이 너무 많이 지출되어 줄인 것 아닙니까. 그럼에도 내외의 관직에 주사·사사·위원·서기 등의 하급 관원이 어째서 이렇게도 많이 있습니까.

하나는 병정에 대해 말씀드립니다.

5군영11이 합하여 천군이 되는 것이며, 기계의 정예와 기술의 민첩함은 진실로 태평 세대를 누릴 수 있는 백년대계가 아닐 수 없습니다. 옛날의 군사는 나라를 위해 적군을 무찌르는데 용감했는데 오늘날 군대는 사사로운 싸움에만 용감합니다. 법을 맡은 관청이나 여염집의 법이나 차이가 없습니다. 사창가 술집 안은 군영을 방불케 하고, 심지어는 서로 싸우다가 살상을 일으키니 슬프고 또 슬픕니다. 그 장수를 제일가는 장수라 칭하는 것이 어찌 있을 수 있는 일입니까. 장수가 군사를 통제하지 못하는 것은 군사를 제압하기 어려워서 그러합니까. 그 군사가 제일가는 군사라는 풍조가 되었습니다. 군사가 장수에게 복종하지 않은 것은, 상관인 장수가 과연 복종시키지 못해서 그러합니까.

---

11 5군영(軍營): 임오군란 후, 청나라식으로 좌영·우영·전영·후영·별영을 조직했다.

신의 어리석은 생각으로는 제병(制兵)의 도리를 만들어 형벌은 무겁게 매기고, 상은 가볍게 만들어야 합니다. 용병(傭兵)의 법은 편안한 시간을 적게 주고, 노력하는 시간을 많이 주어야 합니다. 현재 군복을 몸에 가득 감은 사람들은 이미 사치에 젖었고, 군영의 벼슬아치들은 더욱 교만해졌습니다. 게다가 장수들은 해외에 나가서 해가 지나도 돌아오지 않으니 군사들이 더욱 나태해져서 그러한 것입니다. 또한 무기는 흉기여서 일상에서 쓸 수 없는데, 남소영12에는 어찌하여 장구지책을 쓰십니까. 군대는 위급을 요할 때 움직이는 것입니다. 경망하게 함부로 움직일 수 없는 것인데, 진무영13을 불러오곤 하니 이는 무슨 제도입니까. 전하께서는 깊이 살피소서.

하나는 수령에 대해 말씀드립니다.
무릇 수령은 조정에서 반드시 인재를 뽑아 아전을 삼고, 오로지 백성을 다스리는 일에만 전념하도록 해야 합니다. 그 직분의 성실 여부를 따라서 교체도 하고 증원도 하고 감원도 시키며 포상 여부

---

12 남소영(南小營): 특수 정예부대로 왕의 경호를 맡음.
13 진무영(鎭撫營): 강화도에 배치된 군영으로, 당시 진무영은 병인양요에서 승전했다.

를 의논하여 상하 등급을 정하는 게 도리입니다. 그러나 사지의 돈14 뇌물이 어두운 밤거리에 왕래합니다. 도한, 대낮에는 곡경15이 출몰하고, 오랫동안 한자리에 근무하는 뺙발들은 탄식이 끊기지 않습니다. 한낮에 예리한 칼과 큰 칼이 설치고 있어서 맨주먹으로는 과거 시험조차 치를 수 없습니다. 나라의 명을 기다리지 않고 동쪽으로 서쪽으로 옮겨가고, 임기가 만료되기 전에 좌로 옮기고 우로 옮겨갑니다. 1개월에 한 번씩 옮기고, 10년에 10번씩 옮겨가기 때문에 백성들은 수령의 성명을 모르고, 관청에서는 백성들의 실정을 알 수가 없습니다. 수령으로 부임해도 시위16와 같아 지나가다 쉬어가는 나그네 같은 관리들은 제멋대로 백성들을 농락합니다. 이런 지경이니 조세가 제대로 상납 되지 않는 책임이 과연 누구에게 있다고 보십니까.

백성들은 이제 힘이 다 빠져 지칠 대로 지쳤습니다. 관리가 오고 갈 때마다 환영하고 환송하는 절차가 너무나 번거로운데, 그 원망이 누구에게 돌아가겠습니까. 요새 관리들이 직무에 태만하여 나라가 좀먹어 들어가는 것은 돌아보지도 않습니다. 더욱이 인주와 직

---

14 사지의 돈(四知의 錢): 하늘이 알고, 땅이 알고, 받은 자가 알고, 준 자가 안다.
15 곡경(曲徑): 부정으로 개인의 이익을 취함.
16 시위(尸位): 함부로 관직에 앉음.

인을 집에다 갖다 두고서 마음대로 임명장을 찍어 매관매직을 일삼고 있습니다. 수령들은 지금 백성들의 피를 지쳐 말리고 있습니다. 원하옵건대 전하께서는 깊이 살피소서.

하나는 장사꾼을 말씀드립니다.

선비나 농사꾼이나 장인이나 상인이나 그 직분은 각각 다르지만 모두 다 나라의 백성입니다. 옛날 상인들은 이익을 내는 데에 전념했는데, 오늘날 상인들은 당파를 만드는 데 전념하고 있습니다. 고을 한량들이나 거물들은 상인들을 장(長)이라 부르고, 원(原, 주인)이라 부릅니다. 장사꾼(보부상)들의 눈에는 관리들이 없어서 제 마음대로 송사를 처리하고 있습니다. 몸은 의지할 집 하나 없으면서 자기가 맹주(盟主)가 되니, 외롭고 춥고 천하고 약한 사람은 그를 보기만 하면 머리를 조아립니다. 지나가는 행인도, 장사꾼을 만나기만 해도 몸을 떨고 무서워하는 지경까지 이르렀습니다. 이런 형편이 계속된다면 한 사람 한 백성마다 장사꾼이 되지 않으면 잠을 편히 이루고 살 수가 없습니다.

신의 어리석은 생각으로는 예의와 염치를 가진 선비들이 당론을 형성해도 혹 화를 자초하는 경우가 있습니다. 그런데 하물며 어깨에 돈을 훑는 그물을 걸머진 장사꾼들이라 부리기가 더욱 어려울 것입니다. 그들의 꼬리가 커서 움직이기 어려운 환란이 있을까 매우 두려우니, 엎드려 원하옵건대 전하께서는 깊이 살피소서.

하나는 수송물에 대하여 말씀드립니다.

대개 삼남 지방17에서 조세의 쌀을 서울로 수송해 오고 있습니다. 그 수만 리 바다를 건너 운반해 오고 혹은 경강18의 배로 운반합니다. 처음에는 아름다운 제도라고 했는데, 이것이 마침내 욕심바다로 변했습니다. 혹자는 배가 부서졌다고 하고, 혹자는 배가 샌다는 핑계를 댑니다. 이렇게 조세가 어디론가 새고 있으니 이는 실로 수백 년 동안 고칠 수 없었던 일입니다. 오늘날에는 윤선19을 쓰고 있으나 하나는 파손될까 걱정이요, 하나는 배가 샐까 두려운 일입니다. 한 척의 배에 만 석의 쌀을 실으니 이익은 크다고 보지만 하루에 드는 비용이 800여 원의 거액이 들며, 하루 경비는 또 얼마나 많이 들어갑니까. 처음에 윤선은 부서지지도 하고 새지도 않는다고 했는데, 지금의 윤선은 꼭 믿을 것은 못 됩니다. 돛대 하나를 개조하려면 만금이 들어야 합니다. 한 번 싣고 오는 조세의 쌀, 봉물이 거의 배 한 척의 운반 비용으로 소고됩니다. 신의 어리

---

17 삼남(三南): 충청도 · 전라도 · 경상도의 총칭.
18 경강(京江): 서울의 뚝섬에서 양화 나루에 이르는 한강 일대를 이르던 말.
19 윤선(輪船): 화륜선(火輪船)의 준말.

석은 생각으로는 윤선의 이익이 목선보다 나은 점은 속도가 빠르고 또 많이 실을 수 있기 때문입니다. 그러나 여러 날을 허비하여 지연되면 저들(일본)의 경비를 모두 부담하는 일이 다반사로 있습니다. 윤선 기계의 그 어려운 바를 저들에게 배우고 비용을 계산한다면, 저들의 많은 이익이 나중에는 도리어 박할 것입니다. 우리들이 윤선을 직접 운송하고 조종할 줄 안 연후에야 쓸 수 있습니다. 엎드려 바라옵건대 전하께서는 깊이 살피소서.

하나는 도둑 떼에 대하여 말씀드립니다.

옛날 도둑은 곤궁해서 나왔는데 오늘날 도둑은 사치스러운 데서 나오고 있습니다. 옛날 도둑은 사람들이 알까 봐 두려워했는데 오늘날 도둑은 오히려 사람이 알지 못할까 두려워합니다. 어두운 밤에 문을 두드리고 쳐들어오고, 백주에 대로 위에서 칼을 빼 들고 무리지어 작당을 합니다. 호쾌한 기개가 아닌 사람이 없고, 무덤도 파내기 일쑤인 데다, 사람을 멋대로 사로잡아 가니 흡사 추장의 명령 같습니다. 위로는 하늘이 덮고 아래로는 땅이 살려주어 모든 인간을 고루 길러내고 있습니다. 올해가 풍년이 들고 겨울이 따뜻한데도, 춥고 굶주림이 심해서 그러합니까.

관리들은 이 도둑들을 섬멸하지 못하고 오히려 괴수나 부하 패거리들을 두려워하고 있는 형편입니다. 교졸들도 도둑들을 꾸짖지 못하고 있는 지경입니다. 어찌 관리라 하겠습니까. 광한항통20도 기대할 수 없고, 우후 같은21 재량도 다 멀어졌다고 봅니다. 신의 어리석은 생각으로는 고을을 지키는 수령방벽들이 먼저 백성들을 착취하지 말고, 또 백성들을 괴롭히지 말아야 합니다. 임금의 덕이 풍속을 순화시키고 점차 화해가면, 전날의 소도둑이 선량한 백성으로 변화될 것입니다. 원하옵건대 전하께서는 깊이 살피소서.

하나는 외국인의 공관에 대하여 말씀드립니다.

무릇 각국 대사관을 개설하는 것은 여러 나라의 통례입니다. 외국에서는 대사관을 수도에 두지 않고 있습니다. 그런데, 우리나라는 수도인 경성에다 대사관을 두고 있습니다. 이는 외국인들에게 약점을 보여서 그러한 것입니까, 우리가 강하지 못해서 그러한 것입니까. 그들이 우리 시장의 이권을 빼앗고, 교역을 차단하고, 사는 집을 점거하고, 기거하는 것들을 점령하니, 백성들의 한탄과 호소는 피부 속에서 우러나와 아우성 지경입니다. 백성을 위한 조정의 계책은 과연 어디 있습니까. 어떻게 손을 쓸 수도 없이, 양쪽 길 백

---

20 광한한통(廣漢缿筩): 한나라의 조광한이 아전들에게 백성의 민원을 받으라고 했던 서류함.
21 우후(憂詡)같은 재량: 후한의 명재상 우후가 도둑 떼를 물리친 공을 이르는 말.

보 거리마다 시장을 열었고 길가에 집을 지어 3년이 가기 어렵습니다. 한결같이 각 나라의 규칙을 따라 우리나라 서울에 대사관을 짓도록 한다면, 마침내 통제할 수 없는 지경에 이를 것입니다.

신의 어리석은 생각으로는 서울에 공관을 개설토록 한 것이 처음부터 합법이 아닙니다. 인천항에 외국인들과 같이 시장을 열도록 하면 오히려 모두 함께 이익을 추구할 수 있습니다.

전하께서는 깊이 살피소서. 슬프고 또 슬픕니다. 신이 이미 11조의 상소문을 올렸으나 이는 신이 말한 것이 아닙니다. 세상 사람들이 말한 바입니다. 신은 어리석은 사람이지만 말을 하면 반드시 가릴 바 있음을 압니다. 신의 재주는 비록 천하나 이런 말이 없으면, 정사에서 말이라는 건 아무 소용 없습니다. 간절히 생각건대, 전하의 산과 바다 같은 은혜가 다른 나라에 미치지 못했습니까, 전하의 어진 정사가 선대의 정사만 못해서 그렇습니까. 전하께서 요순[22]의 성스러운 정치를 펴려면 요순의 정치를 펼 수 있고, 한당[23]의 정치를 펴려면 모두 이룰 것입니다.

오늘날 정치의 도리는 먼저 안을 잘 다스려야 하고, 도리는 스스로 지키도록 하는 것입니다. 스스로 지키는 도리는 스스로 강해지

---

22 요순(堯舜): 요나라와 순나라.
23 한당(漢唐): 한나라와 당나라.

는 것만 같은 것이 없습니다. 진실로 어느 곳에 있다고 봅니까. 밖으로는 이웃 나라(일본)와 교류를 돈독히 하고 가운데로는 중화(청나라)를 사모하면 이웃 나라는 원망이 없을 것입니다. 우리에게 중화는 마침내 이빨을 보호하는 입술 같은 방패가 될 것입니다. 제나라 · 노나라가 비록 작으나 도를 폈고, 진나라 · 초나라가 비록 컸으나 강한 힘을 믿기 어려웠습니다. 오늘날 형편은 세상 사람들이 말하기를 위급하여 생사가 달린 중요한 때라고 합니다. 즉 무후[24]의 말이 지당하고, 가생[25]의 말이 가했습니까. 신의 머리털을 다 뽑고 벌을 준다 해도, 신의 뼈를 깎고 신의 충정을 말살한다 해도 신은 사퇴하지 않을 것입니다. 말이 여기까지 이르렀으니 이제 다시 덧붙이지 않겠습니다.

원하옵건대 전하께서는 해당 관리에 명하시어, 신을 벌주시려면 벌을 내리십시오. 신을 알았으면 알아주십시오. 작은 해바라기처럼 항상 간절한 마음으로 나라의 성은에 보답하겠습니다. 존엄한 도끼와 작두의 형벌도 달게 받을 각오가 되어 있습니다. 신은 송구한 마음 금할 길 없습니다.

1887년 3월 30일

---

24 무후: 촉나라 유비의 책사 제갈무후.
25 가생: 사마천 『사기』의 '굴원가생열전'의 인물.

지석영은 11개의 조항으로 개혁을 할 것에 대해 조목조목 구체적인 대안을 만들어서 상소를 올렸으나, 고종은 대답을 주지 않았다. 고종의 심기는 몹시 불편했을 것이다. 지석영은 다시 대답을 바라는 짧은 상소문을 올렸다. 그러나 고종은 답이 없었다. 갑신정변의 주역인 김옥균의 반대를 무릅쓰고 '당오전'을 주조해 사용하게 했던 이는 왕비 민씨였기 때문에 상소문 첫머리에 화폐의 유명무실함에 대해 직언했던 지석영이 몹시 불쾌했을 것이다.

고종의 묵묵부답에 힘입어 지석영을 못마땅하게 여긴 위정척사파들은 지석영을 유배 보낼 것을 강력하게 요청했다. 그들은 지석영을 갑신정변 때의 급진 개화파로 몰아세웠다. 고종의 신임을 얻은 이완용이 주동이 되었고 4월 9일에 서행보가 지석영을 유배형에 처해야 한다는 상소문을 올렸다.

갑신년의 정변에서 역적의 명령을 써서 반포한 자는 신기선이고, 박영효가 흉계를 꾸미고, 은밀히 정변을 후원한 자는 지석영입니다. 박영교가 암행어사로 나갔을 때에 학정(虐政)을 가르쳐 주어 백성에게 해악을 끼치게 한 자도 지석영입니다. 그런데 신기선은 귀양만 보내고 지석영은 아직도 조정의 직책에 있으니 이들이 어찌 무슨 일인들 못 저지르겠습니까. 속히 국문으로 죄를 물어서 나라의 형법을 바르게 하셔야 합니다.

4월 15일에는 병조정랑 채상하가 지석영의 상소문에 죄를 물어야 한다는 상소를 올렸다.

지석영은 우두의 기술을 전파한다고 교육장을 만들어 군중을 선동하여 붕당을 조성하였습니다. 이는 그의 뜻이 어느 곳에 있는지 알 수 없으니 국문으로 물어야 하고 나라의 형법을 바로잡아야 합니다.

4월 25일 고종은 "이것이 과연 여론인 것이냐."라고 대신들에게 물었다. 이때, 삼사[26]가 합동으로 상소했다. 고종이 말하기를 "지석영을 탄핵하라는 이런 상소문이 몇 차례 올라왔는데 가히 공분을 일으킬 수 있었구나." 했다. 이 대답으로 이완용을 비롯한 대신들이 연명장을 돌려 다시 상소문을 올렸다.

4월 30일 고종이 답을 내렸다. "저들(개화파)의 붕당을 아직 다 솎아내지도 못했는데, 조정의 여론이 이토록 거세게 나오니 어쩔 수 없다."라고 결정을 내린 것이다. "전라도 여도에 죄인들을 구속하여 가시성을 쳐서 신기선을 남쪽에서부터 잡아 와 죄를 물어

---

26 삼사(三司): 사헌부 · 사간원 · 홍문관.

라. 또한, 지석영을 필히 가두고 몰지각한 도당들을 전부 색출하여라.", 명을 내렸다. 고종은 위정척사파 대신들의 여론을 등에 업고 김옥균에 협조했던 갑신정변의 주역들을 모두 쳐내야 한다는 생각이었다. 이는 왕비 민씨의 생각을 반영한 것이다. 왕비는 임오군란 때 자신을 살렸던 청나라의 힘으로 일본을 저지하려 했다. 갑신정변 때 민씨 척족들이 살해당한 울분을 풀지 못해 왕비는 더욱 강경했다.

고종은 왕명을 내려, 상소의 내용을 다시 확인하였다. "지석영을 먼 섬으로 쫓아 위리안치시키라, 잠시도 지체하지 말고 당일로 압송하라."는 급박한 명령이었다. 유배형을 준비할 만한 시간도 전혀 주지 않고, 4월 30일 국문을 받은 당일에, 지석영은 귀양을 떠날 수밖에 없었다. 이들에게는 모두 위리안치27에 더하여 가극 안치28가 시행되었다. 이들은 갑신정변과 직접적인 원인이 없었고 정변이 끝난 후, 2년이나 지났음에도 정계에서 크

---

27 위리안치(圍籬安置): 유배형 중 무거운 형벌로 집 주위에 가시나무로 덤불을 쌓아 그 안에 가두고 가택 연금을 당한다.
28 가극 안치(加棘安置): 위리안치보다 더한 형벌로 집 둘레뿐 아니라 아예 방문 앞에다 가시덤불을 쌓아 나오지 못하게 한다. 바깥에는 감시병이 주둔할 수직소(守直所)를 설치한 후, 그 옆에 음식을 넣어줄 작은 개구멍 하나만 뚫어놓는다. 문은 자물쇠를 채워 잠근 후, 그 위에 날짜와 본인의 이름을 쓴 종이를 붙여 봉하는 형벌.

게 활동할 수 없었다. 이런 상황에서 지석영은 무모하게도, 썩어 빠진 나라를 개혁하자는 11개 조의 상소를 올려 화를 자초한 셈이었다.

1887년부터 1892년까지 5년간 지석영은 신지도 송곡리에서 험한 유배 생활을 했다. 그곳에서 우두의 임상 실험을 완성했고, 보리농사에 관한 농업 서적 『중맥설(重麥說)』을 저술했다.

1988년 저술한 『중맥설』은 실학자 서우구의 『임원경제지(林園經濟志)』를 계승한 것과 같다. 이는 서양 농법의 장점을 선택해 보리농사의 물 대기·품종·종자 선택·비료 주기·배양법 등 과학적인 농사법을 설명한 책이다. 지석영은 우리나라가 벼농사에만 치중해서 보리농사를 경시한 것을 지적했다. 우리나라의 기후나 토질에 맞는 보리농사를 권장하면서 경제성과 함께 과학 영농법으로 백성과 국가의 부강함을 이룩해야 한다는 것이다. 또한 가축과 목축으로 비료를 얻는 방법과 더불어 합리적인 양계법으로 키운 닭과 비료를 생산하는 법을 소개했다.

1891년에는 서양 의학에 의한 예방 의학서 『신학신설』을 편찬했는데, 이는 우리나라 최초의 주거 위생에 관한 것으로 한글을 아는 사람이라면 누구나 이해할 수 있도록 쉽게 쓴 책이다.

『신학신설』

〈서문〉 천하 사물에 이치 없는 것은 없고, 그 이치를 깊이 깨우치지 못하면 지혜가 충분하지 못하여 미진하다. 만일 사물의 실상을 깊이 살펴 증거가 있으면 어떠한 사람이 말하든지 다 마땅히 믿어야 할 것이요, 그 말을 버리지 않아야 한다.

대개 보신지학(保身之學)은 인성에 먼저 힘써야 한다. 마땅히 연구하여 모자람이 없게 해야 하는데 매사 태연히 하고 쉽게 여기다가 병이 나면 그제야 의원에게만 맡기니 탄식할 일이다. 내 일찍이 그럴 것 같은 짐작에, 글을 읽고 남는 여가에 약간 남의 책을 섭렵하였다. 이를 통해 어버이도 섬기고 몸도 보호하기에 쓸까 하였으나 아득한 일이 되고 멀어져서 흘러가 버렸다. 그러나 다행히 성인의 덕이 빛나고 기회가 되어 구라파주(서양 세계)의 책을 얻어보았다. 그 논리가 가깝고 쉬우며 그 이치가 맑고 밝아서 일일이 증거를 찾았고 그 내용의 절절함을 표준으로 삼았다. 이것들을 뽑아서 책 하나를 만들어서 편하게 보기 위해 모든 글을 모아 두었다. 이제야 깊이 생각하여 엎치락뒤치락한 지 여러 달 만에 그 간략하고 요긴한 것을 얻을 수 있었다. 이제 그 정신을 배양하여서 병의 근원을 끊는 비결은 실로 헌원[29]씨와 기백[30]이 발명하지 못한 이치다.

만일 세상 사람이 다 이 이치에 밝으면 사람마다 건강하고 강녕할 것이다. 이 때문에 힘들여서 무엇 때문에 약을 쓰며 또 무슨 일로 의원을 쓸 것인가. 그러니 그 병증을 논의하고 약을 쓰는 일은 짐짓 기록하지 않는다.

신묘년 정월 보름날 송촌 거사가 서문을 쓰다.

〈총론〉 천하 사람이 장수함을 싫어하지 않고, 많은 사람이 목숨을 하늘에서 받음이 길고 짧음이 정해진 바 있다고 한다. 그러나 만일 법의 그물에 걸리거나 심한 고통에 빠지는 일 없이, 능히 섭생을 잘하면 사람마다 다 수명을 누린다. 옛사람이 이르기를 사람의 수명이 어언 칠십이오, 타고난 장수자는 가히 팔십이라고 한다. 그러나 팔십에 이르는 사람이 흔치 않고, 일생에 병을 얻지 않는 이가 없는 까닭은 몸을 보양하는 이치에 밝지 못하기 때문이다.

혹 더러운 기운을 마시든지, 사람에게 해로운 음식을 먹든지, 항시 어두운 집 속에 거하든지, 혹 깨끗하지 못한 행동을 하든지, 힘을 많이 쓰든지, 항상 심신을 무리하든지, 주색에 빠지면 요절을

---

29 헌원(軒轅): 고대 중국의 성왕.
30 기백(岐伯): 고대 중국 도가의 진인.

면치 못한다. 비단 일신에만 해로울 뿐 아니라 또한 후손에게 영향을 미치니 삼가야 한다.

사람이 자기 몸을 보호하기가 의원이 병을 고치는 것보다 쉽다. 옛말에 말이 이미 달아난 뒤에 마구간 문을 닫아야 쓸데없다, 하였다. 병에 이미 걸려 의원을 청해봐야 아무 소용이 없다. 그러니 병이 없을 때, 몸을 미리 조심하면 의원에게 구할 것이 없다.

보신하는 방법에 여섯 가지 요긴한 이치가 있다. 첫째가 빛이요, 둘째가 열(熱)이요, 셋째가 공기요, 넷째가 물이요, 다섯째가 음식이요, 여섯째가 운동으로, 이는 하나도 빼놓을 수 없는 것으로, 서두르고 늦출 것을 나눌 수 없다. 물론 남녀노소를 막론하고 신체가 다 이 여섯 가지에 달려 있으니 그 쓰기를 귀히 하면 효험을 얻을 것이다.

최근 서양 의학에 보면 몸을 보신하는 이치가 옛적보다 좋다. 그들에게는 역병이 옛날에 비하여 적게 일어나고, 전염병으로 죽는 자 또한 적다. 또한 각 나라 사람의 수명이 백 세에 이르고, 일생에 병이 없는 이도 있다. 어찌하여 이런가. 보신의 이치로, 갑작스러운 병으로 죽는 자는 다 근신하지 못한 것과 연관이 있다.

〈요점〉

1) 빛은 만물의 근원이다. 빛이 없으면 모두 맹인이 되고 일광을

받는 것이 곧 건강이다. 향촌의 농부는 병이 없이 건강하지만, 성안의 부자는 허약하고 일찍 죽는다.

위생을 위해 문을 동서로 내어야 한다. 바람이 통하도록 문을 크게 내어 빛을 많이 받도록 하고, 침실에는 아침 햇빛을 받도록 한다. 암실은 묘지와 같다. 그러나 유아나 병자들에게는 직사광선이 좋지 않다. 근시는 노후에 원시가 된다. 색의 감정에서 흰색은 쾌락이고, 홍색은 분노이며, 녹색은 안정감, 흑색은 근심이다.

2) 열에는 일광열, 화열, 전기열, 육신열, 화성열, 상격열이 있다. 본열은 본래 자기가 가지고 있는 열이다. 위생적으로 몸의 열을 보호하기 위해, 솜이나 털로 된 것이 있고, 이불은 보온을 위함이다. 침실 온도는 거실보다 낮게 하고, 자주 통풍을 해서 실온을 조절함이 좋다.

3) 사람은 공기 중 양기를 마시고, 탄기(炭氣)를 뱉어낸다. 그리고 식물은 탄기를 마시고, 양기를 토해낸다. 이산화탄소는 공기 중에 1분만 있어도 두통이 나고, 2분 지나면 현기증이 나고, 5분이 넘고, 10분이 지나면 곧 죽는다. 방은 통풍이 잘되어야 하고 밀폐된 방은 죽음의 방이다. 특히 침실의 크기는 길이 15척, 넓이 15척, 높이 12척으로 통풍이 가장 중요하다.

4) 지기(地氣)로 거주지는 높은 지대가 적당하다. 고산지대는 수목이 깊고, 마실 물이 적고, 다습하며 밀집 거주는 부적당하다. 그리고 성안에서의 거주지는 보행과 산보 등이 어렵다.

5) 물은 연기와 양기로 이루어졌고, 물이 냉하면 얼음이 되고, 물이 뜨거워지면 증기가 되어 공기로 변한다. 음료수로는 강물 · 우물물 · 샘물이 있고, 조석으로 밥을 먹은 후에는 차와 커피를 마시고, 점심 식사 후에는 고주[31]와 포도주를 마신다. 산속의 이름난 물은 거주에도 이상적인 곳이다. 목욕은 주 2회가 좋고, 뜨거운 물보다는 차가운 물이 좋다. 해수욕은 유익하나 병자나 소아 · 여자 · 허약자는 조심해야 한다. 물은 목욕 · 가옥 청소 · 주방 청소 · 측간 청소 등 질병의 예방에 중요하다. 그리고 오물조(변소)는 먼 곳에 두어야 한다. 오염된 우물물은 전염병을 전파하니 수질 검사를 해야 한다. 실내에 물통을 놓아두어 햇빛을 받게 하고, 물고기를 놓아기르며 항상 흙과 정수는 교환해 주어야 한다.

6) 음식은 하루 먹지 않으면 배가 고프고, 사흘 먹지 않으면 걷지 못하고, 열흘 먹지 않으면 죽는다.

---

31 고주(沽酒): 누룩으로 빚은 술.

동물에 따라 신체 구조와 음식물 섭취가 다르다. 개는 풀을 안 먹고, 소는 고기를 안 먹고, 양은 벌레를 안 먹고, 호랑이는 곡식을 먹지 않는다. 사람은 곡물·고기·과일, 채소 등을 익혀서, 구워서, 지져서, 절여서 먹는다. 소화가 잘되는 것은 생선·돼지고기·수란(물에 익힌 계란)·쇠고기·국수·쌀의 순서이다. 소화가 잘 안되는 것은 과일의 씨·낙화생(땅콩)·기름진 것·소금에 절인 것 등이고, 보통으로 소화가 되지 않는 것은 과일 껍질·과일의 씨·뼈·골·모 등이다. 밀가루식 빵과 국수·우유·야채 등을 장려하며, 정신병자의 3분의 1은 음주에서 온다고 하였다.

7) 운동으로 보면 사람 몸의 근육은 쓸수록 단단해진다. 포구·척구·얼음 위에서 큰 돌을 끄는 것·얼음지치기·활쏘기·사냥·그네뛰기·손에 무거운 물건을 가지고 요동하는 것 등이 있다. 몸이 건강함은 건전한 사크와 능률적인 행동이 된다.

8) 어린이를 키우는 법에서 젖의 감별은 변의 색깔로 젖의 질을 가린다. 수유 횟수는 1시간 반으로 하되, 술시(19:30~21:30) 해시(21:30~23:30)와 새벽에 준다. 모유 대신으로는 나귀와 소와 양의 젖 등이 있다.

이유는 생후 9~10개월부터 1년까지가 좋고, 이유식은 과일이나 당류를 쓴다. 유아실은 통풍이 잘되고 밝게(직사광선은 피함) 하면서 따뜻하게 해야 한다. 유아복은 몸을 따뜻하게, 머리는 서늘하게 하는 것이 좋다. 생치열(生齒熱)에 조심하고 생후 100일 안에 우두를 놓고, 홍역을 예방하여야 한다.

지석영이 유배지에서 저술한 『신학신설』의 내용은 당시로서 매우 과학적이고 진보적인 예방의학서였다. 이처럼 어떤 위기 상황에 있었을지라도 포기하지 않고, 국민들의 위생과 보건에 온 힘을 기울이고 의학 저술에 매진하였다. 이러는 동안에도 두창의 유행은 사라지지 않아, 조정에서는 지석영의 종두법 보급의 필요성을 심각하게 고려했다.

2. 전염병의 재유행

서울에는 콜레라와 두창이 다시 유행하고 있었다. 조정 대신들 중에서 지석영을 유배에서 풀어야 한다는 의견이 나왔다. 1892년 1월 18일 고종은 지석영을 의료 사업만 허용한다는 조건에서 유배를 풀었다. 해배되어 돌아온 그는 교동에 소아과 '우두보영당(牛痘保嬰堂)'을 설립하여 무료 접종을 시작했다. 그러나 점점 퍼져가는 전염병을 막기에는 지석영도 역부족이었다. 항구 주변에 몰려드는 인구의 밀집과 서울로 향하는 인구 이동이 원인이었다. 이는 당시의 주거 환경과 위생이 큰 문제였고, 열악한 의술과 의료시설의 부재 때문이었다.

서울의 길거리는 20만 서울 사람들이 매일 배출하는 분뇨 때문에 길을 오갈 수 없을 정도였다. 비가 오면 거리의 오염물은 개천을 타고 서울 곳곳으로 흘러들었다. 외지인 특히, 외국인이 견뎌내기 힘들 정도의 비위생 자체였다. 길거리는 하수구나 다름없으며 시궁창 물은 마당이나 길가에 고여 오랫동안 방치되고 있었다. 이 위생 상태를 개선하기 위해 김옥균은 일본을 시찰하고 돌아와 『치도약론(治道略論)』(1882)을 저술했다. 이 논설에서 김옥균은 전염병을 일으키는 주요 원인과 그 대책에 대해 구체적으로 지적했다. "수십 년 이래로 괴질과 역질이 가을과 여름 사이에 성행해서 한 사람이 병에 걸리면 그 병에 전염되는 사람이 100명을 훌쩍 넘어 1,000명에 이르고, 죽는 자가 계속해서 생기고, 죽는 자의 대다수는 한창 일을 할 장정이었다. 이것은 비단 거처가 깨끗하지 못하고 음식물에 절제가 없는 것 때문일 뿐만 아니라 더러운 물건이 거리에 쌓여 있어 그 독한 기운이 사람의 몸에 침입하는 까닭이다." 김옥균의 주장은 대한 제국이 부국으로 나아가는 첫 번째는 서울을 비롯한 조선의 도로 정비 계획이 필요하다는 것이었다. 깨끗하게 잘 정비된 도로를 만들고 유지되기 위해서는 무엇보다 위생과 건강이 절실하다고 실제 대책을 제시했다. 그 내용으로 치도국(治道局)의 설치, 치도 기술자의 양성과 필요한 기계의 구비 · 오물 처리법, 감독 · 순검의 설치와 인력거와 마력거의 운행 등의 내용이 포함되어 있었다. 조선의 도로 정비로 인한 위생 시설을 설립하려 했던 김옥균의 『치도약론』은 갑신정변의 실패와 함께 묻혀버리고 말았다.

이로부터 십여 년이 지난 1894년에 조선을 방문한 이사벨라 비숍은 『조선과 그 이웃 나라들』을 저술했다. 당시 비숍 여사의 눈에 비친 서울의 모습은 "겨우내 쌓인 온갖 쓰레기, 발목까지 빠지는 진흙탕, 냄새투성이"였다. 헐버트(『대한 제국 멸망사』) 도

"조선인은 아주 초보적인 위생 상식마저도 배우지 못하여 하늘에서 떨어지는 물이 빠져나갈 수 있는 수채만 있으면 만사가 충분한 듯하며", "도로는 온갖 오물의 집적스이다."라고 서술했다. 1895년 선교 의사 에비슨이 지은 『구한말 비록』의 구절은 더욱 충격적이다. 도랑으로 대소변이 방류되고 있는 것을 보고 서울을 일러 "우중충한 도시"로 표현했다. "조선 전역의 모든 읍과 촌락의 우물은, 오물로 오염되어 있는 서울의 우물과 비슷했으며, 조선의 사망률이 출생률보다 높게 나타나게 한 여러 가지 질병의 주된 원인이 되었다. 이 같은 비위생적인 상태를 개선시킬 조처가 없는 한 '조용한 아침의 나라'는 거의 전멸할 운명에 처해 있다."라고 탄식했다. "부단히 감염되다 보니 어떤 사람에게는 어느 정도 면역이 생기게 되어 어린아이 때 죽지 않은 사람들 중 다수는 만년까지 살았는데, 극심한 사망률은 유아기 때, 나타났다."는 에비슨의 언급이 있다. 김옥균이 말한 '죽는 자의 대다수는 장정'이라는 것과 달리 에비슨은 '극심한 사망률은 유아기 때'라고 하는 것을 보면, 김옥균은 콜레라를 비롯한 여러 전염병을 말한 것이요, 후자의 에비슨이 말한 전염병은 두창으로 인해 사망한 유아를 가리킨 것이다.

지석영의 우두 접종 보급은 안타깝게도 전국으로 확산되지 못한 셈이었다. 가난한 일반 백성들에게는 너무 비싼 접종비와 여전히 무당의 굿에 의지하는 전통, 우두 접종이 무엇인지도 모르는 무지, 개화에 반대하는 백성들의 적대감, 우두 접종을 배우려고 하지 않은 한의사들 때문이기도 했다. 일반 백성들에게 꼭 필요했던, 천연두를 근절할 수 있는 우두 접종은 제대로 실행되지 못하고 있었다. 지석영은 자신이 설립한 '우두보영당'에서 찾아오는 어린아이들에게만 접종을 했다. 그 이유는 무엇일까. 조선 정부가 외세에 휘말리는 상황이었고 조정 대신들은 위정척사파 · 친청파 · 친미파 · 친일파 · 친러파로 사분오열이 되어 민생에는 관심을 두지 않았다. 거기에 왕비 민씨의 지나친 무속 숭앙과 함께 민씨 척족의 부정부패가 만연했다. 이로써 하급 관리였던 지석영의 위치는 널뛰듯 부침이 심했고, 정계에서 내몰려 목숨까지 위협받기도 했다. 그에게는 자신이 가진 능력을 제대로 발휘할 수 있는 정치적 토대와 후원자가 전혀 없었다.

  1894년 전국에서 천연두가 걷잡을 수 없이 퍼져나갔다. 백성들은 무언가 큰 난리가 일어나야 한다고 믿었고, 동학교도들이 말한 대로 세상이 한 번 크게 바뀌어야 한다는 생각들이 팽배했다. 왕실은 물론 관리들의 부정부패가 썩을 대로 썩어 민심은 집권 세력에 등을 돌렸다. 호열자, 호환마마보다 더 무서운 부패 관리를 처단하라는 원성이 하늘을 찔렀고, 새 하늘 새 땅의 기적이 일어나는 때라며, 수운 최제우가 말한 '개벽 세상'을 기다렸다. 동학교도들을 향해 민심이 크게 요동치고 있었다. 왕실과 민씨 척족, 부패 관리들에게 분노한 백성들의 반감 때문에 민란이 각지에서 일어나 조정은 혼란 지경에 빠져있었다.

3. 동학 농민군의 봉기와 갑오개혁

1894년 2월 15일, 고부 군수 조병갑의 탐욕과 학정에 봉기한 전봉준의 농민군이 전라도 고부 관아를 습격했다. 전봉준이 이끄는 농민군의 세력은 점차 커져서 마른 들판에 불이 번지듯 전국으로 퍼져나갔다. 4월 27일, 농민군은 전주를 함락시켰다. 전봉준은 조선 왕조의 본관인 전주성에 보국안민(輔國安民)·제폭구민(除暴救民)의 깃발을 들고 봉기했다. 이어 동학 지도부는 탐관오리 축출과 신분 차별 철폐 등을 요구하는 격문을 발표했다.

"우리가 의로운 깃발을 들어 이곳에 온 것은 그 뜻이 결코 다른 데 있지 아니하다. 세상의 모든 사람을 어려움 속에서 건지고 국가를 튼튼하게 하기 위함이다. 안으로는 탐학한 관리의 머리를 베고 밖으로 횡포한 강적의 무리를 쫓아내고자 함이다."

이는 반봉건 운동이었다. 노비제 폐지·과부의 재가 허용 등 폐정 개혁을 요구한 농민군의 봉기는 전국 각지로 퍼져나갔고, 이를 진압하려던 조선 관군은 속속 패배했다.

동학 농민군의 봉기는 정부가 수운 최제우의 교단을 탄압하기 시작하면서 비롯되었다. 최제우는 '사람이 곧 한울이다.'라는 인간의 존엄과 평등을 위한 동학을 1860년에 창시했다. 그러나 1864년에 대원군이 최제우를 처형시켰다. 동학이 세상을 어지럽히고 사람들의 마음을 미혹시킨다는 이유에서였다. 동학교도들은 정부의 탄압에 항의하면서 동학 운동을 끈질기게 이어 나갔다. 1892년에 공주와 삼례 집회에서 동학 교조 최제우의 억울함을 풀어달라는 '교조 신원 운동'이 일어났고, 1893년 보은 집회에서는 일본과 서양을 반대하는 목소리가 높아졌으며, 탐관오리와 세도가의 처벌을 요구하는 등 농민들의 강경한 정치적 주장이 생겨나고 있었다. 동학도의 주장이 이전과 달라지고 있었다. 그 시기 1892년에 고부 군수로 부임한 조병갑이 만석보 수리를 핑계로 수세를 걷어냈다. 농민들은 이를 지나치게 부당하다는 이유로 시정을 요구했다가 오히려 혹독한 탄압을 당했다. 학정을 견디지 못한 농민들이 봉기한 시발점이었다.

  1894년 1월 전봉준과 천여 명 농민들이 관아를 점령하고 빼앗은 양곡을 농민들에게 돌려준 다음, 만석보를 부수었다. 이때 왕비 민씨의 힘을 입은 권력들이 신임 군수를 파견해 농민들을 회유하고 10일 만에 해산시켰다. 그러나 봉기를 수습하러 내려온 안핵사 이용태가 봉기에 참여한 농민들을 가혹하게 처벌했다.

다시 민심이 불처럼 타올라 농민들의 분노에 불을 붙였다. 농민들은 전봉준·손화중·김개남 등의 지도부를 세워서 무장봉기한 후, 백산에서 호남 창의소를 조직하여 보국안민의 의지를 담은 격문을 발표했다. 정부에서는 홍계훈과 8백 명의 군사를 보냈으나 농민군은 황토현에서 전라 감영군을, 장성 황룡촌에서 관군을 물리쳤고, 1894년 4월 27일 전주성에 무혈입성하게 되었다. 이 상황에서 고종은 청의 파병을 결정했고 군사를 요청했다. 이는 일본을 극도로 싫어했던 왕비 민씨의 결정에 따른 것이었다.

 5월 5일 청군이 아산만에 상륙하고, 청과 맺은 톈진 조약에 의거해 5월 6일 일본 군대가 인천에 상륙했다. 5월 7일 나라에 큰 위기가 닥쳤다는 생각으로 위기를 느낀 농민군 지도부는 농민군의 신변을 보장한다면 전주성에서 물러간다는 '전주 화약'을 김학진과 맺었다. 이 약속으로 관군은 서울로 올라가고 김학진을 믿은 동학 농민군 지도부는 전라도 53개 고을에 집강소를 설치하여 폐정 개혁을 실시했다. 그러나 이는 왕비 민씨가 외세의 힘에 의존해 동학 농민군을 완전하게 토벌하기 위해 시간을 벌었던 계략이었다. 농민군 지도부는 정부의 약조를 곧이곧대로 믿고 있었다.

 고종의 예상은 빗나갔다. 청군보다 더 발 빠른 일본군이 6월 21일에 경복궁을 무력 점령하면서 고종을 감금했다. 기회를 잡은 일본은 대원군을 섭정으로 삼고 군국기무처를 세웠다. 고종의 성급한 실책으로, 청나라 군대를 요청한 일이 조선의 지배권을 다투는 청일 전쟁의 시작점이 될 줄을 알지 못했다. 이제 청나라 세력 대신 일본 측의 내정 간섭이 본격적으로 시작되었고 왕실을 장악하면서 김홍집의 1차 내각이 수립되었다.

4. 전하께서는 깊이 살피소서

　1894년 6월 25일 지석영은 김홍집 내각에서 형조 참의 정삼품에 임명되었다. 그는 봉건제의 관리로 나약한 왕 고종에 대한 충심이 깊었고, 일본이 주도한 갑오 내각에 충실해야만 하는 현실을 인식했다. 김옥균과의 인연은 유배지에서 돌아오면서 끝이 났고, 온건 개화파 김홍집과의 인연이 작용해 승진할 수 있었던 지석영은 고종에게 장문의 상소문을 올렸다.

　〈형조 참의 지석영 상소문〉
　엎드려 말씀드립니다.
　태조대왕의 신성한 문명과 성스러운 무운으로 왕업을 창건하고 기틀을 다져 이제까지 503년을 누려 왔습니다. 역대 임금님들로부터 전하에 이르기까지 이제 28대가 되었습니다. 이어져 내려온 경국대전의 법도와 예악·문물이 찬연히 구비되어 족히 개명 세상으로 칭할 수 있습니다. 그러나 이와는 달리 오늘날 국사는 점점 피폐해져 가고 있고 국정은 갈수록 쇠잔하여 기강을 떨치지 못하는 것은 무슨 연고입니까. 먼저 사화의 독을 입어 생기가 참담해졌고 당론에 이끌려 왕실이 국민의 마음과 벽을 쳤기 때문입니다. 임진왜란으로 강토가 유린당한 참상과 병자호란에 능욕당한 참상은 또 어떠했습니까. 자강의 방법과 방어책이 미치지 못해 그저 안일하게만 지냈습니다. 그런데도 한결같이 거친 사람들에게 맡겨놓고 있습니다. 이제 법률은 조강같이 필요 없게 되었고 폐단은 만연해져 고질병이 되었고 백성은 이 병에서 헤어 나올 수 없으니 슬프고 통탄할 일입니다.

우리나라 3천 리는 지역도 넓고 인구도 수천만이 되니 많은 백성의 벼농사가 풍부합니다. 또한 산이나 들에서 생산되는 물건이 풍부하며 해산물과 육산물이 풍부하여 외국에서 수입해 오지 않아도 넉넉합니다. 그런데 어찌 홀로 서지 못하고 왼쪽으로도 두렵고 오른쪽에서도 불안합니까. 하여 오늘날에는 외국인들의 손가락질거리가 되었으니 슬프고 슬픕니다.

지난번 일본 사신이 내란을 일으켜 군사를 이끌고 도성으로 쳐들어 와 마침내 대궐을 범하는 꼴에 백성들은 혼비백산 놀라서 도망치거나 숨었습니다. 열 집 아홉 집이 아무 일 없이 평화로운 것같이 보이지만 궁색하고 쭈그러들어 살고 있습니다. 이는 장차 나라에서도 보존하지 못할 것입니다. 그런데 하물며 외국 군대들이 나라 안에서 서로 전쟁을 일으키고, 도둑 떼들이 사방에서 일어나 굶어 죽을 일이 눈앞에 닥쳐있고 맞아 죽을 위험이 덜미까지 차올랐으니 더욱 비통합니다. 저 많은 백성들을 어떻게 해야 건질 수 있겠습니까.

백성은 나라의 근본입니다. 근본이 굳어야 나라가 편안하다는 말이 중요하지 않습니까. 파도는 배를 실어 보내지만, 또한 배를 엎어버릴 수도 있습니다. 가히 두렵지 않습니까.

오늘날 우리 백성들의 병이 두 가지가 있습니다. 그 하나는 원통한 마음이요, 또 하나는 분한 마음입니다.

백성들은 나라의 세금에 쪼들려 원망스러운 마음이 생겼습니다. 이 원망이 쌓여 풀지를 못해 분한 마음이 생겼고 분한 마음이 극에 달했습니다. 이것을 삭히지 못하면 어찌 그 등을 돌릴 수 있으며, 어찌 다스릴 수 있겠습니까. 이에 약이 하나 있습니다. 백성들의 원통한 마음을 풀어야 합니다. 원망이 해소되면 분한 마음은 자연히 사라지고, 분한 마음이 사라지면 배반할 마음이 어찌 생기겠습니까?

또 백성들의 마음의 병이 두 가지가 있습니다. 청나라를 두려워하는 것이고, 일본을 의심하는 것입니다. 어떻게 해야 이 마음을 치유할 수 있겠습니까. 쾌한 마음으로 원망을 회복한 연후에 분명히 깨우친다면 청나라를 두려워하지 않을 것이고, 일본을 의심하지 않을 것입니다. 의심을 회복하면 신뢰가 생기고, 두려운 마음을 회복하면 용기가 생길 것입니다. 신뢰와 용기를 합하면 백성들의 마음은 성곽과 같은 방패를 이룰 것입니다. 따라서 나라가 편안하고 조용하며 안정될 것이니, 이것은 손바닥 뒤집듯이 쉬운 일입니다.

오늘날 백성들의 이 4가지 병은 어렵고 고생스러운 형편이라 힘이 없습니다. 이런 병을 빼내고자 할 때는 중제(重劑)를 쓰지 않으면 화타와 편작 같은 효력이 없을 것입니다. 이것은 그 약이 독하지 않으면 중병이 치유되지 않는다는 것입니다.

정치를 잘하는 자는 먼저 백성들의 마음을 기쁘게 하고, 백성들로 하여금 그 마음을 두렵게 하는 것입니다. 마음이 기쁘면 복종할 것이요, 복종하면 두려워하게 마련입니다. 백성들의 마음을 기쁘지도 두려워하지도 않게 해놓고, 그 나라를 잘 지키고 보존할 수는 없는 것입니다.

근래 들어 조정의 명은 기강이 서지도 않고 신뢰감이 없습니다. 다만 두려워하고 복종하라고만 하므로 마침내는 난이 일어나고 또 다른 개혁을 주장합니다. 이 어찌 끝나기를 기약할 수 있겠습니까.

저 백성들은 어리석고 우둔할 뿐인데, 어떻게 개화의 변화를 알 것이며, 어떻게 홀로 설지를 알겠습니까? 다만 청나라는 크고 일본은 작은 것으로만 알 뿐입니다. 홀연히 오늘날의 사태를 보고 놀라고 이상하게 생각하고 있습니다. 이런 경우, 여러 사람이 한결같이 큰 것을 버리고 작은 것을 취합니다. 바람의 학이 요란하니 저잣거리의 호랑이는 으르렁대고, 백성들의 놀란 심정은 겁에 질려 어쩔 줄 모릅니다. 장차 큰 변란이 일어날 것이라고 불안에 떨고 있으니 위태롭기 짝이 없습니다.

백성들이 목을 빼고 쳐다보고 있는 것은 개혁뿐입니다. 그러니 먼저 백성의 원통함과 분한 마음을 해소할 수 있는 명을 내리십시오. 그 명이 평범하면 우레처럼 소리만 요란스럽고 비는 오지 않는 것과 같을 것입니다. 그렇게 되면 비를 간절히 바라는 백성들의 갈증은 더욱 심해질 것이니 어찌 두려워하지 않겠습니까.

이제 청나라와도 교의를 끊었으니 반드시 한 번은 위험이 촉발할 것이고, 일본 역시 서로 한 번은 붙을 것입니다. 그때는 하늘과 땅이 다 진동하여 그 승부가 어찌 될지 알 수 없습니다. 나라의 형편으로 볼 때, 진실로 위급하여 존망의 기회가 달린 시기입니다.

이때 믿을 것은 오직 백성의 마음입니다. 이제 나라는 그 마음의 동향을 따라 좌우될 것입니다. 민심을 돌리려고 한다면 반드시 백성들의 원한을 풀어줘야 하고, 그 소원을 들어주어야 합니다. 지금 백성들은 잔학한 관리들에게 원한이 맺혀 있습니다. 잔학한 관리 중 누가 가장 심하겠습니까? 신은 삼가 청하건대 전국 억조창생의 입을 대신하여 진술하겠습니다.

오직 권세를 남용하여, 임금의 총명을 가리고 백성들의 피를 빨아 자기의 치부에 혈안이 되었고, 백성들을 괴롭히고 소란을 일으키다가, 구원병인 외국 군대를 불러 난을 키웠습니다. 이제 외국의 군대가 대궐을 침입하였고, 장수들은 먼저 드망갔습니다. 온 나라 백성들은 간신 민영준의 살점을 뜯어먹어야 한다고 벼르고 있습니다. 또한 신령을 빙자하여 임금의 뜻을 현혹시키고, 기도를 올려야 한다고 나라의 재물을 소모시키고, 권력을 이용하여 수령 방백을 제 마음대로 내고, 사람의 운과 복을 위협하여 백성을 속이며, 세상을 오만하게 생각하는 요망스러운 계집이 있습니다. 이른바 진령군입니다. 온 세상 사람들이 진령군의 살을 물어뜯어 죽여야 한다고 원성이 자자합니다.

슬프고 또 슬픕니다. 간신배 하나와 요망한 계집은 나라를 좀먹는 원흉이고, 백성을 갈가리 먹는 큰 도둑입니다. 그런데 하나는 안전하게 보호해 주고, 하나는 왕실이 사랑하여 호위한다면 백성들의 원망이 어떻게 풀리겠습니까.

엎드려 바라옵건대 전하께서는 상방보검[1]을 내려 종로 네거리에 이 두 죄인의 목을 쳐서 도성의 문에 매달아야 합니다. 그래야만 백성의 원망이 풀릴 것입니다. 이어 엄명을 내리시어 안찰사를 8도에 내려보내셔야 합니다. 수령 중에 학정을 일삼은 자와 사대부와 향리 중에서 백성을 괴롭히는 자들 모두 목을 쳐서 고을 관문

---

1 상방보검(上房寶劍): 임금의 칼.

에 매달아야 합니다. 그래야 민심이 기뻐할 것이며, 백성을 해치는 악당들이 점점 사라질 것입니다.

옛날에 순임금은 사흉2 등을 유배 보내거나 참형으로 다스렸습니다. 순임금이 이들을 처단한 후에야 천하가 다스려졌으니 정치를 잘하는 이치는 진실로 형법의 정당함에 매여있다고 봅니다.

엎드려 원하옵건대 전하께서는 살피시길 바랍니다. 신은 지난 정해년에 전하의 엄한 꾸중을 받아 바다 건너 섬으로 귀양을 갔을 적에 우러러 조심해 왔습니다. 이제는 신에게도 음지에 봄기운이 돌고 독 밑에도 해가 비쳤습니다. 신의 생명이 붙어있는 한, 전하의 은혜에 보답하고자 이 작은 정성의 글을 올리는 바입니다. 전하께서 이를 생각하시기 바랍니다.

신은 간절히, 저 간신과 요망한 계집을 살펴보았습니다. 나라를 망치고, 백성들을 도탄 속으로 몰아넣고 있는 것에 분한 마음을 참을 수 없습니다. 죄명도 제대로 씻지 못한 채, 초야에 묻혀 있는 위치에서 감히 나아가 아뢸 수가 없었는데 이제 이렇게 글을 올려 전하께 말씀드립니다.

지난달에 상복을 벗고 근일에는 전하의 은혜를 입어 형조 참의

---

2 사흉(四凶): 공공(共工), 환도(驩兜), 삼묘(三苗), 곤(鯀)을 말함.

직을 제수받았으니 전하의 은총이 평상(平常)을 넘었다고 봅니다. 황공한 마음 끝이 없습니다. 신의 재목이 약한데 책임은 무거워 분수에 따라 사양했어야 마땅하나, 감히 그렇게 못했습니다. 이렇게 나라에 큰일이 있는 때에 머뭇거리고 주저하다가 마침내 죄가 되었습니다. 이미 사양하지 못했으니, 어찌 개으 어리석은 충정을 하소연하지 못하겠습니까.

엎드려 원하옵건대 전하께서는 나라의 기강을 엄히 세우시기 바랍니다. 백성들에게 해로운 인물을 제거하게 되면, 흡사 물이 내려가고 바람 앞에 풀이 쓰러지듯 백성들은 두려워하고 순응할 것입니다. 어찌 민심이 진정하지 않는 것을 근심하겠습니까.

이렇게 된 후에 숨어 있는 영재들을 발굴하여 각각 직분에 맞는 임소에 둔다면 힘을 합하여 충성을 다하고 성의를 다할 것입니다. 부국강병은 곧 이루어질 것입니다. 보다 중흥하는 만억 년 태평한 나라의 기틀이 오직 전하의 결단에 있다고 봅니다.

엎드려 빕니다. 전하께서는 깊이 살피소서

갑오년(1894년) 7월 4일.

지석영이 간곡하면서도 뼈있는 상소문을 올렸으나 십여 일이 지나도 고종은 답신을 내리지 않았다. 그런 중에서 7월 15일 지석영은 승정원 동부승지로 임명을 받았고 17일에는 우부승지로 임명되었다. 그는 7월 4일에 올린 상소문에 고종의 답을 받으려고 우부승지에 임명된 당일에 짧은 상소문을 올렸다. 7월 17일에야 고종의 비답이 상소문 아래에 짧은 문구로 내려왔다. "올린 글은 잘 살펴보았고 내용도 다 알았노라." 고종의 답신은 짧고 성의가 없었다. 지석영의 상소문이 왕비 민씨의 총애를 받던 무당 진령군을 지목하게 되었던 까닭이었을 것이다. 고종은 아버지 대원군의 섭정 이후, 권력을 이어받아 왕비 민씨와 정사를 논의하면서 나라의 중대한 정책을 결정했다. 왕비 민씨의 결정이 곧 고종의 정책이었다. 지석영의 상소문에 등장하는 두 인물은 왕비가 총애하는 사람들이었다. 무당 진령군은 자신이 관우의 딸이라 자칭하고 궁궐에 출입하면서 왕비의 뜻에 따라 고종이 진령군이라는 작호를 내렸다. 이 일로 대신들 간에도 원성이 자자했다. 일개 무당이 군(君)의 작호를 받은 것은 성리학의 나라 조선에서 있을 수 없는 일이었기 때문이다. 진령군은 종로구 명륜동에 관왕묘라는 집을 짓고 그곳에 살면서 세력을 모아 큰 권세를 누렸던 무당으로 백성들도 치를 떨었던 모양이었다.

다음 글은 7월 17일에 올린 상소문이다.

〈우부승지 지석영 상소문〉

엎드려 글을 올립니다. 종묘와 사직이 보존되고 망하는 것은 백성들의 편안함과 위태로움에 달려 있습니다. 그것은 형법이 공정하냐 공정하지 못하냐에 달려 있습니다.

우리 백성들을 도탄 속에 빠뜨려 놓고 곤궁하게 했으며, 국가를 위태롭게 하는 것이 달걀을 쌓아놓은 것 같은 형세입니다. 이는 오직 간신과 요망한 계집에게서 나온 것입니다. 그들이 백성을 괴롭히고 나라를 그릇되게 하였으니 그 죄악을 연구해 보면 만 번 죽여도 죄가 가벼울 것인데도 형벌을 주지 않으니 백성들의 여론이 들끓고 있습니다.

신이 지난번에 상소하여 올린 것은 법률을 바로잡아 달라는 것이었습니다. 진실로 어리석은 충정의 격분에서 나왔는데 아직까지 전하의 명을 받지 못했습니다. 곰곰이 생각해 보니 제 몸의 위치가 낮고 말이 가벼워 전하의 뜻을 돌이키지 못한 것 같아 송구한 마음 금할 길 없습니다. 일전에 총리대신이 회의 때 올린 글에도 처음에는 윤허하시지 않았습니다. 두 번째가 돼서야 겨우 유죄의 형벌을 가하셨으니 슬프기 짝이 없습니다. 오늘 회의가 전자의 예나 같습니다.

말씀 올리건대 정령을 어떻게 믿을 수 있습니까. 오늘 일을 위태롭다고 하면 전하의 뜻이 욕을 당하시는 것입니까. 아니면 이를 편안히 여겨 영화롭게 생각하시는 것입니까. 편안히 여기고 영화롭게 생각하시면 이미 위태로운 것이며 그 불만은 더욱 확대될 것입니다. 무엇을 애석하게 생각하시며, 또 무엇을 차마 못 하시겠습니까. 3천 리 강토보다 두 서넛의 간신배가 더 중요하다는 것입니까. 이제 세계만방의 눈이 전하의 동정에 쏠려있습니다. 전하가 한 번 움직이고 한 번 멈춤에 따라 전하를 비방하고 칭찬하는 관계가 되었습니다.

만일 앞으로도 전하께서 대신들의 건의안을 들어주지 않으시면 오직 간신과 요망한 계집 따위의 생명을 아껴서 그런 것입니다. 이는 천하 사람들의 공통된 뜻이 그렇습니다. 백성들이 전하께서 어떠한 임금인가를 알지 못할까 두려운 바입니다. 이것이 신이 깊이 탄식하고 통곡하는 것입니다. 나라의 어려움이 오늘보다 더 심한 때가 없으며 나라의 많은 일이 또한 오늘날보다 심하지는 않았습니다.

이같이 어려운 일과 많은 일이 있는 때에 전하께서 능히 잘 조치해 나간다면 나쁜 운이 지나가고 좋은 운수가 돌아올 수 있습니다. 이런 기틀을 세운다면 오늘날보다 더 좋은 날은 없을 것입니다. 오늘의 많은 어려움은 비유하건대 9년의 홍수가 요임금을 깨우치게 하고, 7년의 가뭄이 탕임금을 깨우치게 한 것과 같습니다. 하여 오늘날의 일로 하늘이 전하를 깨우치게 하여 그 중흥과 개화의 변통을 열어주려는 바입니다.

이에 전하를 위하는 신은 비록 작은 품계의 말직에 있기는 하나 전하께서 지극히 공평하지 못하면 백성의 마음을 돌이킬 수 없다는 마음입니다. 전하께서 정당하지 아니하고 곧지 아니하고 굳세지 못하면 나라를 편히 하고 바로 잡을 수 없다는 마음입니다. 가히 삼가지 않으며 가히 두렵지 않으십니까.

민영달은 본래 평판이 좋지 않은 자입니다. 그런 이유로도 나라의 막중한 은전을 받고 마땅히 조심조심하여 만분의 일이라도 나라의 은혜에 보답해야 합니다. 오늘날 개화의 시기에 즈음하여 민심은 흔들리고 있는데도 참의원 직책에 아직 있습니다. 이치에 합당하게 설득을 해야 할 자리에 있으면서 도킈어 아전들을 선동하고 민심을 흩어지게 만들어 소란을 일으키니 슬프고 슬픕니다. 그는 어찌하여 그렇게 생각이 없습니까. 이런 무뢰배를 발탁하여 유신 시대의 내무대신을 임명하니 백성들이 복종하겠습니까, 복종하지 않겠습니까.

이유인은 본래 성품이 포학하여 신임이 없습니다. 거짓으로 임금을 속이고 요망한 계집에 붙어 나라의 은총을 도모하여 평인으로서 높은 직위에 앉았습니다. 그 죄를 진실르 면키 어려운데 이를 선발하여 북쪽의 절도사로 임명했으니 이 땅에 이런 사람이, 이때 이런 사람이 합당합니까, 합당치 않습니까.

정현석은 비록 전적은 현저하다고 하나 나이가 많은 것이 아깝습니다. 이토록 일이 많은 개화기에 공무가 많은데 80 노인이 이 일을 감당하겠습니까, 감당하지 못하겠습니까. 평시에 방백들이 사무가 항상 많습니다. 나이 젊고 기운이 강하면 혹 그와의 유연성에 미치지 못할까 두렵기도 합니다. 이제 의원들에게도 그 재목에 따라서 직위를 부여해야 합니다.

이제 어리석은 백성들이 보면 난이 일어난 지 이미 오래되었습니다. 하지만 백성을 편히 할 시책과 실험은 아직도 보이지 않습니다. 조정에서는 아무에게나 아무 벼슬이나 내리는데 분주할 뿐으로, 시골 사람들 입에서는 원망이 많습니다. 벼슬에 오른 그 부형들과 숙질들은 진급 영전에 골몰하고 있습니다. 게다가 한 사람이 두세 개의 요직을 겸하고 있으니 제삼자의 입장에서 본다면 잘하는 일입니까, 잘못하는 일입니까.

민영익은 산과 바다 같은 나라의 은혜를 입고도 추호도 나라의 은혜를 갚지 못한 것을 두려워하지 않습니다. 몸은 원흉의 이름을 지고 8년간이나 외국에 나가 있으면서 아비가 죽어도 집상을 하지 않았고, 국상이 나도 돌아오지 않습니다. 그는 아비도 없고 임금도 없는 자로서 죄가 이미 공중에 꽉 찼습니다. 나라에 두 차례의 변이 있었으나 편안히 외국에 체류하고 돌아오지 않았습니다. 전란이 세계를 휘감고 있어 순식간에 만 리의 소식도 알 수 있는데 한 달이 지났어도 나라 안 소식을 듣지 못하고 있단 말입니까. 백번 용서하려 생각해도 만부당한 말이 되지 않습니다. 이를 충성이라고 하겠습니까, 불충이라고 하겠습니까.

오늘날 나라 형편을 보면 비유하건대 넘어진 집 같아서 비바람이 몰아들어 오고, 또 엉킨 실 같아서 순리대로 풀기가 어렵습니다. 형법이 밝지 못하면 옳은 명령을 행할 수 없습니다. 백성들이 평화롭지 못하면 나라는 누구와 더불어 살 것입니까.

엎드려 원하건대 전하께서는 속히 큰 결단을 내리소서.

대신들이 아뢴바 세 죄인을 속히 형벌로 다스려 신인의 원통함을 풀어주십시오. 민영달은 엄하게 조사하여 그 실정을 캐내고 또 이유인과 민영익은 해당 법률에 따라 국법을 밝히고 민심을 평화롭게 하소서.

7월 17일 상소문에는 고종의 잘잘못을 구체적으로 지적하면서 어르고 달래듯이, 혹은 따지면서 서술하고 있었고 민씨 척족 부패 관리의 이름까지 정확하게 지적했다. 이것을 본다면 지석영의 성품은 강직해서 상소문에도 직설적인 표현을 썼으며 관리로서 자신의 안위를 위해 살았다고는 볼 수 없다. 두 번의 상소문이 성가셨던지, 아니면 대신들의 분분한 의견으로 궁지에 몰렸던지, 이번에야 고종이 귀찮다는 듯 답을 내린 것이다. 이날의 상소 내용은 『승정원일기』의 속편 『승선원일기』에 그대로 나온다. "요사스런 여자 진령군은 온 세상 사람들이 그녀의 살점을 먹고 싶어 하는 자입니다. 저 일개의 요녀는 나라에 해독을 끼친 원흉이고 대악입니다. 그런데 죄를 따져 묻지 않으시어 마치 사랑하여 보호하듯 하셨으니 백성의 원통함이 어떻게 풀릴 수 있겠습니까. 삼가 바라건대, 전하께서는 속히 상방보검을 내려야 합니다. 종가에서 죄인을 죽여 도성문에 목을 매달도록 명하신다면 민심이 비로소 시원해질 것입니다."라고 서술되었다.

지석영의 상소에는 정곡을 찌르는 현 시국의 문제들과 대안들이 구체적으로 나열되어 있었고 조정의 실책을 낱낱이 꼬집어 나무라듯 열거했다. 이 상소문은 지석영이 고종의 치부를 건드린 것이나 다름없었다. 자존심 강한 고종이 이를 좋아할 리 만무했다. 쓴소리를 좋아하는 임금이 어디 있으랴. 황현의 『매천야록』에는 지석영이 지목한 '이유인'을 들어 "진령군을 수양어머니로 삼고 북묘에서 기거를 함께 했으므로 추한 소문이 돌았다."라고 기록되었다. 이유인은 경상도 김해 사람으로 원래 시정의 무뢰배였으나 진령군의 양자가 되어 양주 목사, 병조참판, 한성부 판윤을 거쳐 법무 대신까지 승승장구했다. 모두 왕비 민씨의 권력 안에서 이루어진 일이었다. 지석영이 고종의 미움을 받았던 연유는 바른 소리를 주된 내용으로 하는 상소문 때문이 아니었을까. 지석영은 한미한 양반가에서 태어나 정치적 배경이 전혀 없었다. 따라서 권력욕이 없었고, 왕실에 대한 충성심은 그저 왕명에 따라 명을 수행하는 것이었다. 그의 정직성과 함께 실천 범위도 정치권력과는 무관했다. 그러나 김홍집의 갑오개혁 때 지석영의 상소문에 적혀있는 민씨 척족들은 처벌을 탄았고, 진령군은 군국기무처에 의해 거열형을 선고받아 처형되었다. 지석영의 강직한 충심이 개혁 정책에 충분히 반영된 것이었다.

제3장 동학 토포사로 임명을 받다

1. 고종, 동학 농민군 봉기에 외세를 끌어들이다

　1894년 8월 17일 일본군은 평양 전투에서 청군에게 대승을 거두었다. 기세가 등등해진 일본은 고종을 더욱 심하게 간섭했다. 일본이 조정에 내정 간섭을 강화하자 동학 농민군이 다시 봉기했다. 이때, 조선의 상황은 하루가 다르게 급박하게 돌아가고 있었다. 8월 19일 갑오 내각은 지석영을 대구 판관으로 임명해 대구로 내려보냈다.

　8월 26일에 남원의 김개남이 왜를 쳐부수자는 기치를 걸고 5만 명의 농민군을 일으켰고, 손화중과 전봉준이 이끄는 농민군도 그 뒤를 이어, 10만여 명에 달했다. 고종과 김홍집 정권은 일본군에게 농민군 토벌을 요청했다. 일본이 바라던 계획대로 조선 정부가 먼저 군대를 요청한 것이었다. 이대 대구 관아에서 대기하고 있었던 지석영은 9월 26일 관아를 출발해서 29일 부산항에 도착했다. 그는 부산 주재 일본 영사관을 찾아 일본군과의 합동 작전과 토벌 정책을 논의한 뒤, 곧 통영으로 출발했다.

　10월 2일 지석영의 관군과 신무기로 무장한 일본군의 연합작전으로 경남 일대의 동학군 3천여 명을 토벌할 수 있었다. 지석영은 10월 말에야 대구 관아로 복귀했으나 동학 농민군의 봉기는 계속되었고, 지석영은 또다시 영남 토포사로 임명받았다. 유배지 고금도에 있었던 이도재가 그제야 해배되어 전라도 관찰사로 임명받아, 전라도의 동학 농민군 토벌에 나섰다. 이도재는 지석영과 함께 강위의 문하에서 공부했던 인연이 있었고, 이완용과 척사파의 상소로 지석영과 함께 1887년에 동시에 유배를 떠났다. 지석영은 1892년 천연두가 재유행할 때 해배되었으나, 이도재는 1894년에야 유배에서 풀려나 정계로 복귀했다.

11월 9일 동학 농민군은 우금치 전투에서 대패하고 말았다. 김개남 부대는 11월 10일 청주 전투에서 패했고, 농민군들은 각지로 흩어졌다. 전봉준·김개남·손화중의 지도부가 체포되거나 사살당한 후, 동학 농민 전쟁은 허망하게 끝이 났다. 척양척왜를 내걸었던 농민군의 한탄이 온 조선을 휩쓸었다. "조선 사람과 싸우자는 것이 아닌데 이렇게 골육상잔하다니 어찌 애달프지 않으리오."라면서 전봉준이 통탄했다. 이는 썩을 대로 썩은 조선 조정의 어리석고 잔인한 실책이었다.

1895년 3월 29일 농민군 지도자에 대한 재판이 열렸다. 전봉준·손화중·김개남·최경선·김덕명·성두한 등이었다. 2월 9일부터 5차례에 걸친 고문과 회유가 있었으나 전봉준 등은 굴하지 않았다. 일본인 재판관에게 심문을 받은 후, 농민군 지도자 모두에게 사형을 선고한 자는 법무아문 권설 재판소의 서광범이었다. 서광범은 갑신정변의 주역으로 일본으로 망명했다가 미국으로 건너간 다음, 미국 시민권을 취득했다. 갑오 정권이 출범하자, 서광범은 이중 국적자의 신분으로 조선의 법무부 대신 겸 판의금부사에 임명되었다. 일본의 관제로 재판법이 구성된, 근대 사법 제도의 첫 사형 선고가 동학 농민군 지도자들에 내려졌다. 고문이 심해 무릎이 꺾여 한 걸음도 움직일 수 없는 상태의 전봉준을 관아의 서리가 안고 사형장으로 향했다. 이때 전봉준은 의연한 태도로 즉흥시 '운명'을 지었다.

    때가 오매 천지가 모두 힘을 합했는데
    운이 다했으니 영웅도 스스로 할 바를 모르겠구나
    백성을 사랑하고 정의를 세운 것이 무슨 허물이겠나
    나라 위한 한마음 그 누가 알겠는가.

새벽 2시, 전봉준은 손화중·최경선·김덕명 등과 함께 교수형을 당했다. 불의에 저항하여 사람의 권리를 외쳤던 동학 농민군 지도부를 일본의 사법 제도로 처형했다. 참으로 부끄러운 조선 정부의 민낯이었다.

11월 14일 고종은 지석영에게 동학 농민군 토벌의 공을 치하하면서 진주 목사로 임명했다. 일본 총영사는 지석영을 평가하기를 "지석영은 매우 진보적인 사상을 가지고 있다. 일본군을 위해서는 매우 유익하다."라고 대구 판관을 그대로 유임하기를 고종에게 요청했다. 지석영이 일본어에 능통한 것이 일본 측에서는 매우 쓸만했을 것이다. 동학군 토벌을 위한 길 안내와 정보 등을 입수해 전략을 철저하게 세울 수 있었던 것은 지석영의 공이라고 칭송했다. 이는 전쟁을 승리로 이끌어 조선을 식민지화하려는 일본의 성과였다. 외세와 손잡고 제 백성을 처참하게 학살한 지석영은 자신의 전력이 부끄럽지도, 후회스럽지도 않았을까. 지석영은 일본과 조선 정부에서 동시에 능력을 인정받았다. 현대적 관점에서 본다면, 조선의 관리로서 지석영의 활동에서 가장 충격적이면서 부정적인 것이다. 그는 외국 군대와 연합해 제 나라 백성들을 참살한 군인이었다. 애석한 일이었다. 지석영은 동학군이 어떤 이유로 봉기했는지 잘 알고 있었다. 상소문에서 그는 애민 사상으로 가득한 진심을 말하지 않았던가. 백성을 위하는 열정으로 거듭 상소했던 지석영은 대구 판관과 영남 토포사 직책을 수행하면서 농민군을 무참하게 학살·토벌할 수밖에 없었다. 그가 연합 작전에 어떤 생각으로 끝까지 임했는지는 알 길이 없다. 왕명에 따라 동학 농민군 일망타진에 모든 노력을 기울였던 것일까. 동학군 토벌대 선봉으로 전국에 악명을 떨쳤던 이두황[1]은 지석영의 적극적인 활약에 대해 칭찬을 아끼지 않는 내용을 일기에 썼다. 이렇게 남아있는 기록을 보더라도 지석영의 동학군 토벌 작전은 지울 수 없는, 구한말 봉건제 관리의 한계였다.

  1895년 4월 29일, 지석영은 동래 부사로 부임했다. 일본 영사관이 고종에게 특별히 요청했기 때문이었다. 한 달 후, 5월 29일에는 동래부 관찰사로 고속 승진하였다. 뒤이어 1896년 1월 18일에는 부산항 재판소 판사까지 겸임하게 되었다. 그러나 무슨 까닭이었을까. 일본 영사 가토 마스오는 공식 석상에서 말했다. "지석영은 러시아를 숭상하는 마음을 품고 있다. 몰래 일본을 배척하면서, 일본에게 결탁하는 일이 마땅치 않다."라는 언사를 내뱉었다. 이는 지석영의 타고난 성품이 그 누구와도 쉽게 결탁하지 않음을 드러내는 것일 수 있다. 일본 영사는 지극히 원칙주의적인 지석영에게 개인적 반감이 생겼던 것 같다. 판사직을 수행하면서도 개인적 친분을 전혀 형성하지 않았던 것 같다. 고종의 왕명에 충성할 따름이었는가. 고종과 김홍집 내각에서 최고의 권

---

1 이두황: 친일파로 명성황후 시해 가담.

세를 누릴 자리까지 올라갔으면서 일본 영사와는 거리를 두었으니 말이다.

지석영이 김홍집 내각에서 관리직을 수행했던 것은 김홍집과의 개인적 친분이 작용했기 때문이었다. 제2차 수신사로 김홍집을 따라 일본에 갔던 후로 그들은 서로 돈독해졌을 것이다. 당시의 정황으로 볼 때, 지석영은 필생을 바친 종두법 전파와는 별개로, 어쩔 수 없는 정치적 입지를 선택하지 않으면 안 되었을까. 이는 시대의 흐름이었다. 친일이나 친러나 혹은 친미 등 타국의 세력 중 어느 한 나라를 택해야 하는 현실 정치에서 지석영은 변함없이 친일 개화파를 끝까지 고집했다. 이와 달리 이완용은 정계에서 거의 물러나 움직이지 않았다. 갑오 1차 내각 당시, 이완용은 8월에 일본 전권 공사에 임명되었으나 사직 상소를 올리며 거절했다. 친미 성향의 이완용은 친일파 김홍집 내각에서, 일본과 직접적인 관련이 있는 직책은 불리하다는 판단을 내렸을 것이다. 정치적으로 기민한 촉수를 가진 이완용으로서 1894년은, 청군과 일본군이 서울에서 대치한 가운데 한 치 앞을 내다볼 수 없는 위기의 시간이었다. 그러나 일본군과 관군의 연합군이 동학농민난을 진압해 승리했던 11월에는 외부협판에 임명되자 다시 정계에 진출했다. 이완용의 정치적 노선이 친미로 시작해 척사파·왕당파와 손을 잡고 친러파를 제거한 후, 친일파로 급변했음에도 지석영은 자신의 소신껏 친일 노선에서 관리직을 수행했다. 일본의 압력으로 왕실의 권위는 사라지고 정치는 혼란에 빠져있는 상황에서 지석영이 선택한 길은 정치가 아닌, 현실적 위치였을 것이다. 그렇게 본다면 당시 지석영은 친일이면서 왕당파에 가깝다고 볼 수 있다.

지석영의 근대 의학은 개화사상과 친일로부터 얻은 자연스러운 행보였다. 일관된 정치적 성향은 때로 정체성의 혼란과 갈등을 가져왔을 것이다. 그 길은 변함이 없었고 자신을 주장하지 못하면서 왕실의 뜻대로, 혹은 일제의 강권으로 움직이고 있었다. 시대는 급물살을 타면서 변화를 요구했으나 그의 정치적 소신은 변하지 않았다. 흔들리지 않는 완고한 외길이었다. 이는 급변하는 세계정세에 따른 조선 조정의 우매한 정책에 편승했던 까닭이었다. 유학으로 시작해 개화사상을 접했으나, 지석영의 정치 성향은 보수적이었다. 구한말에 서구 문물을 익히면서 근대화를 원했으나 지석영은 그때까지도 봉건제의 구습을 버리지 못했다. 갑신정변과 갑오개혁을 거치면서 관리로서의 길은 고난의 연속이었을 것이다. 그 시대는 종두법에 대해 연구하면서 저술하고, 의술을 펼치면서 살기에는 너무나 불안하고 암울한 망국의 혼란기였기 때문이다.

2. 을미사변과 을미개혁, 그리고 을미의병

1894년 6월 21일 이후, 오토리 게이스케는 일본 내각에 전문을 띄웠다. 일본에 등을 돌리고 각국 공사관의 영사들과 친분을 쌓아 가던 왕비 민씨를 제거할 계획을 세운 것이다. 일본은 조선 독립을 위한다는 명분을 앞세워 고종을 감금한 후, 조선의 통치권에 적극적으로 개입하고 있었다. 그러나 왕비 민씨로 인해 일본의 뜻대로 상황이 쉽게 흘러가지는 않았다. 한편 고종은 경복궁에서도 굶는 경우가 많았고, 보다 못한 운현궁의 어머니가 식사를 마련해 궁으로 옮겼다. 그러나 음식마저 일본의 수문병에게 강탈당하는 일이 잦았다. 고종의 생일은 7월 25일이었는데 친일파 내각들이 앞서서 고종의 식사와 의복 담당자마저 내쫓았다. 이런 상황에서 고종은 끝까지 청나라에 의지하려고 했다. 그러나 청나라는 청일 전쟁을 치르느라 조선에 신경 쓸 겨를이 없었다.

8월 16일 평양 전투, 18일의 압록강 전투에서 일본이 대승을 거두었다. 일본은 동아시아의 패권을 장악한 청일 전쟁을 '조선의 독립'으로 대의명분 삼았다. 청의 이홍장과 일본의 이토 히로부미 사이가 맺은 시모노세키 조약의 제1조에는 '조선국의 독립을 승인한다.'라는 내용을 넣었다. 이는 국제적인 시선을 일본에 유리하게 만들기 위해서였고 자국의 침략 야욕을 포장한 것에 불과했다. 시모노세키 조약으로 일본은 강대국이 되었고, 엄청난 전쟁 배상금을 받았다. 그러나 청나라와 교류했던 서구 강대국들이 적극적으로 개입하기 시작했다. 특히 러시아는 일본의 승리로 엄청난 이익을 남긴 회담 결과에 강경하게 대응했다. '조선국의 독립을 확보하고 또 러시아와 청나라 사이의 차(茶) 무역에 방해되지 않는 범위'에서 강화가 이루어져야 한다고 러시아가 요구했으나 일본은 수용하지 않았다. 러시아는 강력히 항의하면서 청나라의 랴오둥반도와 대만전도·팽호열도까지 할양받은 것에 제동을 걸었다. 서구 열강도 일본의 영토 할양에 대해 문제 삼았다. 영토 문제로 러시아는 일본과 전쟁을 불사할 생각이었고, 독일과 프랑스의 협조를 구해 일본에 대한 외교적 압력을 행사했다. 이 결과 3국 간섭이 시작되었다.

시모노세키 조약 체결 6일 후, 러시아 공사가 각서를 제출했다. "일본은 청나라의 수도를 위협할 우려가 있고, 동시에 조선의 독립을 유명무실하게 할 수 있다."는 명분으로 랴오둥반도 포기를 일본에게 요구했다. 러시아의 개입으로 조선의 독립 문제는 동북아 차원을 넘어 전 세계적인 문제로 부각되기 시작했다.

일본은 랴오둥반도를 넘겨주지 않으려면 러시아·독일·프랑스와의 전쟁을 일으켜야만 했다. 그러나 청일 전쟁에 국력을 모두 쏟은 까닭에 국고가 휘청거릴 정도였고 서구 열강의 여론도 이미 일본에 싸늘해졌다.

조선에서는 특명 전권 공사 오토리 게이스케가 물러가고, 9월 15일에 이노우에가 전권 공사로 부임했다. 9월 28일 경복궁 함화당에서 이노우에는 고종에게 신임장을 제출하면서 흥선 대원군을 숙청하기로 했다. 전쟁에서 승리했으니 흥선 대원군을 내세울 필요가 없어진 셈이었다. 유약한 고종이 완전히 손에 들어왔다고 생각한 이노우에는 10월 25일에 흥선 대원군을 물러나게 하는 전교를 발표하도록 했다. 고종으로서는 숙적인 아버지를 제거한 셈이었으나 일본에 의해 내려진 결과였다. 이노우에는 망명 중인 갑신정변의 주역 박영효를 불러들였다. 조선 정부는 친일 개화파 박영효에 의해 장악되었고, 고종의 통치권은 무시당한 채, 유명무실해졌다.

1895년 4월부터 고종과 왕비 민씨는 적극적으로 친러정책을 추진했다. 삼국 간섭의 결과를 접한 후, 러시아의 막강한 영향력을 체감한 것이다. 러시아도 적극적으로 조선에서의 영향력을 확대하기 시작했다. 청일 강화 조약이 조인된 이후, 4월 23일에 삼국(러시아·독일·프랑스)은 일본에게 랴오둥반도를 청에게 돌려줄 것을 요구했다. 일본은 이 요구를 받아들여, 5월 4일 랴오둥반도를 포기하겠다는 결정을 삼국에 통보했다. 청의 이홍장은 러시아 측과 극비리에 만나 '청의 영토 할양' 문제에 적극적으로 개입해 줄 것을 요청했던 것이다. 하지만 청나라는 이미 약소국이 되어 일본에게 영토와 이권을 빼앗기고 전쟁 배상금까지 치러야 했던 상황이었다.

일본은 러시아와의 전쟁 준비를 위해 전력을 키워나갔고, 고종은 은밀히 러시아의 영향력을 이용하려는 시도를 했다. 고종은 1895년 5월 25일, 시위대 1연대 규모의 훈련과 지휘를 러시아와 미국에 부탁했다. 삼국 간섭 이후 일본 공사의 영향력은 줄어들어 러시아 공사의 영향력이 강해졌기 때문이었다. 일본 공사의 처지에서 본다면 강대국 러시아 공사를 직접 상대하기에는 아직 역부족이었다.

7월 19일, 이토 히로부미는 이노우에를 귀국시키기 위해 후임으로 미우라 고로를 정했다. 미우라는 군인 출신으로 이토 히로부미의 뜻이 조선의 무력 점령에 있다는 것을 알았고, 행동으로 옮길 준비를 했다. 당시 메이지 천황과 이토 히로부미는 정한론을 절대적인 정책으로 삼았다.

9월이 되자, 고종은 박영효 등 친일 개화파들을 줄줄이 숙청했다. 일본 세력이 약화된 틈을 타서 친러파를 등용하기로 정책을 수정한 것이다. 이때, 초대 주미 공사였던 친미파 박정양을 중심으로 이완용 등이 급부상했다. 이들은 미국 공사관이 있는 정동에서 활동했기 때문에 정동파로 불리었다.

　1895년 8월 24일 김홍집 내각이 새로 조직되었다. 그러나 친러파 이범진과 친미파 이완용이 강력한 반일 정책을 주장하면서 김홍집의 사퇴를 주장했다. 김홍집 친일 내각의 배후 세력이었던 이노우에가 이미 서울을 떠났기 때문이다. 이로써 이노우에 공사가 김홍집에게 약속한 300만 원의 기부금은 무산되었다. 김홍집은 정치적 타격을 입었고, 때맞춰 미우라 고로가 사무라이 낭인들과 함께 이노우에의 후임으로 서울로 입성했다. 미우라는 왕비 민씨를 살해할 계획을 세워서 조선에 상륙했는데 당시 백성들 사이에서 '여우 사냥'이라는 풍문이 떠돌기 시작했다. 미우라의 작전 명령이 거들먹거리면서 득세하는 사무라이들로 인해 백성들에게로 흘러 들어갔을 것이다.

　10월 8일 여명에 흥선 대원군은 일본인과 조선인 수십 명에게 호위 되어 서대문으로 들어와 경복궁으로 향하였다. 훈련대대 및 일본 병력이 앞에서 인도했다. 이때, 미국인이 훈련한 궁성 수비병이 발포했다. 훈련대 병력 및 일본 병력은 곧바로 응전하여, 수비병을 도주하게 하고 유유히 근정전에 들어갔다. 일본인과 조선인이 그것에 따랐다. 내정의 여러 신하는 망연하여 어쩔 줄 몰랐다. 수십 명 궁녀들 역시 안색을 잃고 낭패할 뿐이었다. 왕비 민씨는 소란 통에 건청궁 후정(後庭)에서 살해되었고, 그 시체는 곧바로 소기(燒棄)되었다.

윗글은 메이지 28년, 「메이지 천황기」의 기록이지만 거짓으로 조작된 것이었다. 흥선 대원군이 자발적으로 경복궁으로 입궐한 것이 아니었다. 미우라 고로가 흥선 대원군을 납치했고, 미국 병력이 발포한 것이 아니라 일본 병력이 먼저 발포했다. 고종은 일본의 위협 때문에 항상 대비하고 있었던 상태였다. 500명 정도 되는 궁중 시위대와 지휘대를 외국인 장교들에게 맡겼으나 그날은 아무 소용이 없었다. 일본은 왕실 내부에 오래전부터 밀정을 심어두었고 시위대가 쓸 탄약을 미리 빼돌렸으며 친일파 병사들로 시위대를 교체해 두었다. 고종은 왕실 내부 사람들을 전혀 의심하지 않았고 미우라의 준비된 계략이 왕실 궁인들에게까지 미쳐있다는 것을 눈치채지 못했다. 미우라는 왕비 살해를 위해 물샐틈없이 준비했다. 을미사변 당일, 일본군이 공격을 시작하자마자 친일파로 교체된 왕실 시위대 병력은 소리도 없이 흩어져 버렸다. 미국인 다이 장군이 훈련시킨 병력도 기습 공격에 속수무책으로 당해 모두 사라진 뒤였다.

경복궁 뒤쪽 건청궁의 곤녕합에서 일본 낭인들은 조선의 국모를 잔인하게 살해했고, 그 시신을 불태워 향원정 연못에 내던졌다. 그 시각, 고종의 목숨도 아슬아슬하게 위태로웠고, 세자와 세자빈의 목숨도 위험했다. 그날 이후, 잔혹한 미우라에 의해 고종은 더욱 깊이 유폐당했다. 경복궁은 쑥대밭이 되었고, 이완용과 이범진을 비롯한 정동파들은 각각 미국 공사관과 러시아 공사관으로 재빨리 몸을 피했다. 고종은 정치적 동지였던 왕비를 눈앞에서 잃었고, 깊은 우울감에 빠져들었다.

1895년 10월 김홍집은 미우라를 등에 업고 완벽한 친일 내각을 재수립했다. 고종이 신임했던 시위대 지휘관들은 대거 교체되었고, 미우라에 의해 친일파 시위대들이 득세하였다. 이른바 을미개혁이었다. 이 내각에서 지석영도 4월에 동래부사로 임용되었고 5월 29일에는 동래부 관찰사로 고속 승진했다.

지석영은 을미 내각에서 자신이 뜻한 바대로 종두법을 시행할 제도를 만들었다. 1895년 10월 7일 정부는 '종두 규칙'을 내부령으로 공포했고, 11월 7일에는 '종두의양성소(種痘醫養成所)'에 관한 규정을 반포했다. 김홍집이 주도한 을미내각에서는 일본이 버티고 있었기 때문에 친일파 지석영은 반대 세력의 눈치를 보지 않고 종두 보급에 대한 법을 제정할 수 있었다.

을미사변으로 인해 백성들의 반일 감정과 김홍집에 대한 불만은 하늘을 찌를 듯 치솟았다. 이때, 일본은 김홍집에게 압력을 넣어 태양력을 사용할 것을 강제하면서 단발령을 실시했다.

이번 단발함은 생(生)을 위(衛)함에 이롭고, 사(事)를 작(作)함에 편하기 위하여 우리 성상 폐하께옵서 정치 거혁과 민국 부강을 도유(圖猷)하사 솔선궁행하사 표준을 시하심이라. 무릇 무리 대조선 국민인은 이와 같은 성의를 우러르되 의관 제도는 다음과 같이 고시함.

개국 504년 11월 15일
내부대신서리 내부협관 유길준.

내부대신서리 유길준이 태양력으로 12월 30일(음력 11월 15일)에 단발령에 대한 고시를 발표한 것이다. 단발령으로 인해 온 백성들이 충격에 빠졌다. 개화에 대한 반감은 더욱 높아졌고, 반일 의식이 팽배해 을미의병이 각지에서 일어나게 되었다.

1896년 1월, 이소응이 춘천에서 의병을 일으켰고 유인석과 민용호 등의 의병장들이 전국에서 들고 일어났다. 갑자기 시행한 강제적 단발령 때문이었다. 재야의 유학자 황현은 『매천야록』에 썼다. "단발령은 유길준과 조희연 등의 강압에 의해 실시되고 있었다. 일본군을 동원하여 궁성을 포위한 뒤, 대포를 설치하고 머리를 깎지 않는 자는 죽이겠다는 선언을 한 것이다. 고종은 긴 한숨을 들이쉬며 '경이 짐의 머리를 깎는 게 좋겠소.'라고 정병하에게 말했다. 이에 정병하는 가위를 눌러 고종의 머리를 깎았고, 유길준은 왕세자의 머리를 깎았다. 형세가 급하게 변하여 일본인들은 군대를 대기시켰고, 경무사 허진은 순검들을 인솔하고 칼을 들고 길을 막으며 만나는 사람마다 머리를 깎았다. 이를 원통하게 여긴 유생 유인석은 '원통함을 어찌하리. 국모의 원수를 생각하며 이를 갈았는데 임금께서 머리를 깎으시는 지경에 이르렀다.'며 친일 관료들을 공격했다."

단발령 실시로 순검들은 지위와 계급을 불문하면서 상투를 튼 남자들의 머리에 기습적으로 가위를 들이대어 머리카락을 싹둑 잘라냈다. 그때까지 상투는 우리 민족의 의관이었고, 조선을 상징하는 정체성이며 남자들의 표상이었다. 이를 무시하고 머리카락을 함부로 잘라내는 일본과 김홍집 내각에 대한 반감은 반일 항쟁으로 표출되었다. 일제의 강압으로 민족의 정체성이 철저히 짓밟혔다는 의식은 갈수록 팽배했고 성난 민심은 도무지 가라앉을 줄 몰랐다.

그들의 긍지와 자존심과 위엄은 모두 빼앗겨 발아래 짓밟혔다. 어디서나 잔뜩 찌푸린 성난 얼굴들이 보였고 집집마다 통곡 소리와 탄식 소리가 끊이지 않았다.

윗글은 언더우드 부인의 저서 『언더우드 부인의 조선 생활』에서 상투를 강제로 잘린 사람들의 상황을 표현한 것이다. 그러나 강제적 단발령은 개화파로서는 철저한 개혁의 상징이었다. 일본의 압력을 이겨내지 못한 고종은 백성들의 반발을 잠재우기 위한 조칙을 억지로 발표해야만 했다.

짐이 정삭을 고치고, 연호를 세우며, 복색을 가꾸고, 머리카락을 자르노니⋯ 넓은 소매와 대관(大冠)이 유래한 구습이며, 추염2과 망건이 일시의 편의로 그것이 처음 실시되었을 때에는 역시 새로운 법이로되⋯ 일하기에 불편하고 양생하기에 불리함은 고사하고 배와 차가 왕래하는 오늘날에 이르러서는 쇄극 독처(獨處)하던 구습을 집착해서 지킴이 옳지 않은 듯하다. 짐이 복색을 바꾸고 머리카락을 자름은 국인의 이목을 일신케 하여 구(舊)를 사(捨)하고, 짐의

---

2 추염(椎髥): 상투와 수염.

유신하는 정치에 복종케 함이니… 짐의 부강하는 업을 협찬할지어
다. 짐의 적자 되는 무리들아.

고종의 조칙에도 불구하고, 단발령으로 인해 백성들은 치욕을
감수해야 했고, 어떤 이들은 스스로 목숨을 끊기도 했다. 어떤 사
람들은 은둔해 버렸고, 또 어떤 사람들은 자발적으로 의병이 되
어 일본에 저항했다. 이때 일어난 을미의병은 반일, 반근대화 운
동이었다. 단발령 반대로 일어난 유생 의병장들은 신분을 중시했
기 때문에 일반 백성들의 호응을 얻지 못하기도 했다. 한 예로
제천에서 의병을 일으킨 유인석은 천민 계급 의병 김백선을 처형
했다. 포수로서 양반에게 불손했다는 이유였다. 갑신정변과 갑오
개혁 그리고 동학혁명으로 인해 꾸준히 개혁을 요구하고 있는 시
대에도, 봉건 의식에 찌들어 있는 양반층의 한계를 보여준 것이
다.

제4장 근대 의학의 꿈을 이루다

1. 춘생문 사건과 아관 파천

　1895년 음력 11월 28일, 왕당파 이재순은 고종의 밀지를 받아냈다. "병력을 끌고 와서 궁성을 보호하고 역적을 토벌하라. (…) 대소 신민들은 모두 떨쳐 일어나라."라는 내용이었다. 그러나 배신자가 있었다. 친일 정권과 은밀하게 연락했던 이진호와 안경수였다. 친일 정권은 왕당파를 일망타진하기 위해, 때를 기다렸다. 고종 구출 계획을 사전에 고발한 안경수와 이진호의 함정에 빠진 이재순 등은 이 사실을 전혀 눈치채지 못했다. 왕당파들은 거사 때 춘생문을 열다가 친일파의 총격 세례를 받은 후, 현장에서 사살되거나 도망쳤고, 고종은 이미 포로로 잡혀 있는 상태였다. 춘생문 사건은 처음부터 실패 가능성이 농후한 계획이었다. 경복궁의 궁녀들이 친일 정권과 오래전부터 결탁하고 있었으나 누가 친일파인지 대신들은 알 수 없었기 때문이다. 춘생문 작전을 시도할 때도 고종의 측근에 홍 상궁이 있어서 가능했다. 후궁 거처에 계속 머물고 있었던 탓에 자연히 친일 세력의 감시를 허술하게 만들게 되었다. 고종이 엄 상궁을 불러들여 곁에 둔 것은 이런 이유가 있었다. '춘생문 탈출 작전'은 실패했지만, 엄 상궁의 기지로 후일 러시아 공사관으로 피신하게 된 '아관 파천'은 성공할 수 있었다.

　러시아 공사와 미국 공사는 을미사변의 일을 들어 일본 공사를 집중적으로 추궁했다. 김홍집은 각지에서 의병들이 일어나고 있는 상황을 수습하기 위해 궁궐 경비를 담당하던 훈련대를 지방으로 파견했다. 처음 춘생문 사건을 이범진 등과 함께 모의했다가 실패했던 이완용은 더욱 신중하게 조용히 지내고 있었다. 이때, 이완용은 미국 공사관에서 기거하고 있었는데 춘생문 사건이 실패해 상하이로 도피했던 이범진이 비밀리에 귀국했다. 둘은 다시 고종을 탈출시킬 계획을 세웠다. 이때는 러시아 공사 베베르가 러시아 군대를 불러들인 후였다. 을미사변으로 치안이 불안해 러시아인을 보호한다는 구실이었다.

　아관 파천 거사 전날, 인천항에 정박 중이던 러시아 병사들 120명이 상륙해 서울 정동 주변을 경비하고 있었다. 1896년 2월 11일 새벽, 엄 상궁을 선두로 두 대의 가마가 궁의 북문인 신무문을 빠져나갔다. 고종과 세자를 비밀리에 태운 가마 두 대는 엄 상궁이 평소 궁을 빠져나갈 때의 행보였다. 일본 경비병들은 이를 의심하지 않았고, 엄 상궁이 주는 뇌물에 익숙해진 상황이어서 의심하지 않았다. 이범진·이완용·베베르의 합동 작전이

엄 상궁의 도움으로 성공한 것이다. 고종은 궁궐을 빠져나가기 위해 이미 러시아 공사 베베르에게 친서를 보내 러시아 공사관으로의 이주를 요청했었다.

지난해 9월부터 반역 도배들이 집요하게 나를 압박해 오고 있다. 최근에는 단발령으로 일어난 전국적 시위의 혼란을 틈타 나와 내 아들을 살해할지 모른다는 두려움에 떨고 있다. 나는 내 아들과 함께 이러한 위급한 상황에서 벗어나 러시아 공관에서 보호받기를 바란다. 나를 구출할 수 있는 다른 수단은 없다. 나는 두 공사가 나에게 피신처를 마련해줄 것을 간곡히 당부한다.

'아관 파천' 이후, 고종은 새로운 내각을 조직했다. 이완용은 이범진·베베르와 함께 러시아 공사관에서 고종과 세자를 4개월 만에 만났다. 이범진은 이완용보다 6살 많았고, 1879년 병과에 급제한 무관으로 투박한 성격에 계획을 실행하는 과정에서 추진력이 있었다. 춘생문 사건의 실패 이후, 이완용이 미국 공사관에 기거하면서 미국 망명을 생각하고만 있을 때, 이범진이 돌아왔다. 이 시기 이범진이 상하이에서 비밀리에 귀국하지 않았더라면 이완용은 이런 모험을 위해 행동하지 않았을 것이다.

친러파의 신내각이 구성되면서 고종은 을기사변의 연루자로 김홍집 등 친일 내각 들을 체포함과 동시에 전국 각지에서 일어난 의병들을 애국적 행위로 평가했다. 이때, 최익현·이도재·신기선·남궁억을 각 도의 선유사로 임명한 후, 단발령을 취소하는 명을 내렸다. 이로써 을미의병은 자진 해산되었다.

2. 고종이 러시아 공사관에 거주했던 동안

1896년 5월 26일 일본은 러시아 측에게 비밀 협상을 제안했다. 일본의 특명 전권 대사 야마가타는 러시아 외상 로마노프에게 38도선을 경계로 한반도를 점령·분할하자고 했으나 로마노프는 일본의 제안을 거절했다. 6월 3일, 로마노프는 청나라 이홍장과 '노청 비밀 협정'을 체결했다. '제1조 동아시아의 러시아 영토와 청나라 또는 조선을 불문하고 일본의 침략이 있을 때는 두 체약국은 상호 원조한다. 제2조 단독 강화를 하지 않는다.' 등 제 4개의 조약이었다. 국제 정치의 일면에서 러시아는 청나라와 연합했고, 일본은 노청 비밀 협정으로 동북아에서 고립되어 버린 것과 같았다. 러시아의 야욕은 동북아 진출이었고, 한반도를 점령해 식민지로 만드는 것이었다. 일본의 위기감은 고조되어갔다. 러시아는 동청 철도 부설권을 확보했고, 1898년 3월에는 랴오둥반도까지 장악하여 동청 철도를 여순과 대련에 연결하려는 남만주 철도 건설에 착수하게 되었다. 만일 그곳에 해군 기지까지 건설된다면 만주 일대는 러시아의 영향력 아래 놓일 것이었다. 일본은 러시아의 세력이 점점 확장되어감에 따라 위기감이 더욱 커졌다.

서재필은 갑신정변의 주역으로 미국으로 망명한 후, 1889년 워싱턴의 컬럼비아 대학(현 조지 워싱턴 대학)에 입학해 의학 박사 학위를 따냈다. 1894년 갑오개혁으로 급진 개화파에게 내려진 역적의 죄명이 벗겨지자 박영효의 권유를 받고 1895년 12월에 귀국했다. 미국 정세에 밝은 인물이 필요했던 조선 정부가 서재필을 중추원 고문으로 임명한 것이다. 귀국 후, 그는 부패한 수구 세력을 견제하고, 백성을 교육·계몽시키기 위해서는 근대적 신문이 필요하다는 것을 주장했다.

> 정부는 국민의 실정을 알아야 하고 국민은 정부의 목적을 알아야 한다. 정부와 국민 상호 간의 이해가 있도록 하기 위해서 쌍방의 교육이 있을 뿐이다.

서재필이 미국 선교사들이 발행하는 영어 잡지 〈코리안 리포지토리〉에 신문 발간의 필요성을 밝힌 글이다. 일본은 〈한성순보〉에 한국 내의 친일 세력을 비호하고 여론을 독점 조작하면서, 서재필의 신문 창간을 방해했다.

> 일본인들이 나를 가만두지 않으려 한다. (…) 그들은 일본에 반하는 일을 하는 자는 누구든 죽이겠다는 것을 넌지시 암시하였다.

(…) 여기에는 나 혼자이다. 미국 정부는 나를 도와주지 않을 것이다. 조선 정부나 국민은 일본인의 암살로부터 나를 보호할 능력도 의사도 없다. 나는 혼자이고 보호받지 못한다.

윗글은 일본인들이 서재필의 신문 창간을 막기 위한 방해 공작을 하고 있다는 것을 밝힌 글로 윤치호 일기의 한 부분이다. 윤치호는 갑신정변의 불이익을 피하려고 미국 망명을 했다가 1895년에 귀국, 학부협판 자리에 있었다. 그럼에도 서재필이 〈독립신문〉을 창간할 수 있었던 것은 윤치호의 적극적인 후원과 고종의 아관 파천으로 친러파가 득세하면서 친일파가 궁지에 몰린 정세 덕분이었다. 조선 정부는 신문 창간 비용으로 3,000원을 지원했고 서재필의 주거비까지 후원했다.

1896년 7월 2일 '독립 협회'가 설립되었다. 온건 개화파·정동파·그리고 독립 개화파의 3갈래 세력으로 창립 당시 이완용을 회장으로 선출했고 윤치호가 부회장, 그리고 남궁억이 서기로 선출되었다. 따라서 그 이후 변화한 독립 협회와는 인적 구성과 활동이 전혀 달랐다고 볼 수 있을 것이다. 독립 협회의 서재필은 미국 국적이어서 간부가 아닌 고문으로 추대되어 활동했으며 그가 맨 처음 여론을 주도한 일은 고종의 경복궁 환궁을 요구하는 시위였다.

독립을 하면 나라가 미국과 같이 세계에 부강한 나라가 될 것이요. 만일 조선 인민이 합심을 못 하여 서로 싸우고 해치려고 한다면 구라파에 있는 폴란드란 나라처럼 모두 찢겨 남의 종이 될 것이다. 세계 역사에 두 본보기가 있으니 조선 사람들은 둘 중의 하나를 뽑아 미국같이 독립이 되어 세계에서 제일 부강한 나라가 되든지 폴란드같이 망하든지 좌우간에 사람 하기에 있는 것이니 조선 사람들은 미국같이 되기를 바라노라.

윗글은 『독립신문』 1896년 11월 24일 자에 실린 이완용의 연설문이다. 척사파와 정동파·독립 협회는 뜻을 같이했고, 고종은 이에 힘입어 1897년 2월 경운궁으로 돌아왔다. 경운궁은 러시아 공사관과 가까웠고 미국, 프랑스, 독일 등 외국 공사관들에 둘러싸여 있었다. 이 당시 경운궁이 있는 정동은 서양 문물이 모인 번화가를 형성했다. 정동에는 이완용을 비롯한 정동파들이 공사관 주변에 거주하고 있었다.

고종이 환궁하자 모든 상황이 일본의 의도대로 되어가는 듯 보였다. 그러나 아관 파천 이후부터 나라의 독립을 요구하는 백성들의 여론이 더욱 높아졌다. 백성들은 고종이 러시아 공사관에 있는 것을 탐탁지 않게 여겨 환궁을 요구했고, 정식으로 자주적인 황제 즉위를 바라고 있었다. 고종이 '황제'에 즉위한다면 대내외적으로 자주독립 국가임을 나타내는 것이라는 생각이었다. 고종은 경운궁의 수리 공사에 착수했다. 궁 안의 건물을 개조해 황제가 각국 사절을 접견하는 태극전으로 바꾸었고 서울의 회현방 소공동에는 환구단을 마련했다. 황제는 환구단에서 즉위하면서, 천지에 제사를 지내야 하기 때문이었다. 고종이 경운궁으로 환궁하자, 상소문들이 속속 올라오기 시작하면서 정치 세력들이 급변하기 시작했다.

서재필은 신문 발행을 담당하는 농상공부 고문으로 자리를 옮긴 이후, 국민들에게 독립 국가 위상을 전파하는 역할을 담당했다. 자유와 자주독립이라는 이념을 내세우면서 서재필 자신이 학습한 서구 문명과 기독교를 문명개화의 상징으로 홍보하였다. 서재필은 이완용과는 정치적 노선이 달랐으나, 조선 사회를 변화시켜야 한다는 큰 정책에서는 소통이 되었다. 그는 창간호부터 정동파 이완용을 지지하는 여론을 형성했고, 의병 활동으로 고조된 반일 감정을 차단하려는 노력을 했다. 그 때문에 최익현 등 위정척사파와 유생층은 서재필의 〈독립신문〉을 지속적으로 비판했다.

박정양·이완용을 중심으로 한 정동파들은 서재필의 〈독립신문〉을 적극적으로 후원했다. 이완용은 초대 주미 공사 박정양의 후임으로 미국에서 3년 동안 지낸 경험이 있었고 그들은 조선에서 가장 중요한 친미 세력이었다. 이로써 고종은 이완용·서재필과도 정치적 목적이 합의되었던 것이다.

독립 협회의 회원들은 대부분 외국을 방문하거나 그곳에서 생활했던 관료들이 중심을 형성했으며 이들은 정치적 이익이 일치된 부분에서만 뜻이 통했다. 따라서 관료들은 자신의 정치적 기반을 확립하기 위한 조직으로 독립 협회 회원으로 가입했다. 그러나 서재필이 적극적으로 정치에 참여하자, 〈독립신문〉은 원래의 성격이 조금씩 달라지고 있었다. 근대적인 독립 국가를 위해서 민주주의 사상과 자강 개혁의 의지로 근대화 운동에 그 목표를 두면서, 개화 시기의 대표적 시민 사회단체가 되었고, 전제 군주제가 아닌 민주 공화정의 사상을 제기하게 된 것이다.

이 시기에 친일파 박영효가 청나라 조공 관계의 상징이었던 영은문을 헐어버리자는 제안을 냈고, 독립 협회는 적극적으로 참여했다. 독립 협회의 일차적 목표에 독립문을 세우는 것이 주요 목적 사업이었기 때문이었다. 이 합의점에 고종이 찬성함으로써 영은문을 철거하기로 결정했다. 1896년 11월 21일 정초식 때, 독립 협회는 국내 여론을 움직였고, 21일을 기점으로 고종을 비롯한 국민적 모금 운동이 시작되었다.

이달 초이튿날 새 외부(外部)에 여러분이 모여 의론하기를 조선이 몇 해를 청국 속국으로 있다가 하나님 덕에 독립이 되어, 조선 대군주 폐하께서 지금은 세계에서 제일 높은 임금들과 동등이 되시고, 조선 인민이 세계 자유하는 백성들이 되었으니, 조선이 독립된 것을 세계에 광고도 하여, 또 조선 후생들에게도 이때에 조선 독립된 것을 전하자는 표적이 있어야 할 터이요, 경치 좋고 정한 데서 운동도 하여야 할지라, 모화관에 새로 독립문을 짓고 그 안을 공원으로 하여 천추만세에 자주독립한 뜻이라.

　이것을 하려면 정부 돈만 가지고 하는 것이 마땅치 않은 까닭은 조선이 자주 독립된 것이 정부에만 경사가 아니라 전국 인민의 경사라, 인민의 돈을 가지고 이것을 꾸며놓는 것이 나라에 더 큰 영광이 될 터이요.

　윗글은 서재필이 〈독립신문〉에 남긴 글이다. 고종은 독립 협회의 도움으로 1897년 11월 20일 독립문[1]을 세움으로써 '아관 파천'으로 인해 추락한 조선과 왕실의 이미지를 회복시켰다.

　고종의 환궁 이후, 이완용은 친러파 이범진을 축출하기 위한 수순을 밟기 시작했다. 아관 파천과 광무개혁의 주역인 이범진의

---

[1] 독립문: 서대문구 현저동에 세워졌으나 1979년 7월 성산대로 공사를 하면서 원위치에서 70m 떨어진 지점으로 옮겼다. 사적 제33호로 지정됨.

세력이 지나치게 확장이 되어 이완용이 긴장하고 있었다. 이완용과 같은 세력권에 있었던 서재필과 윤치호는 러시아 공사 베베르를 찾아가 이범진이 권력을 남용한다는 이유로 제재를 요청했다. 이완용은 고종의 최측근으로서 그의 존재감은 이범진과 막상막하였다. 베베르는 이완용이 러시아에 대해 반감을 갖는다면 조선에 대한 러시아의 영향력이 크게 줄어들 수밖에 없다는 생각을 했다. 이범진 때문에 일본의 고무라 공사와 외교적으로 불편해지면 곤란할 수도 있는 정세였다. 결국 척사파와도 손을 잡고 친러파와도 손을 잡아 막후정치를 폈던 이완용은, 결과적으로 정적 이범진을 축출하는 데 성공했다.

이범진은 1897년 6월 미국 전권 공사로 발령받고 7월에 대한제국을 떠났다. 이로써 친러파 이범진의 자리에는 친일파 서광범이 중추원 일등 의관에 임명되었다.

독립협회는 회원들 대상으로 『대조선독립협회회보』를 발간했다. 이때, 국문에 깊은 관심을 두었던 지석영은 독립협회 회보가 발간되자, 우리말을 온 국민이 알아야 한다는 주장을 펼치며 순한글로 「국문론(國文論)」을 개재했다. 지석영은 독립 협회 회원으로 목원근·송적준·홍종우 등 3인을 총대의원으로 선정하면서 서양 의학 교육을 위한 의학교 설립을 건의했다. 그러나 이들의 건의를 들은 학부대신은 "경비가 부족하여 각종 학교 예산을 여의치 못하고 의술 학교도 지금은 겨를이 없으니 이렇게 아시고 후일을 기다리심을 요구하노라."라는 회답을 하는 데 그쳤다. 고종의 환궁으로 의학교를 건립할 꿈을 이루려고 했던 지석영은 또 한 번의 좌절을 겪게 된 것이다. 여기에 이완용의 방해가 작용하고 있다는 것을 알 수 있었을 것이다. 이완용은 무슨 까닭인지 지석영의 정계 진출을 가로막았던 보이지 않은 적이었다.

10월 12일 고종은 환구단에서 황제 즉위식을 거행하면서 연호를 광무, 국호를 대한 제국으로 선포하고 개혁을 추진하였다. 광무개혁은 황제를 호위하는 친위대의 강화, 황실 재정을 담당하는 내장원에 재정이 집중되도록 했다. 또한 상공업을 진흥시키고, 국가 경제를 재건하려고 했다. 각종 기술학교를 설립하고, 교통과 통신·전기 등의 근대 시설을 만들어 변화를 일으키려 했으나 고종이 자신의 통치력을 강화시키려 하면서 독립 협회의 비판을 받았다.

광무개혁 후, 러시아는 조선의 이권을 침탈하여 마산을 군사기지화 했고 한러 은행까지 설립하게 되었다. 미국은 조선의 금 생산량의 25%를 차지하는 평안북도 운산 금광을 비롯한 이권을 차지했다. 일본은 경부선 부설권을 차지한 뒤, 미국이 획득한 경인

선 부설권을 사들였고 '대한 철도 회사'가 얻은 경의선 부설권까지 약탈했다. 이로써 조선의 모든 철도는 순식간에 일본의 수중으로 넘어갔고 그 외 다른 열강들도 대한 제국의 주요한 산업 이권을 침탈하게 되었다.

3. 지석영을 10년 유배형에 처하라

 독립 협회는 고종의 광무개혁에 항의하면서 대규모 민중 집회를 개최할 것을 결정했다. 러시아의 절영도 조차1 문제는 조선에 심각한 경제 위기를 야기할 수 있었는데, 러시아의 강압을 견디지 못한 고종은 끝까지 모르쇠로 임하면서 책임을 희피하고 있었다. 반러 운동을 전개한 독립 협회는 이에 강력히 대응하려는 계획을 세웠다. 서재필은 고종과의 관계가 정치적으로 악화되는 것을 우려해 시전 상인들을 내세워 대표 현덕호를 만민 공동회 회장으로 선출했다. 또한 배재 학당 학생 이승만이 러시아 군사 교관과 재정 고문을 철수시켜야 한다는 안건을 정부에 제출하도록 부추겼다. 내각 회의를 하루 앞둔 3월 10일 오후 2시, 종로에서 만 명의 시민이 참여해 고종의 광무개혁에 반대하는 만민 공동회를 개최했다.
 만민 공동회는 1898년 3월 백정 출신 박성춘의 개막 연설로 시작하여 매일 광무개혁과 친러 정책을 비판했다. 고종의 비자주

---

1 조차(租借): 외국에 영토의 일부를 빌려줌.

적 외교에 항의하고 있는 일반인들 만여 명이 자신들의 단결력과 힘을 과시하게 된 첫 집회였다. 만민 공동회는 우리나라 최초의 근대 집회였고 독자적인 집회로 독일의 금광 채굴권 요구에 반대하고, 일본의 경부선 부설 요구에 반대하는 여론을 형성하면서 많은 이들을 광장으로 이끌었다.

  고종은 만민 공동회의 여론을 의식하면서 러시아 군사 교관과 재정 고문을 철수시킬 것을 러시아 공사관에 요구했고 러시아는 이를 수용했다. 이로써 고종은 자연스럽게 러시아와의 부담스러운 외교 관계에서 자신의 입지를 세울 수 있게 되었다. 이는 민중 집회의 힘이었다. 친러파의 위치는 흔들리게 되면서 독립 협회와 만민 공동체의 저항으로 오갈 데가 없는 상황이었다. 여론은 더욱 강경하게 반러시아를 외쳤다. '만민 공동회'의 가장 쟁점이 되었던 것은 조선에 세력을 확장하려는 러시아의 조선에 대한 이권 침탈 문제였다. 러시아는 경제 침략 후에 조선을 식민지로 만들려는 계획까지 세우고 있었다. 이른바 '노청 비밀 협정'의 조약 내용이 그것이다. 조약 내용 중에 조선을 끌어들인 이유는 조선에 대한 이권을 행사하기 위한 것이었다. 청나라와 러시아, 그리고 일본은 조선을 두고 자국의 식민지로 만들려는 각축을 벌이고 있는 셈이었다. 세계열강의 먹잇감이 되어버린 조선은 그 어떤 나라도 믿을 수 없는 상황에 처했다.

8월 28일 독립 협회는 윤치호를 회장으로 이상재를 부회장으로 선출한 후, 철도 부설과 광산 채굴권의 허가 사례를 조사하기 위해 조사 위원을 파견했다. 이 과정에서 밝혀진 것은 내부대신 조병식과 전 외부대신 이완용이 이권을 허가했다는 것이었다. 이 내용이 〈독립신문〉에 가감 없이 보도되면서 이완용에 대한 긍정적인 이미지는 완전히 추락했다. 9월 20일 〈황성신문〉은 이완용이 세금 10만 냥을 횡령한 전주부(全州部)의 서기 최의환을 비호했다는 기사를 실었다. 10월 22일에는 이완용이 국유지를 불법 매입한 전라북도 관찰사 등에게 돈을 주고 토지를 사들였다는 내용을 게재하고 맹렬히 비난했다.

1898년을 기점으로 이완용은 비리 세력을 비호하는 탐관오리로 알려졌다. 이 시기 지방관의 탐학은 부패의 정도가 도를 넘었고, 전국으로 확산되고 있었다. 무주군의 민고전[2]을 향리가 팔아 먹은 사건 등, 세금을 의도적으로 미루고 횡령한 지방관들의 탐학 등 매관매직까지 날로 횡행하여 부정부패가 이미 구조화되어 있었다. 이런 관행의 반복으로 백성들의 원성이 하늘을 찌르고 있었다. 극심한 흉년이 들었고, 민심은 폭발할 지경이었다. 이때

---

[2] 민고전(民庫錢): 지역민에게 거두어들인 목돈.

이완용이 각국에 이권을 양도하겠다는 조약을 체결했다는 사실이 밝혀진 것이다. 이 문제로 이완용은 독립협회에서 축출당했다.

만민 공동회와 독립 협회의 집회는 가을까지 매일 열렸다. 1898년 10월 고종의 광무 정권은 만민 공동회에 정부 대표를 보내어 '헌의 6조'에 합의하게 하였다.

〈헌의 6조〉
1. 외국인에게 의지하지 말고, 관민이 합심하여 황제권을 튼튼히 할 것.
2. 대한 제국의 이권에 대한 외국과의 계약은 대신이 혼자 처리하지 말 것.
3. 국가 재정의 수입과 지출을 공정하게 하고, 예산을 국민에게 알릴 것.
4. 중대한 범죄는 공판을 하고, 언론과 집회의 자유를 보장할 것.
5. 칙임관(관료의 최고 직책)을 임명할 때는 정부에 뜻을 물어 정할 것.
6. 장정(중추원 개조안)을 실천할 것.

고종은 헌의 6조에 합의했으나 동시에 독립 협회가 공화정 체제를 주장한다는 누명을 씌우고 지석영 등 주요 간부를 전격 체포했다.

지석영은 1898년에 독립 협회 회원으로 활동하고 있었다. 그는 1897년에 중추원 이등 의관으로 임명되었는데, 이완용과 이범진이 '을미사변'의 내부 공모자로 유길준과 지석영을 지목하여 모략하고 있었다. 유길준은 이미 일본으로 망명해 버린 상태였다. 지석영은 청년 시절부터 유길준과는 정치 노선이 같았다. 김홍집 내각이 무너진 상황에서 중요 인물들은 축출당했던 터라, 이완용을 비롯한 친러파 이범진에게 친일파 지석영은 만만한 존재였다. 고종과 친러파들은 독립 협회 간부 지석영과 임원들을 구속시켰다. 고종의 측근 홍종우가 황실파의 행동대원이 되어 만민공동회를 무력으로 진압하였고, 독립 협회가 황제 폐위를 결정했다는 모략을 썼으며, 이 뜻을 이범진과 이완용이 받아들여 가능했다. 이에 놀란 고종이 독립 협회 간부들을 체포하라는 명을 내렸다. 고종은 '공화제'를 주장하는 독립 협회를 해산시키고 싶었던 것이다.

1898년 12월 5일 고종은 독립 협회 해체령을 선포하면서 430여 명의 간부와 회원들에게 혹독한 고문을 가했다. 이에 반발한 서재필이 경무사 김재풍에게 항의 편지를 보냈다. (1) 1897년 11월

2일에 반포한 법률 제11조 규정에는 사람을 체포할 때는 24시간 안에 재판소로 이송하게 돼 있는데도 불구하고, 경무청이 독립 협회 회원 몇 명을 체포해 여러 날 구금하고도 재판소로 이송하지 않은 것은 법률 위반이다. (2) 독립 협회 회원이 왜 체포됐는지를 밝혀라. 이는 고종에게 올리는 강한 반감의 내용이었다.

고종은 오히려 지석영에게 선동죄를 더 적용했다. "지석영 등은 마음가짐이 음흉하고 행실이 비열하다. 제멋대로 유언비어를 만들고 인심을 선동해 현혹시켰으니, 법부(法部)로 하여금 유배 10년에 처하게 하라."

3월 28일 지석영은 10년 유배형을 받았다. 한 차례의 재판도 받지 못하고 고종의 어명에 따라 받게 된 형량이었다. 고종은 지석영에게 무엇 때문에 그토록 무거운 형량을 내렸던 것일까. 재판도 없이 보복하듯 유배를 보낸 고종의 의중은 어떤 것일까. 재위 기간 동안, 고종은 자신의 뜻대로 정책을 관철한 적이 없었다. 12살 때, 아버지 흥선 대원군에 떠밀려 왕이 되었을 때는 대왕대비 조씨가 수렴청정을 했다. 그 후 흥선 대원군이 십 년 동안 섭정을 했고, 이후에는 왕비 민씨가 중대한 결정을 내렸다. 고종은 국내 정치에서 의정부와 대신들에게 정책 결정을 미루었고 국제 정치에서도 자신의 뜻대로 결정하지 못했다. 왕비 사후에는 이완용이 있었고, 이후 친러파 이범진의 도움을 받아 아관 파천을 감행했으며 광무개혁까지 시행했다. 그랬던 고종이 광무개혁 반대를 내세운 독립 협회의 주장에 심기가 비틀렸을 것이다. 황제인 자신에게 공화제 운운한다는 것은 예전 같으면 반역죄에 해당했다. 본의 아니게 합의한 '헌의 6조'에 심기가 상한 고종이 서재필 대신 지석영을 유배형에 처한 것은 뻔한 이유였다. 이완용과 맞먹을 수 있는 배포에 이범진도 함부로 할 수 없는, 미국 국적을 가진 서재필을 구속할 수 없으니, 대신 지석영이었다. 게다가 지석영은 을미사변의 혐의를 가진 유길준과의 친분이 깊었다. 이처럼 지석영과 유길준의 관계는 때로는 유리했고, 때로는 매우 불리해 목숨을 위협받을 때가 많았다. 우직할 뿐, 현실 정치에서 재빠르지 못한 지석영은 상소문에서도 왕비 민씨가 총애하는 자들을 지목했다가 고종의 심기를 몹시 불편하게 했었다. 고종에게 개화파 지석영은 이른바 계륵3이거나 눈엣가시의 존재였다. 이러한 지석영의 배후에 그때까지도 든든한 정치 세력이 없었음은 너무도 당연한 일이었다.

---

3 계륵(鷄肋): 큰 쓸모나 이익은 없으나 버리기는 아까운 것을 비유하는 고사성어.

4. 의학교를 설립하다

지석영과 여규형은 풍천군 초도, 이원긍은 용천군 신도, 안기중은 장연군 백령도로 유배를 떠났다. 서재필은 지석영의 10년형 유배는 과하다며, 나라의 처사를 성토하는 운동을 벌였다. 특별회와 토론회를 잇달아 열어 정부의 횡포를 거세게 규탄하고 항의 편지를 보내는 등 투쟁을 벌였다. 독립 협회 회원들의 끈질긴 항의와 구명 운동이 계속되었다. 조정에서는 여론에 밀려 지석영 등을 석방하지 않을 수 없었다.

6월 28일 고종은 "죄인 지석영 등 4명을 모두 특별히 방송(放送)하라."고 명했다. 서재필 덕분에 지석영은 10년 형을 면하고 3개월 후에 서울로 돌아올 수 있었다.

지석영은 처음부터 끝까지 친일 개화파였다. 정치권력이 아닌 종두법과 근대 의학의 필요성 때문이었다. 개화에서 가장 중요한 것은 서구 의학이었고, '제너의 우두법'을 일본에서 배워 조선에서 시행·보급한 것은 일본이 있었기에 가능했다. 이는 지석영의 변하지 않은 생각이었다. 어떤 상황에서도 그는 서구의 근대 의학을 보급하겠다는 소신을 굽히지 않았다. 다행히 광무개혁으로 재편한 내각에는 지석영을 매우 신뢰했던 이도재가 학부대신으로 있었다. 지석영은 유배지에서 돌아온 후, 기회를 놓치지 않고 이도재에게 글을 써서 건의서를 올렸다.

〈학부대신에 올리는 글〉

삼가 글을 올립니다. 천하의 학문 중에서 의학보다 중요한 것은 없습니다. 사람의 생명에 관계하기 때문입니다. 중국의 신농 황제는 의약을 제조하여 질병을 치료했습니다. 이로써 세상과 사람을 오래 보존한 공이 깊으며 삶을 발전시키는 덕은 지극했습니다. 무릇 역대 철인(哲人)과 달사(達士)들도 인간의 생명을 건진 신농 황제의 어진 마음씨를 추모하지 않는 이 없었습니다. 이에 따라 뜻이 의학에 있어 더욱 독실하게 연구한 자가 많았습니다. 그들은 어진 정승이 아니면 어진 의원이 되었습니다. 범중엄1 같은 분이 이분이요, 장개빈2 같은 분이십니다. 또한 서방의 인물로 말씀드려도 근래 영웅으로 이름이 있는 자가 의사로 일어나지 않는 사람이 없습니다. 이로써 본다면 의원을 어찌 가볍게 대할 수 있겠습니까.

---

1 범중엄(范仲淹): 중국 북송 때의 정치가·학자.
2 장개빈(張介賓): 중국 명나라 때의 유학자이며 명의. 명나라의 대표적인 종합의학서로 손꼽히는 『경악전서』를 간행했고 조선 후기 실용 의학에 많은 영향을 끼쳤다.

사람이 어려서부터 병이 없이 잘 자라고 늙어서도 건강하게 산다면 의약을 기다릴 일이 없습니다. 그러나 분육3같은 명망 있는 자라도 병이 있으면 눕고 말 것이요, 사광4 같은 총명으로도 병이 있으면 눈이 흐려질 것이요, 소진5·장의6 같은 변사(辯士)라도 병이 있으면 우둔하게 됩니다. 서시7 같은 미인이라도 병이 있으면 얼굴이 파리할 것입니다. 이렇게 본다면, 병이 사람에게 가히 무섭지 않겠습니까.

의약에 능하면 병든 자는 낫고, 죽을 자도 살 수 있는 것입니다. 이것은 어진 의원이 사람을 살리는 것입니다. 그러나 의약에 능하지 못하면 병든 사람이 더 악화될 수 있고, 살 사람도 죽을 수 있습니다. 이것은 용렬한 의원이 사람을 죽이는 것입니다. 이를 어찌 조심하지 않을 수 있겠습니까. 우리나라가 이 개화기를 당하여 여러 가지 일이 날로 새로워지고 있습니다. 하지만 의학에 이르러서는 아직 새롭지 못해 진실로 슬픈 일입니다.

---

3 분육(分肉): 진평, 한나라 건국의 일등 공신. 일을 공평하게 처리한다고 해서 고사성어 '진평분육'이 나왔다.
4 사광(師曠): 진나라 때의 장님 악사.
5 소진(蘇秦): 중국 전국 시대 증엽의 정치가.
6 장의(張儀): 중국 전국 시대 스진의 주선으로 진나라 혜문왕 때 재상이 되었다.
7 서시(西施): 춘추 시대 월나라의 미인.

개명의 시대를 맞이하여 여러 나라들이 다 의원을 높이기를 부처같이 합니다. 약을 중요하게 생각하기를 신(神)같이 하여 두루 의학교를 설치하고 있습니다. 스승에게 학문을 연구하여 생명을 보호하고 이에 미치지 못할까 오히려 두려워합니다. 그러나 우리나라 풍속은 의학을 낮은 기술로 여기고 의사 대접하기를 한낱 장인같이 생각합니다. 이로써 의약업을 하는 자는 태반이 곤궁하여 먹을 것을 구해야 합니다. 얕은 지식으로 약방서나 알 정도로 한가하고 느긋하게 귀동냥에만 의존할 뿐입니다. 약재료는 묵은 나무뿌리나 썩은 풀뿌리 정도입니다. 이를 융통성 있게 써서 가벼운 병증세에 맞으면 혹 효험이 있습니다. 그러나 이를 믿고 망령되게 극약을 잘못 써서 사람의 수명을 앗아갑니다. 이를 서양인들의 의학에 비하면 부끄러울 뿐입니다. 서양 해부학의 정확한 방법과 정통한 실기를 연구하는 법과 정밀한 재료에 비유한다면 졸렬하고 엉성하여 오직 부끄러울 뿐입니다.

무릇 질병은 작은 병은 근심하고, 더욱 급한 자는 큰 의원이나 군의(軍醫)가 쓰여야 합니다. 제 생각으로 빨리 의학교를 서울에 개설하여야 한다는 겁니다. 일본의 명의 중에서 영어를 잘하는 자를 강사로 초빙해야 합니다. 또한 우리나라에서 일어와 영어를 잘하는 학생 중에, 한문에 능한 총명한 인재 몇 사람을 선발하여 학도로 삼아야 합니다. 이들이 부지런히 연구하여 졸업하면, 그

안에서 가장 우수한 인재를 뽑아 태의8와 군의의 품계를 주어야 합니다. 이들을 각 도로 파견하여 의학교를 설립하고 학생들을 교육시키면 훌륭한 의원들이 국내에 의학을 펼칠 것입니다. 이렇게 되면 위아래의 군인이나 백성들이 함께 오래 살 수 있을 것입니다.

원천 같은 공으로 시작하여 창해 같은 큰 덕을 펴는 격입니다.

엎드려 바라옵건대 각하께서는 깊이 살피셔서 결행하시기 바랍니다. 진실로 이와 같이 한다면 이보다 아름답고 큰일이 없을 것입니다.

교사는 정부에서 담당하고, 학도는 교사가 담당하여 키운다면 무엇이 폐가 될 것입니까. 다만 풍토가 다르고 기후가 다르며 먹는 음식이 장부에 맞지 않아 불편한 점이 없지 않겠지만, 그러나 이 의학에 찬성하는 사람을 구한 연후에는 온전하고 원만하리라 믿습니다. 이런 사람들은 중국과 서양을 통하는 의학자가 아니면 안 됩니다.

넓고 넓은 천지에 반드시 그런 사람이 있기는 합니다. 하지만 염려되는 바가 있습니다. 구슬은 진흙 속에 빠지기 쉽고, 진품은 숨

---

8 태의(太醫): 궁궐 내에서, 임금이나 왕족의 병을 치료하던 의원.

기 쉽고, 반짝 빛을 내어 허망하게 명예나 좋아하면서 나타나는 사람이 있기도 합니다.

석영은 노둔하고 지식이 없습니다. 그러나 어려서부터 성품이 편벽하게 의학을 좋아하여 중국이나 우리나라 의학에 조금의 조예가 있습니다. 서방의 의학서도 널리 연구하그 깊이 연구하여 들여다보았습니다. 증세에 따라 약을 조제하는 데도, 내과와 외과 과목에 이르러서도, 약제의 우열을 가리는 데도 이를 저울질할 만한 안목이 없지 않습니다. 만약 이 직업에 임하여 책임을 전담한다면, 옛날 배운 것을 다시 참고하고 새로운 지식을 연마하여 반드시 보탬이 될 것입니다. 선각자의 한 사람으로서 후진을 깨우치는데 석영은 감히 사양하지 않겠습니다.

이제 세상 사람들의 공론이 어떤지 알지 못하고, 자기를 천거하는 혐의를 피하지 못할 것입니다. 고명하신 대신께 우러러 말씀드리니 망령되고 부끄러워 땀이 비 오듯 흐릅니다. 그러나 이 또한 공적인 것으로 나온 것이요, 사사로운 이욕에서 나온 뜻은 아닙니다. 겉은 비록 자기 일 같으나 속은 공적인 입장에서 나온 것입니다.

옛사람이 이르길 어질고 지혜가 있는 자는 또한 한가하지 못한 자가 많다고 합니다. 어찌 구차하게 작은 일 따위에 구애되어 세상의 이로운 일에 용감하게 나서지 못하겠습니까.

간절히 말하면, 의원들이 바라보고 듣고 묻고 만져보는 법은 수제치평9하는 도리와 같습니다. 바라는 것은 닦는 것과 같고, 듣는 것은 가지런히 하는 것과 같고, 묻는 것은 다스리는 것과 같고, 끊는 것은 평천하하는 것과 같아 순서와 조목이 이치가 같습니다. 이를 싸서 기르는 도리는 한 몸을 다스리는 것이요, 넓혀서 건지는 법은 사해를 다스리는 것과 같으니 자기 몸이 병들어 있으면 어찌 수신을 할 수 있겠습니까. 수신을 하지 못하면, 제가 치국평천하를 어찌 펼쳐나갈 수 있겠습니까.

그런고로 천하의 학문이 의학보다 중요한 것이 없사오니 깊이 살펴주소서.

1898년 11월 7일
정삼품 지석영
학부대신 이도재 각하

이 건의문에 대해 학부대신 이도재는 11월 9일에 답서를 보냈다. 광무 정권은 1899년(광무 3년) 3월 24일 의학교의 관제를 칙령 제7호로 반포했고, 3월 28일 지석영을 의학교 초대 교장에

---

9 수제치평: 수신제가치국평천하(修身齊家治國平天下).

임명하면서 봉임관(奉任官) 2등에 선임하고 3월 29일에는 의학교 교관으로 경대협·남순희 등을 발령했다.

지석영은 의사 면허증은 없었으나 우두법으로 많은 목숨을 살린 의학자였고, 경대협은 군(軍) 주사 출신으로 법률에 밝았으며, 남순희는 약학을 전공했다. 당시 한국에는 서양 의학을 전문적으로 배운 의사가 없었다. 따라서 서양 의학교의 교사로는 외국인을 초빙할 수밖에 없었다. 학부에서는 5월 3일 일본 공사가 추천한 의사와 계약서를 작성했다. 학부대신은 의사 계약서와 함께 열 가지 안을 중추원에 회부했다. 그러나 중추원에서는 외국 사람이라 하여 반대가 심해 쉽게 결정을 내리지 못했다.

5월 9일 학부 참서관 이규항이 외국인 의사 초빙의 필요성을 강조하였고, 고빙[10] 기간을 1년으로 수정하여 중추원에서 가결되었다. 7월 5일에는 의학교 규칙을 마련하여 의학교의 수업 연한은 속성 3개년으로 했다. 학과는 동물·식물·화학·물리·해부·약리·진단·내과·외과·안과·위생·법의·종두·체조 등이었다. 입학시험 과목은 한문의 독서와 작문·국문의 독서와 작문 그리고 산술·비례·식답 등이었다. 3학년 말에는 전 과목의

---

10 고빙(雇聘): 예를 갖추고 맞아들임.

학력 검정으로 졸업 시험을 치르고, 합격자는 졸업장을 받은 후, 내부대신의 의술 개업 면허장을 받게 하였다. 이 규칙은 서양의 의학 교육 방식을 따랐으나 의학 교육의 개념은 종래 조선의 혜민서 교육 관제 범위 내에 있었던 것을 참고했다.

1899년(광무 3년) 7월 13일 학부대신 이도재는 지석영의 건의를 수용하여 제1기 학생 모집을 공고하고, 모집 규칙을 발표했다.

> 양력 9월 1일에 개학을 할 터인즉, 이 학교의 규칙과 세칙은 불가불 개학하기 전에 강의하겠다. 음력 7월 24일(8월 29일) 상오 10시, 합격한 학원생은 일제히 모이라.
>
> — 교장 지석영

이 공고에 따라 국한문과 작문 산술로 입학시험을 보아 그중 50명이 선발되었다. 의학교의 개학식은 10월 2일 오전 11시 훈동 의학교에서 학부대신 이하 외부대신·탁지부대신·일본 공사·일본 관인 등 많은 내빈이 참석했다. 이때 지석영은 '의학의 본질'에 대해 연설하고 성대한 개학식을 거행했다. 하지만 개학은 했으나 일본에서 교재가 도착하지 않았고 화학 과목부터 자체적으로 번역을 시작하게 했다. 이 번역 사업 또한 중추원에서 다른 의견이 많아 임시 고용직으로 결정하였다.

1900년 1월 2일에는 심영섭, 4월 2일데는 일본 자혜의원 의학교 출신 의사 김익남, 4월 17일 홍성덕 4월 25일 윤태응 등이 교수진으로 강화되었다. 이때, 학생들의 거센 항의가 시작되었다. 첫 계약을 맺은 일본인 의사의 강의가 무성의하다고 하여 퇴거를 주장한 것이다. 이에 따라 학부에서 일본인 의사를 계약에 따라 해고하고, 일본 공사관에서 근무하는 일본인 군의관을 교사로 추천하여 강의를 재개할 수 있었다.

　지석영은 제1회 졸업생을 배출하기에 앞서 학생이 실습하는 병원에 '의학교 부속 병원'이라는 칭호를 붙였다. 민중을 위한 혜민서의 의료가 중단된 후, 최초로 서양 의학의 관립 병원이 설립된 것이다. 이에 앞서 우리나라에 근대의학 병원이 들어선 것은 개항(1876년) 이후, 일본으로부터 시작되었다. 지석영의 건의로 어렵사리 의학교가 설립되고 그에 따라 의학교 부속 병원이 세워진 해는 1900년경이므로 개항 이후, 10년이 훨씬 지났다고 볼 수 있다.

　일본은 1877년 부산에 제생의원을 세웠다. 1880년에는 원산에 생생 의원, 1883년 인천에 인천 의원과 한성(서울)에 일본 공사관 부속 의원을 세웠다. 이는 조선인들을 위한 병원이 아니었고, 일본인 거류민의 진료를 목적으로 했다. 이 병원들은 조선인들에게 일본 문물을 보여주기 위한 것이었으며 실제 조선인들이 진료를 받은 예는 드물었다.

조선 왕실에서는 1882년에 혜민서·활인서가 폐지된 후, 서양 병원 설립을 추진하고 있었으나 정치적 변화로 인해 쉽게 이루어지지 않았다. 그러다 1884년 갑신정변으로 죽음 지경을 헤맸던 민영익의 수술이 성공해 목숨을 건진 사건이 벌어졌다. 미국 선교사 알렌과의 극적인 만남으로 왕실에서는 알렌을 원장으로 한 근대 병원을 설립했다. 그러나 알렌의 제중원(현 세브란스 병원)은 전통 의료 관행으로 운영되었다. 이는 서양 의학에 대한 이해가 부족한 왕실과 조선인의 의식 때문이었다. 알렌은 "원래 조선에서는 병원 유사한 기관이 수백 년 이래 존재하고 있어서 내가 현재 계획하는 병원은 별로 신기하다고 할 수 없다."며 기록했다. 제중원은 정부가 주도하고 있는 병원이었으나, 제중원 의학당에서는 1890년 이후부터 의료 활동이 매우 부진했다. 이는 당시 조선에 대한 미국의 입장을 보여주는 것이었다. 제중원의 부진은 미 선교회의 무관심과 함께 조선의 경제 파탄이 주된 원인이었다.

1899년 4월 왕실에서 세운 광제원은 활인서를 부활한 국립 병원이었다. 1900년 6월에 보시원으로 발족하였다가 곧 광제원으로 개칭되었다. 가난한 일반 환자들의 진료를 담당하는 것이

주업무였고 감옥의 환자·전염병 환자·빈민 환자 등 사회에서 소외된 사람들이 주로 이용했다. 의료비는 국고에서 보조하였고, 약은 무의탁자와 죄인을 제외하고는 실비로 제공했다. 이들 환자에게 받은 수익금은 병원 예산의 십분의 일 정도였으니 광제원은 설립 목적대로 빈민과 전염병 환자의 구제 병원으로 활용되었다. 따라서 지석영과 학부대신 이도재의 노력으로 1899년에 세워진 근대 의학교와 1902년에 세운 의학교 부속 병원은 관립 의학교와 관립 병원으로 의생들을 한꺼번에 배출시킬 수 있는 최고의 성과였다. 1896년 김홍집 내각의 개혁 제6호로 지석영이 건의한 의학교의 신설 사업비가 책정되었는데 이따는 정치적 상황으로 인해 무산되고 말았다. 1898년 유배지에서 돌아온 지석영의 건의로 학부와 중추원에서 이 문제를 숙고하여 결정을 내렸다. 지석영이 시대의 사명으로 여긴 의학교 설립은 그제야 비로소 결실을 보게 되었다.

지석영은 의학교를 설립하던 그 시기만 해도 어떠한 정치적 역경에도 아랑곳없이 의학자로서의 소임을 다하고 있었다. 그의 의학교 운영은 조선에서 조선인이 통치하던 시기에만 가능할 수 있었다. 그러나 조선의 근대화를 표면에 세운 일제는 1907년에 관립 의학교를 강제로 빼앗았다.

제5장 러일 전쟁의 혼란 속에서

1. 근대로 향하는 대한 제국의 지식층

1900년 6월 21일 청나라 농민들이 '의화단 사건'을 일으켰다. 이들은 서태후의 권력을 배경으로 삼아 서양 세력을 물리친다는 기치를 걸며 세력을 확장했다. 산둥 지역에서 시작한 의화단 운동은 북경과 천진 등으로 빠르게 확산되었고, 서양 선교사와 서양인들을 닥치는 대로 살해했다. 영국·프랑스·독일·미국 등은 교민 보호를 명분으로 청나라에 군대를 파병했다. 러시아도 만주 철도 보호를 명분으로 만주 전역에 8만의 군사를 보냈고, 이후에 16만 명을 출병시켰다. 그러나 영국은 남아프리카의 보어 전쟁에 이미 40만 명의 군사가 동원되어 있었고, 미국은 필리핀의 독립운동을 진압하느라 만주에 군대를 출동시킬 겨를이 없었다. 이때, 영국과 미국은 연합하여 일본이 군대를 요청했다. 기회를 잡은 일본은 2만 2천여 명의 군대를 대거 출동시키면서 의화단을 완전히 토벌했다.

1901년 의화단이 진압된 후에도 러시아는 만주에서 철수하지 않았다. 영국은 러시아의 남하를 저지하려 했고, 미국은 만주 진출에 욕심을 내고 있었다. 러시아가 만주를 영토화하려는 야욕과 대한 제국을 식민지화하려는 남하 정책을 알게 된 영국은 일본과 '영일 동맹'을 체결했다. 청나라는 열강의 먹잇감이 되어 만주를 서로 갖겠다는 러시아와 일본·영국·미국이 함께 충돌하는 각축장으로 변해갔다.

러일 전쟁을 위해 일본이 군사력을 대폭 확장하고 있던 시기, 대한 제국은 국정 주도권을 둘러싼 정치 암투가 계속되고 있었다. 1902년 귀국한 유길준은 일심회[1]와 연합해 고종을 폐위시키고 의친왕을 옹립시키려는 쿠데타를 일으키려 했으나 실패하고 말았다. 조선인 유학생들은 끔찍하게 학살당했고, 국제 분쟁으로 비화될 것을 염려한 일본이 유길준을 오가사와라 섬으로 유배를 보냈다. 오가사와라 섬은 일본 본토에서 가장 멀리 떨어진 오지 중의 오지로 김옥균이 유배를 떠나 고립되었던 곳이다. 고종 황제는 신변에 더욱 위협을 느꼈고 이에 왕당파·원로대신·친미파, 민씨 척족이 세력을 모았다. 그러나 조정에서는 그들 사이의 정권 다툼이 치열했다. 고종은 러시아와 일본을 상호 견제하기 위해 미국에 원조를 청하려고 했으나 미국은 여전히 응답하지 않

---

1 일심회: 일본의 조선 유학생 중 육군 사관 학교의 세력.

앉다. 이 시기 친미파 이완용은 친일 쪽으로 방향을 틀었다. 이완용은 자신을 배제하는 왕당파 이용익을 강하게 비난하면서 축출할 기회만을 엿보았다.

이 시기 국민들은 위기에 빠진 고종 황제에 대한 충성심이 높아져 갔다. 정치적으로는 고종을 중심으로 하는 정부 개혁론이 다시 등장했고, 열강의 눈치만 보고 있는 정부 관료들에 대한 비판이 날로 고조되어 갔다. 만민 공동체의 성과를 경험한 국민들은 적극적으로 정치에 개입하면서 목소리를 내고 있었다. 사회적으로는 서울을 중심으로 전기·전화·철도가 가설되었고, 금광 개발과 토목 사업이 성행했다. 시중의 경기는 좋아졌고 해외에서 수입된 맥주·설탕·석유·성냥 등의 외국 상품이 지방 곳곳에까지 팔려나갔다. 서양 문물이 좋다는 선전에 힘입어 고위층이 선호하는 사치품이 대량으로 소비되었다. 이로써 빈곤한 사람들과 유민들이 날이 갈수록 늘어나고 있었다. 이런 빈부 격차는 중앙과 지방 수령들의 부정부패와 횡령 등이 극에 달했던 까닭이기도 했다. 이런 상황에서 일반 국민들 간에 투기와 협잡은 물론 도박 등이 늘어나는 추세였다. 결국 국내 상황의 경제적 불안이 민생을 위협했고, 빈곤에 내몰린 민심은 더욱 피폐해졌다. 극심한 빈부 격차로 사회는 혼란해져 가는데 여전히 국민들은 고종의 왕권을 애석해하고 있었다. 근대로 향하는 시기에도 왕에 대한 충성심을 버리지 않았다. 러일 전쟁의 조짐은 일촉즉발이었으나 국내 정치인들은 친미·친러·친일로 사분오열되었고, 보수파 원로대신과 개화파 젊은 대신들의 세력 다툼으로 조정은 요동치고 있었다.

독립 협회는 지식층의 단체였으나 그때까지도 관료의식을 벗지 못했다. 여러 사료에서 보면 독립 협회를 이끈 개화파들은, 농민들이 대부분인 국민들을 우민(愚民)이라 말했고, 외국 세력에 항거하며 나라를 지키겠다는 의병들을 폭도로 몰았다. 개화파 관료 지석영도 마찬가지였다. 그의 상소문 내용 중에는 백성들을 무지하고 어리석은 존재로 여겨 구제해야 할 대상으로만 서술하고 있다. 이는 그 당시 모든 관료들의 생각이었다. 러시아와 일본이 대한 제국을 식민지로 삼을 생각에 혈안이 되어 있었는데도, 고종을 비롯한 개화 정치인들과 독립 협회와 언론들마저 나라를 외국 군대에 의존하는 것이 당연하다고 여겼다.

> 우리도 대한에 외국 군사가 하나라도 있는 것을 좋아 아니하나, 지금 대한 제국 인민의 학문 없는 것을 생각할진대 외국 군대가 있는 것이 오히려 다행인지라, 만일 외국 군사가 없었다면 동학과 의병이 그동안 벌써 경성을 범하였을 터이요, 경성 안에서 무슨 요란한 일이 있었을지 모를러라.
>
> — 독립신문, 1898년 4월 14일 논설 중에서

2. 망국의 위기는 관료층에서부터

　1902년 1월 30일 체결된 '제1차 영일 동맹' 1조에 한반도가 언급되었다. "영·일 양국은 한·청 양국의 독립을 승인하고, 영국은 청나라에, 일본은 한국에 각각 특수한 이익을 갖고 있으므로, 제3국으로부터 그 이익이 침해될 때는 필요한 조치를 취한다." 이는 대한 제국에 결정적인 위기였고, 먼 나라 영국으로 인해 대한 제국은 일본의 식민지가 되어가는 수순을 밟게 되었다.
　영일 동맹은 즉시 효과를 드러냈다. 러일 전쟁에 독일과 프랑스의 참전이 불가능해졌으며, 러시아가 일본을 독단으로 상대해야만 하는 위기가 닥쳤다. 이는 일본이 힘을 키우면서 준비했던, 러시아를 상대로 한 전쟁이 시작되는 지점이었다. 이런 정세에 힘을 얻은 일본 공사가 고종을 강하게 압박하면서 러시아 공사를 적극적으로 고립시켰다.

　전쟁의 흉흉한 소문으로 나라가 혼란 지경에 빠져있는 1902년(광무 6년) 지석영은 의학교 부속 병원을 신설했다. 의학생들의 실지 견학과 실습을 위해 일본인 의사를 초빙하여 환자 진찰과 임상 견학을 했고, 매일 한 과목씩의 시험을 치렀다. 의생들이 학기를 모두 수료한 다음, 해부·내과·외과 등의 과목을 7일간에 걸쳐 졸업 시험을 보게 한 다음, 의학생이 실습하는 병원에 '의학교 부속 병원'이라는 명칭을 붙인 것이다. 이때 혜민원 이후 사라진 의학 교육의 체계가 근대 의학으로 새롭게 정비되었고, 서양 의학에 의한 관립 병원이 출발하게 되었다.

1903년(광무 7년) 지석영은 황성신문에 「권종우두설(勸種牛痘說)」을 기고했다. 여론을 형성할 수 있는 논객이 된 그는 신문을 통해 우두 접종을 적극적이며 구체적으로 설득했다.

엎드려 원하니 자녀를 두신 동포들은 들으시오. 평이한 것을 버리고 험난한 것을 취하고, 쉬운 길을 가지 않고, 왜 험한 길을 따르려 합니까. 집에서 우두를 접종하는 데 비용이 많이 든다면 모르나 우두 의사의 예폐[1]는 정해져 있지 않습니다. 단 5전, 닷 냥, 열 냥이면 족히 가능합니다. 이 돈을 아끼다가 송신료는 물론 약값에 기백, 기천의 비용을 쓰게 됩니다. 이는 재정상이나 경제적으로 보아도 심히 무모한 일입니다.

---

1 예폐(禮幣): 고마움의 뜻으로 보내는 물품.

자식에게 주는 정으로 말해도 그 비용은 얼마 들지 않는다 할 것입니다. 시두(時痘, 천연두)를 100명이 병에 걸리면 100명이 모두 무사하기는 어렵습니다. 그러나 그중에 95경은 무사하였다면 불행한 5명을 어찌 예측하지 않겠습니까. 이들 중 죽은 자는 물론이오, 맹인 중에도 천연두로 인한 자가 10중 8~9가 됩니다. 이는 그 부모의 죄라 아니할 수 없을 것이오.

지석영은 이 글에서 우두의 역사와 우두의 효과를 논했고, 우두를 접종하지 않는 무지로 인한 낭비와 불행한 사태를 예로 들어 권고하였다.

4월 8일, 러시아는 청나라와 '만주 철병 협정'을 조인했다. 만주에서 군대를 철병하기로 결론지은 것이다. 그러나 러시아는 8월, 여순에 극동 총독부를 세웠고 군사력 강화와 함께 시베리아 횡단 철도의 완공에 박차를 가했으며, 1903년 철도 완공을 마치고 1904년에 철도를 개통할 계획이었다. 러시아의 움직임으로 메이지 정부와 일본 의회에서는 긴장하면서 러시아와 전쟁을 개시하는 의견서를 내각에 제출했다.

우리 일본 제국이 조선 반도를 우리 독립의 보장지로 하는 것은 개국 이래 정해진 국시입니다. 이 국시는 현재는 물론 장래에도 움직이지 말아야 할 것입니다. 대개 일본 제국은 바닷속의 섬으로서 8면이 모두 성난 파도이므로 예로부터 천부(天府)로 칭해졌습니다. 그러나 운수 교통 기관이 발달한 오늘날에 있어서는 성난 파도도 평탄한 길이 되어 국방의 난이(難易)가 예전과는 달라졌습니다. 또 일본제국의 지형은 남북으로 길게 늘어져 수비를 필요로 하는 지점이 심히 많아 국방에 아주 불리합니다. (…)

일본 제국이 만약 수수방관하여 러시아가 하는 짓을 모두 내버려 둔다면 조선 반도는 저들의 영유로 될 것이 분명합니다. 3~4년을 지나 러시아가 만약 조선 반도를 취하면 우리는 유일의 보장과 해서(海西)의 문호를 모두 잃게 됩니다. 그것은 곧 겨우 일의대수[2]를 격하고 곧바로 호랑이 같은 강대국에 접하는 것과 같습니다. 우리 일본제국 신민이 한심해하고 우려하는 것이 어찌 이보다 심한 것이 있겠습니까?

- 메이지 천황기, 메이지 36년(1903년) 6월 22일

6월 23일 메이지 천황은 회의를 열어 러시아의 만주 철병을

---

2 일의대수(一衣帶水): 한 줄기 띠와 같이 가까운 거리에 있는 물.

명분으로 한국을 점령하기로 결의했다. 만일 러시아가 수용하지 않으면 전쟁으로 가는 것이고, 러시아가 수용하면 만주 땅을 양보하고, 한국은 일본이 장악하는 선에서 타협하겠다는 것이다.

메이지 천황은 러시아와 조기 개전을 선포했다. 1903년 8월 12일 일본 정부는 여섯 개 조항을 러시아 정부에 전달했다. 제2조에서 "러시아는 한국에서 일본의 우월한 이익을 인정하고, 일본은 만주에서 철도 경영에 관한 러시아의 특수한 이익을 인정한다."고 통보했다. 즉 만주와 한국을 러시아와 일본이 나누어 갖자는 것이었다. 10월 3일 러시아는 일본에 회답을 보냈다. 가장 쟁점은 제6조에 있었다. "한국 영토의 북위 39도 이북 부분을 중립지대로 간주하여 양 체약국은 그 누구도 군대를 끌고 들어가지 않을 것을 상호 약속한다."였다. 그것은 러시아가 북위 39도를 경계로 한반도를 분할 점령하겠다는 제안이었다. 러시아는 끝까지 한국을 포기할 생각이 없었던 것이다. 이번에는 일본 정부가 거절했다. 한국을 통째로 장악하려는 일본과 한국을 완전히 포기할 생각이 없는 러시아의 입장 차이는 좁혀지지 않았다. 러시아 군대와 일본 군대 사이에서 한국은 전쟁의 불바다가 될 위기에 처했으나, 대한 제국 황실과 관료들은 속수무책이었다.

1904년 1월, 러시아 함대가 인천에 정박해 있었는데, 일본 군대가 속속 들어오고 있었다. 전쟁의 위기감으로 국민들은 극도로 불안해했다. 1월 12일 일본은 미국에 협력을 청해, 두 나라가 동맹국임을 선포했다. 일본이 러시아와 전쟁을 일으킬 경우, 미국은 우호적인 중립을 지킬 것이라는 약속을 받아낸 것이다. 1월 23일 러일 전쟁이 목전에 있다는 것을 알게 된 고종은 왕당파 이용익의 건의를 받아들여 국외중립을 선언하면서 조선은 양국 간의 분쟁에서 무관하다는 것을 알렸다. 그러나 러시아와 일본은 조선의 중립 선언을 무시했다.

 2월 4일 일본은 러시아와 협상했으나 타협이 결렬되자 2월 5일 러시아에 선전 포고를 했다. 2월 8일 일본군은 여순항에서 러시아 함대를 기습 공격했고 2월 9일 인천에 상륙하여 그날로 서울을 장악했다.

 일본군의 서울 점령과 동시에 일본 공사 하야시는 고종의 '대한 제국 중립 선언'을 완전히 무시하면서 일본에 협력하기를 강력하게 요구했다. 민심이 흉흉해진 2월 12일 러시아 공사 파블로프는 러시아 병사 80명의 호위 아래 서울을 떠났다. 이제 하야시는 제멋대로 고종을 협박했고 외부대신서리 이지용을 앞세워 2월 23일에 '한일 의정서'를 체결했다. 하야시는 1903년 10월부터 매수 공작금을 투입하여 이지용 등을 조종했던 것이다. 하야시는 한일 의정서 체결에 반대하던 탁지부대신 이용익을 납치하여 일본으로 압송하여 연금했다. 고종은 친일파 이지용 등이 하는 꼴을 보고만 있어야 했다. 고종황제의 광무 정권에서 돈에 매수된 친일 세력이 늘어났고, 그들은 기세등등한 나머지 황제를 업신여기면서 오만방자하게 굴었다.

한일 의정서를 강제로 맺은 일본은 한반도의 토지와 물자를 수용하고 활용할 수 있는 군사 기지를 만들게 된 것이다. 대한 제국은 전쟁을 위한 일본의 점령국이 되고야 말았다. 한일 의정서는 이듬해 체결된 을사늑약의 신호탄이었다. 이 치욕적인 의정서가 3월 8일 자 관보(官報)로 알려지게 되자, 온 국민의 비난과 반대가 들불처럼 일어나게 되었다.

이때, 이토 히로부미가 특파대신으로 서울로 파견되었다. 8월 22일 일본은 한일 의정서를 근거로 '제1차 한일 협정'을 체결하도록 강제했으며, 이토 히로부미는 외교 고문 스티븐슨과 재정 고문 메가다를 임명해 대한 제국의 내정을 간섭하기 시작했다. '제1차 한일 협약'3에 조인하면서 대한 제국은 가장 중요한 재정권과 외교권을 침탈당했고, 실질적으로 보호국 상태로 전락했다. 어이없고 허망한 국권 침탈의 과정이었다. 일본에게 매수된 정부

---

3 제1차 한일 협약: 외국인 고문 용빙(傭聘)에 관한 협정서.

관료에 의해 국권을 내주게 된 고종은 무력하기 짝이 없는 이름뿐인 '제국의 황제'였던 것이다.

1905년 여순 요새가 함락되면서 승기를 잡은 일본은 군사적 소모를 줄이기 위해 1월 15일 미국 대통령 루스벨트에게 강화 중재를 요청했다. 이 조건 중에 "조선을 완전히 우리 세력권에 두고 그 보호 감독 및 지도를 우리 수중에 둘 필요가 있음을 믿습니다."라는 내용이 있다. 러시아와의 강화협상에 대비해 공개적으로 한국의 보호국화를 추진했다. 이후, 일본과 러시아는 포츠머스에서 강화 협상을 시작했고, 9월 5일에 총 15항의 조약을 체결했다.

포츠머스 조약의 핵심은 러시아가 한국에서 완전히 손을 떼도록 한 내용이었다. "러시아 제국 정부는 일본이 한국에서 정치상·군사상 및 경제상 탁절한 이익을 소유함을 승인하고 일본 제국 정부가 한국에서 필요하다고 인정하는 지도와 보호 및 감리의 조치를 집행하는 것을 방해하거나 또는 간섭하지 않는다."는 제2조였다. 이로써 일본은 국제적으로 대한 제국의 보호국이 되었음을 선언한 것이다.

1905년 1월, 일진회는 고종의 내각을 반대하는 대규모 시위를 열었고, 이완용은 이미 일본의 편에 서서 황실 재산을 정부로 이관했고, 철도국 등을 폐지해 궁내부가 황실의 사무만을 보게 했다. 고종의 재산권과 권한을 대폭 축소시키고, 내각의 대신들을 교체시키면서 명분뿐인 국왕의 권한과 입지는 완전히 무너졌다.

3. 두 차례의 전쟁으로 매독이 성행하다

1905년 대한 제국은 치욕과 절망의 시기였다. 나라의 존폐가 위협받고 있는 동안, 민간에서는 전염병이 서울을 떠돌았다. 이를 괴롭게 여긴 지석영은 의학교장의 직분으로 고종에게 상소문을 올렸다.

〈의학교장 지석영 상소문〉

엎드려 글을 올립니다. 일은 지극히 작으나 알리지 않을 수 없으며 말은 지극히 잡스러우나 진실을 말씀드리옵니다. 급히 손을 써야 할 일은 국민의 건강에 관계되는 일입니다. 이 일은 반드시 전하의 재가를 얻은 연후에 시행할 수 있으며 진정을 올린 연후에야 어명을 받을 수 있는 일입니다.

신은 본래 자격도 없는 사람입니다. 외람되게도 전하의 은혜를 입어 의학교에서 국록을 먹고 있는지 6년이 되었습니다. 사람에게 질병이 있으면 내 몸에 있는 것같이 여기는 것이 오직 신의 직분이며 의무입니다. 시운의 풍화 성쇠와 관계되는 일이라도 이는 신의 직무일 뿐만 아니라, 온 나라에서 급히 먼저 손을 써야 할 일입니다. 간절히 생각건대, 나라가 부강해야 할 기틀은 백성들의 번성함에 있고, 백성들의 번성함은 위생에 있습니다. 위생의 중요성은 온 백성들로 하여금 병에 걸리지 않도록 하는 것입니다. 이로써 각자 자기 건강을 보호하는 게 있는 것입니다.

대개 질병은 사람에게 그 종류가 한 가지뿐만은 아닙니다. 한 사람 몸에만 걸리는 병이 있고, 타인에게도 전염되는 병도 있습니다. 괴질 같은 전염병은 한 번 퍼지면 온 마을을 고루 전염시키니 가히 두렵습니다. 하지만 이는 한때 지나가고 종신토록 앓게 되는 병은 아닙니다. 그러나 매독 같은 증세는 그 화가 아주 지극히 강하고 독하여 그 근본을 찾아 즉시 치료하지 않으면 병세가 중한 자는 죽고, 가벼운 자는 폐인이 되고 맙니다. 물론 가까운 가족으로부터 멀리는 국경을 넘어서까지 전염되었다고 하면 반드시 죽고야 마는 병입니다.

오늘날에 이르러 좋은 풍속은 날마다 무너지고, 나쁜 풍속이 점점 성하여 가고 있습니다. 한 사람으로부터 열 사람에게 전하고 열 사람으로부터 백 사람에게로 전해가는 때입니다.

즉 제가 소관하고 있는 의학교의 부속 병원으로 말씀드려도 날마다 눈으로 보는 바가 달이 갈수록 더하고 해가 갈수록 점점 더해갑니다. 그 속에는 어린아이까지 어미 배 속에서부터 병균을 받아서 나오는 자가 왕왕 있어 차마 눈 뜨고는 보지 못합니다. 이를 이

대로 방치해두고 법을 제정하여 예방하지 않으면 전국 사람들이 매독균에 감염되지 않은 자가 없을 것입니다. 이렇게 되면 어떻게 백성들이 번성할 것입니까. 나라가 부강해지고자 해도 부강해질 수 없습니다. 이에 감히 외람되고 추잡한 말을 무릅쓰고, 우러러 어진 임금 앞에 진정합니다. 엎드려 원하옵건대 전하께서는 깊이 살피셔서 해당 기관에 엄한 명을 내리소서.

참고로 외국의 제도를 살펴 우리나라에도 검사 제도를 마련해서 병이 뿌리째 소멸되도록 노력한다면 악질이 스스로 사라질 것입니다. 뿐만 아니라 사람들이 건강의 복을 입어 음란한 풍속이 점점 사라질 것이며 남녀가 서로 예방의 효력을 얻을 것입니다. 이것은 국가에 다행스러운 것이며 생명에도 다행스러운 일입니다.

1905년 3월 17일

상소문을 읽은 고종은 "이 글의 내용은 내부대신으로 하여금 살펴서 처리하라."고 하였다. 이때, 고종의 심정은 참담함을 넘어섰을 것이다. 매독을 예방하고 치료해 보려는 의학교 교장 지석영의 절실함은 어떠했을까.

강화도 조약 이후 모든 것이 개방된 사회의 풍속은 급속히 문란해져 가고 있었다. 가장 치명적인 것은 매독의 확산이었다. 개항으로 조선에 온 가난한 일본인들은 영세 상인들과 건축 노동자가 대부분으로 대개 혼자 몸이었고, 그들을 따라 일본의 성매매 여성들도 함께 건너왔다. 일본인의 성생활은 공창 제도로 인해 용인되어 있었기 때문에 성매매 일본 여성들이 비밀리에 대거 상륙하게 된 것이다. 시기적으로 윤락 여성들이 가장 많이 유입된 것은 청일 전쟁 시작 때였다. 전쟁을 위해 일본 군대가 주둔한 용산 일대와 남산 진고개 일대에는 윤락업소가 즐비했다. 일본 민간인들의 주거지 부근의 윤락업소에서는 일본 군사들을 상대로 성매매를 통해 최고의 이익을 누렸다.

1902년 12월 지석영은 일간지 황성신문에 「양매창론(楊梅瘡論)」를 발표하면서 매독이 새로운 전염병으로 얼마나 무서운 성병인지를 대중들에게 알렸다.

> 요새 양약 의사가 말하는데 약 판매량 중에서 양매창약이 10중의 7~8이고, 외과 진단에 10중 7~8이 양매창이라고 한다. 이는 작년이 재작년보다 많았고, 금년에는 작년보다 월등히 많아졌다. 이는 화류지풍이 전에 비해 많아졌다는 것을 보여준다. 또 요새 부호의 자식 중에 양매창이 많다는 소문이 있다⋯. 창녀에게 양매창이 많다고 한다면, 다른 사람에게 전염시키는 것이 촌부(村婦)보다 훨씬 더 많을 것이다. 한 여자가 백 남자에게 전염시킬 것이고, 한

남자가 백 여자에게 전염시키면 치료하고 구제할 방법이 없다. 몇 년 가지 못해 온 나라가 양매창 환자가 될 것이다. 이는 대단히 무서운 병이다. 그래서 각국 법을 따라 기적[1]을 편성하고 검사해야 한다. 싹이 틀 때 뿌리 뽑으면 그 병이 퍼지지 못할 것이다.

이로써 언론 매체에 매독 전염의 경로와 창기(娼妓)의 단속을 주장하면서 경각심을 일으키도록 하는 주장을 펼쳤다. 그러나 이미 일본의 유곽 문화가 빠르게 전파되고 있었다.

지석영이 「양매창론」을 발표할 즈음, 부산·원산·인천의 일본인 거류지에 유곽이 들어섰다. 1902년에 부산 부평동의 아미산하 유곽은 조선 최초의 유곽이었다. 인천 선화동에도 시키시마 유곽이 생겨 성행했다. 1903년 원산에는 일본 오사카의 신마치 유곽을 본뜬 신정 유곽이 생겼다. 1904년 러일 전쟁 때, 일본군이 조선에 대거 진출했을 당시, 서울에 신마치 유곽이 생겨 최고의 호황을 누렸다. 일본인들의 유곽 문화는 러일 전쟁을 기점으로 빠른 속도로 확산되어 갔다. 밤낮을 불문하고 일본 윤락녀들이 길에 널리어 조선 청년들의 팔을 이끌었다. 윤락녀들은 백주

---

[1] 기적(妓籍): 기생 등록본.

대로에서 호객 행위를 하면서 조선인들에게 매독을 전염시켰고, 재산을 탕진케 만들었던 것이다. 조선 여자들도 대낮 길가에서 일본 남자들에게 성추행을 당하는 일이 빈번하게 일어났으나 아무도 막지 못했다. 이로 인한 매독이 무섭게 번져가면서 전 국민의 악독한 전염병으로 확산되고 있었다. 매독은 두창보다 더 공포스러운 병이 되었고 성매매는 더 이상 집창촌 내로 제한되지 않고 밀매음이 횡행했다.

〈신한민보〉[2]는 성매매의 확산이 한민족을 말살하려는 일제의 정책적 의도라고 비난했다.

> 한성 장안과 각 대도회지에서는 밤이나 낮은 물론이고 매음녀가 길에 널리어 청년 자제의 소매를 이끌며 눈짓콧짓을 꾀어 들여 십전·오전에 방을 내고 악한 병을 전염하여 허탕한 자의 혼을 뽑아 재산을 탕진케 하니 이는 우리의 후세 자손까지 없애고자 함이라 이러한 매음녀가 백주대로에 횡행하되 순검은 보고서도 못 본 척하니 이는 통감부의 정책인 고로 금하기는 고사하고 뒤로는 은밀히 보호하는지라. (1910년 9월 21일)

---

[2] 신한민보: 샌프란시스코 재미 교포 단체에서 발행하는 신문으로 1909년에 창간.

강화도 조약 이후, 국민들에게 심하게 전염되기 시작한 매독은 알렌의 보고서에 처음 등장했다. 1886년 제중원의 의사 알렌은 '조선 정부 병원 제1차년도 보고서'에 "말라리아는 가장 흔한 질병이며, 4일 열이 가장 흔하다. 매독은 말라리아 다음으로 많으며, 그 증상이 매우 많고 다양하다."고 말하고 있다. 이 보고서에서는 매독 환자 수가 1,902명으로 소화기계 질병(2,032명)에 이어 2위를 차지하고 있다고 발표했다.

매독의 확산으로 고민하던 지석영은, 의학교 교장으로서 차마 입에 담을 수 없는 추잡한 일이라고 하면서 고종에게 간절히 탄원했다. 추잡한 일이란 일제가 가져온 폐해 중에 가장 악독한 병, 매독을 말함이었다. 지석영의 염려대로 은밀한 곳에서 이루어졌던 성매매가 집창촌을 통해 퍼져갔고, 급기야 대낮 길거리에서 성행했다. 일제는 한국의 안방에까지 매독을 감염시키게 될 것이었다. 손 놓고 가만히 있을 수 없는 통탄할 일이었다. 지석영의 상소문 이후, 정부에서 어떤 대책을 내놓았는지는 알 수 없다. 밀매음의 성행을 막기 위한 정책을 내놓기 전에 한일 합방이 되었고, 매독은 알게 모르게 음지에서 퍼져나갔으며, 공식적으로 일제의 공창제(1916년)가 도입되었기 때문이었다. 일본의 논리는 성매매를 법적으로 관리하겠다는 것이었다. 1919년 12월 26일자 미국의 〈시카고 트리뷴〉지는 서울발 기사에서 "일본이 조선에서 가장 먼저 한 일 중 하나는 인종 차별적인 윤락가를 만든 것"이며 "이런 윤락가는 조선인 남녀의 성적 타락을 위해 일본이 치밀하게 도입한 것"이라고 정곡을 찔렀다.

4. 의학교에서 국문 연구소로

　1905년 3월 10일 제3회 졸업생을 끝으로 의학교는 문을 닫았다. 제1회 졸업식은 1903년(광무 7년)에 각부의 대관과 일본의 육군 군의와 관료들이 참석한 가운데 이루어졌고, 의학도 중 4명은 1904년(광무 8년) 2월 러일 전쟁 때 일본군 위생대를 따라 실지 부상병 치료에 참여했다. 2회 졸업생은 1904년(광무 8년) 7월에 졸업식을 치렀다. 이때 의학교의 유일한 한국인 의사로 김익남이 육군 3등 근의장(소령)으로 임관하고, 다음 해에 경무청 고문관으로 고용되었다. 이때부터 일본이 적극적으로 의학교에 간섭하기 시작했다. 의학교의 운영은 흔들렸고, 결국 졸업증서만을 수여하는 3회 졸업식을 끝으로 문을 닫은 것이다. 지석영의 오랜 염원으로 대한 제국 정부가 세운 관립 근대 의학교와 부속 병원은 1907년에 일제의 손아귀로 통째로 넘어갔다.

　이런 상황에서 절망하고만 있을 지석영이 아니었다. 나라의 혼란 지경에도, 유배지의 고난 속에서도 저술에 임했고, 근대 기술을 도입하는데 구체적 대안을 제시해 상소하고, 부정부패를 없애려는 뜻을 관철하려고 고종의 눈치를 보지 않았던 그는 1905년 7월 8일 간곡한 상소문을 올린다. 그는 친일파의 득세와 이토 히로부미의 강압에 이미 권한을 잃은 고종에게 충심을 다했다. 산전수전 다 겪으며 꿋꿋이 소신을 굽히지 않은 지석영이 망국으로 향하는 나라의 상황을 모를 리 없었고, 친일 권력의 추악함을 모를 리 없었다. 나라의 위기는 세계열강의 탐욕 때문이었다. 일본이 대한 제국을 먹어 치우려는 것이었다. 일제에 의해 의학생의 양성과 민간 의료 교육을 포기한 지석영의 관심은 국문 연구로 향하였다. 50세의 그는 나라를 빼앗기게 된 울분에 좌절하기보다는 자신이 처한 상황에서 해야 할 일, 국문 연구를 시작한 것이다. 그의 끈질긴 인내심과 학구적인 성품은 그동안 미루어 두었던 국한문을 연구해 국민들에게 어떻게 쉽게 전달하는가에 집중했다. 국문과 한문의 문장법을 개선하여 실생활에 활용하려는 생각을 오래전부터 해왔다. 의학교에서 일제의 온갖 간섭을 받고 있었던 이 시기는, 일본이 대한 제국을 식민지화하기 위한 절차를 밟느라 은밀하게 움직이고 있던 때였다.

〈의학교장 지석영 상소문〉
 엎드려 글을 올립니다. 문명의 근본은 진실로 교육의 기구에 있다고 봅니다. 이는 백성들로 하여금 알기 쉽고 행하기 쉬운 것만 같은 것이 없습니다. 그 기구는 곧 우리의 국문(國文)입니다.

우리나라의 국문은 장하신 우리 세종 대왕께서 나라에 글이 없는 것을 염려하사 신통한 지혜를 개발하여 백성들에게 주신 것입니다. 형용(形容)의 문자를 음만 땄기 때문에 그 본체는 간결하나 쓰임은 무궁무진합니다. 무릇 형용하기 어려운 글자나 뜻을 이해하지 못한 글자라도 다 말로 할 수 있어서, 배우기가 아주 쉽습니다. 부인들과 어린이나 지극히 우둔한 사람이라도 하루나 이틀만 배우면 다 능히 깨우칠 수 있습니다. 사실상 황실의 보배 글이 아닐 수 없습니다.

애석합니다. 세상이 본질에서 멀어지고 국문 교육은 해이하여 그 참뜻을 잊어버리고 있습니다. 또한 학문가들은 글을 연구·발전시키지 않고 한결같이 우둔한 사람에게만 맡겨놓았습니다. 민간에서 어린이를 가르치는데도 태반은 글씨 획이나 쓰여서 음만 읽게 하니 말소리가 혼돈되고 잘못 읽게 되어 점점 어긋나는 점이 많습니다.

이로 말미암아 현재에 쓰이고 있는 언문 14줄 154자 중에는 중첩되는 음이 36개나 됩니다. 고정(固定)의 정식도 모두 잃어버리고 있습니다. 예를 들면 하늘에서 내리는 '눈'과 사람의 '눈'이라는 '눈'이 혼동됩니다. 동녘 동의 '동'과 움직일 동의 '동'자가 같은 음이니 무릇 말이나 일을 기록할 때, 방해되는 문자가 많이 있습니다.

　신은 항상 이를 한스럽게 생각하고 있습니다.

　오늘날 세계 각국에서는 다 자기 나라 문자를 자기 나라에서 쓰고 있습니다. 그들은 대개 자주적인 민족의식이 있습니다. 타국의 각종 문학은 자국의 글로써 타국의 글을 번역합니다. 이로써 자국의 백성을 교육시킵니다. 이러한 이유로 오대주(五大洲)의 눈이 있는 백성들은 글자를 통달하지 않는 이 없습니다.

　현 시국은 점점 날마다 문명의 세대로 나가고 있습니다. 그런데 유독 우리나라만 여러 나라와 수십 년을 통상했음에도 아직까지 뒤떨어져 있습니다. 우리나라가 이렇게 앞으로 나가지 못하는 것은 이해하기 어려운 한문에 매여있기 대문입니다. 이에 감히 외람됨을 무릅쓰고 거친 말로 진정해 올리옵니다.

　엎드려 원하옵건대, 폐하께서는 교육을 담당한 신하에게 명을 내리셔서 국문을 참고하여 정리하고, 또한 교육하는 방법을 마련하여야 합니다. 백성들이 이해하기 쉽도록 해야 합니다. 경전 속에서 몇 편을 국문으로 번역하여 내려주면 백성들이 마음과 뜻을 정할 것입니다. 다음으로는 근일의 실무와 신학문 중에 가장 중요한 것을 번역하여야 합니다. 이를 널리 세간에 분포하여 사람마다 충의의 도리는 물론 경제의 당위성을 알게 한다면 부강의 기틀은 가히 계약서를 잡고 기다려도 틀림이 없을 것입니다. 이렇게 되면 교육뿐만 아니라 인문의 기초가 이루어질 것이니 이 또한 황제의 조정이 선대의 조정을 잇는 아름다움이 될 것입니다.

엎드려 바라옵건대 전하께서는 굽어 살피소서. 신은 천만 죄송할 뿐입니다.

1905년 7월 8일

"지석영이 진술한 뜻은 진실로 백성들을 교육시키는 중요한 글이다." 고종은 지석영의 논술 「신정국문(新訂國文)」을 받아들였고 학부대신에게 명을 내려 공포하게 했다. 이는 변화하고 있는 시대에 새로운 문물을 받아들이기 위해 꼭 필요한 국어 교육이었다. 조선 정부는 지석영의 주장대로 언문일치와 함께 국한문 혼용 등의 새로운 운동을 펼치었고, 언어생활도 보다 실제적이며 실용적으로 연구할 수 있는 기틀을 만들었다. 이는 개화기에 국문 체계의 재확립을 위한 최초의 연구였다.

지석영이 상소문으로 올린 『신정국문』은 6개 조로 이루어졌는데, 대략 아래와 같이 소개한다.

1) 오음(五音) 상형변(象形辨): 초성자의 발음 상형을 명시했다.
2) 초중종삼성변(初中終三聲辨): 국문 25자의 자음과 모음을 삼성

으로 나누어 규정했다.

3) 합자변(合字辨): 국문 25자의 자음과 모음을 합하여 나눈 부분이다.

4) 고저변(高低辨): 음절의 높낮이와 장단을 구별하여, 높거나 긴 발음을 따로 표시한다는 규정이다.

5) 첩음산정변(疊音刪正辯): 'ㆍ'을 없앰으로써 'ㄱㄴㄷ…' 등 14자가 없어진다는 규정이다. (가 나 다 라 마 바 사 아 자 차 카 타 파 하, 자(字)로 사용)

6) 중성이정변(重聲釐正辨): 된소리의 표기를 'ㅅ'으로 통일한다는 규정이다.

이에 훨씬 앞서 지석영은 1896년 독립 협회 회원들이 「대한조선독립협회회보」를 한문으로 간행하겠다는 원고 청탁을 받고 순한글로 「국문론」을 써 보냈던 적이 있었다. 지석영은 종래부터 식견 있는 자들이 국문을 암(暗)글이'라 여겼던 것을 비판했으며, 국문을 훈민정음 창제 전통에 의해 소리의 높낮이를 구별하자는 주장을 펼쳤다.

〈황성신문〉의 논설 「국문학교 소문설립(㛰聞設立)」에는, 정부에서 국문 학교를 설립하게 된 것은 지석영 때문이라고 했다. 이때 국문 학교의 교장은 김가진, 교감은 지석영이 임명되었다. 이에 힘입은 지석영은 열정적으로 국문 연구에 힘을 쏟았으며 출판사 광학사(廣學社)의 평의원 15명 중의 한 사람으로 참여했다. 이러한 지석영의 집념 덕분에 〈황성신문〉의 시험과목에는 한문의 독서와 작문, 국문의 독서와 작문이 각각 따로 정해졌다.

5. 일본의 야욕

　1905년 7월, 일본은 미국과 '가쓰라-태프트 밀약'을 맺었다. 이 밀약은 미국의 필리핀에 대한 지배권과 일본의 대한 제국에 대한 지배권을 상호 승인하는 문제였다. 또한 8월에는 영국과 비밀리에 '제2차 영일 동맹'을 체결해 대한 제국에 대한 일본의 보호를 조약으로 승인받은 것이다. 뒤이은 9월에 일본은 '포츠머스 조약'을 체결하여 조선 지배를 인정받고, 남만주 진출과 사할린 섬 할양까지 얻어냈다.

　8월 21일 일본 공사 하야시는 고종의 임면권을 제한하고, 9월 10일 이완용을 학부대신에 임명했다. 이는 이완용이 일본 공사에 대한 대응 방식이 완전히 바뀌었음을 말해준다. 이완용 외 친일 세력이 적극적으로 속내를 드러낸 것은 미국이 일본을 지원하는 쪽으로 방향을 바꿨기 때문이다. 이는 미국이 만주의 이권을 확보하기 위해 일본과 긴밀한 관계를 맺게 되면서부터였다. 이완용의 정치적 행보는 친미파에서 시작해 친러파와 연합한 후, 수구파와 합심해 친러파를 축출한 뒤, 친일파로 완전히 돌아섰다. 자신의 정치권력과 이권을 위한 발빠른 선택이었다. 대한 제국의 정치에 더 이상 관여하기를 꺼리는 미국의 정책으로 이완용은 자신의 정치 노선을 완전히 수정하면서 친일파로 변신했다. 이후, 미국 공사 알렌의 영향력은 축소되었고 이완용은 고종으로부터 거리를 두면서 자신의 입지를 확장하기 시작한 것이다.

대한 제국의 고종은 최악의 상황으로 재위 중에 보호국의 처지로 전락하게 된 황제였다. 모두 친일파로 둘러싸여 황권을 행사할 수 없는 통치자 고종의 사람은 어디에도 없었다. 그와 달리 메이지 천황은 메이지 유신 이후, 강력한 통치력을 발휘했다. 일본은 서양 문물에 발 빠르게 대응하면서 군사력을 확장했고, 두 번의 전쟁에 승리한 뒤, 세계강대국의 위치에 올라섰다. 대한 제국에 대한 일본의 점령은 움직일 수 없는 현실이 되었다. 이완용은 이제 고종을 위해 그 어떤 정치적 행동도 취하지 않았다. 대한 제국과 고종의 충신이어야 할 이유조차 사라진 것이다.

1905년 11월 10일, 이토 히로부미가 한국에 도착했다. 고종과 대신들은 이전과 또 다른 양상의 위기를 느꼈다. 이제 일본의 위상은 달라져 더 이상 세계열강들의 눈치를 볼 필요가 없게 되었다. 이토 히로부미는 을사 보호 조약을 일방적으로 밀어붙였다. 일본에 의해 강제 체결된 수치스러운 을사늑약이다. 고종이 분명히 거부하지 못한, 결정하지 않은 조약이었다.

11월 17일에 외부대신 박제순, 내부대신 이지용, 군부대신 이근택, 학부대신 이완용, 농상공부대신 권중현의 다섯 명의 대신이 조약 체결란에 '가(可)'를 서명했고 이 내용이 알려지면서 국내 여론이 들끓었다. 을사오적이 자발적으로 일제에 협력한 것이었다.

3일 후, 장지연이 〈황성신문〉에 '이날을 목놓아 우노라', 「시일야방성대곡(是日也放聲大哭)」을 실었다 장지연은 내각 대신들이 임금과 백성을 배신하며 일신의 영화만 추구했다고 비난했다.

…지난번 이등(이토 히로부미) 후작이 내한했을 때 어리석은 우리 인민들은 서로 말했다. 후작은 평소 동양 3국의 정족(鼎族) 안녕을 주선하겠노라 자처하던 사람이라, 그의 내한이 필경 우리나라의 독립을 공고히 부식하게 할 방침을 권고키 위한 것이라 알고, 인천항에서 서울에 이르기까지 관민상하(官民上下)로 환영하여 마지않았다. 그러나 천하의 일 가운데 예측하기 어려운 일도 많다. 천만 꿈밖에 5가지 조약이 어찌 제출되었는가. 이 조약은 비단 우리 한국뿐만이 아니라 동양 3국이 분열을 빚어낼 조짐이다. 그렇다면 이등박문 후작의 본래 뜻이 어디에 있었던가? 그것은 그렇다 하더라도 우리 대황제 폐하의 성의가 강경하여 거절하기를 마다하지 않았으니 조약이 성립되지 않은 것인 줄은 이등 후작 스스로도 알았

을 것이다. 그러나 슬프도다. 저 개돼지만도 못한 우리 정부의 대신이란 자들은 자기 일신의 영달과 이익이나 바라면서 위협에 겁먹어 머뭇대거나 벌벌 떨며 나라를 팔아먹는 도적이 되기를 감수했던 것이다.

아, 4천 년의 강토와 5백 년의 사직을 남에게 들어 바치고, 2천만 생령들로 하여금 남의 노예 되게 하였으니, 저 개돼지보다 못한 외무대신 박제순이야 깊이 꾸짖을 것도 없다. 하지만 명색이 참정대신이란 자는 정부의 수석임에도 단지 '부(否)'자로써 책임을 면하여 이름꺼리나 장만했더란 말이냐. 김청음[1]처럼 통곡하여 문서를 찢지도 못했고, 정동계[2]처럼 배를 가르지도 못해 그저 살아남고자 했다. 그러니 그 무슨 면목으로 강경하신 황제 폐하를 뵐 것이며, 그 무슨 면목으로 2천만 동포와 얼굴을 맞댈 것인가.

아! 원통한지고. 아! 분한지고. 우리 2천만 동포여, 노예 된 동포여! 살았는가, 죽었는가? 단군 이래 4천 년 국민정신이 하룻밤 사이에 홀연 망하고 말 것인가. 원통하고 또 원통하다. 동포여! 동포여!

---

1 김청음(金淸陰): 인조 병자호란 때 청나라와의 화친을 반대함.
2 정동계(鄭桐溪): 병자호란 때 청나라와의 화친을 반대함.

이 글이 알려지면서 각지의 유생들이 상소를 올리기 시작했고, 대궐 앞에서 읍소했는데, 일본 헌병들이 강제로 해산시켰다. 군부대신 민영환은 이때의 울분을 참을 수 없어 결국 유서를 쓴 후, 자결하고야 말았다.

아아, 나라와 국민의 치욕이 여기에 이르렀으니, 우리 국민은 향차(向次) 생존경쟁의 속에서 전멸할 것인가? 그러나 살려고 하는 자는 반드시 죽게 되고 죽음을 기하는 자는 살아 나갈 길이 필연코 있을 것이니, 국민 여러분이 이 이치에 어두우리까. 영환 이 몸이 죽음으로써 황은에 보답하고 이천만 형제 동포 여러분께 사죄하니, 영환 이 몸이 비록 죽는다 하나 영혼은 살아 있어 반드시 국민 제군을 지하에서 도울 것이다. 동포 형제는 더욱 분려(奮勵)하여지기를 굳게 하고 학술을 닦아 마음과 힘을 합하여서 다시금 우리의 자유 독립을 찾을진대, 죽은 이 몸도 저세상에서 기쁨을 금치 못하리니, 아아 동포여, 조금도 실망을 말지어다. 이에 우리 대한 제국 이천만 동포 앞에 결별을 고하노라.

유생들의 상소문이 빗발치고, 조병세와 민영환이 자결했음에도 고종은 그 어떤 조치도 취하지 못했다. 민영환의 추도식 하루 전 11월 29일, 최익현이 상소를 올렸다. 그는 대원군의 하야를 요구하는 상소를 올린 적이 있었는데 정부의 개화 정책에 반대하는 한편, 고종의 대외 정책에도 비판적인 입장이었다. 조선의 국체는 성리학이라는 입장이었던 최익현의 상소문은 전국 유생들에게 큰 영향을 미치게 되었다. "계책을 먼저 정하지 않고 전전긍긍하다가 비록 폐하께서 윤허하지는 않으셨지만, 끝내 나약하고 용렬한 태도를 면치 못하였고, 비록 참정대신이 굳게 거절하기는 하였지만, 그래봐야 가(可)자를 쓰지 않았을 뿐입니다." 하면서 고종을 정면으로 비난했다. 또한 "황실의 보존과 안녕이라는 그들의 말을 진실로 믿으십니까?" "명나라 의종이 사직을 위해 순국한 의지를 듣지 못하셨습니까?"라면서 고종을 맹공격했다. 최익현은 그 어떤 누구보다도 고종에 대해 꾸짖는 태도를 일관했다. 이에 고종이 답을 내렸다. "근심과 울분에 찬 경의 정성으로 본래 이런 말을 할 줄은 알았지만 또한 짐작하여 헤아릴 것도 있다." 하면서 불쾌함을 드러냈다.

민영환의 추도식은 1906년 11월 30일 흥화 학교[3]에서 열렸다. 이날 지석영은 추도문을 낭독하면서 연설했다. 그는 훗날 이토 히로부미의 장례식 때도 추도문을 낭독하게 되었는데, 이는

---

3 흥화 학교(興化學校): 1898년 11월 5일 민영환에 의해 설립된 근대 사립 학교로 1911년에 폐교되었다.

모순된 행동이었다. 그러나 이후의 지석영은 행정가이면서 언론의 논객으로 활동했고, 또한 반일 운동에 앞장서고 있었다. 지석영의 활동 영역은 고정되어 있지 않았고 정치계보다는 사회 운동쪽으로 더욱 활발한 치적을 남기고 있었기 때문에 그의 친일과 반일에 뚜렷한 경계를 나눌 수 없다.

대한매일신보 주필 박은식은 사설에서 조약 체결의 불법적 과정을 밝혔고, 관료들과 유생들은 매일 상소문을 올렸으며 상인들은 철시 투쟁으로 저항하였다.

을사 보호 조약은 그야말로 수치스러운 사건이었다. 체결을 결정하지 않은 고종황제를 아무도 보좌할 수 없었던 대신들에 의해, 나라의 지배계급이 무력함을 보여주는 것이었다. 을사오적의 장본인들, 그들의 책임이라는 사회 여론은 무성했으나 고종이 아무런 조치를 시행하지 못했던 줄과였다. 황제 고종의 책임감은 어떤 것이었을까. 백성들을 향한 것은 아니었을까. 당시 이완용을 비롯한 대신들은 고종의 신하가 아니었다. 그들의 매국은 이 순간, 일본을 향한 충성으로 방향을 전환했다. 대한 제국의 망국을 예견한 매국노들은 국가적 위기와 정치적 현실 앞에서 권력에 대한 야욕을 숨기지 않았다. 이 관료들이 국가는 지배층의 국가가 아니라 백성들의 국가임을 깨달았다면, 각기 자신의 위치에서 자신의 책무에 대해 올바른 입장을 견지했었더라면, 을사늑약은 체결되지 않았을까. 그러나 역사에서 만약, 이라는 가정은 없다.

을사늑약은 총 다섯 개 조항으로 이루어졌다. 이 조약으로 이토 히로부미가 초대 통감에 임명되었다. 도쿄에 체류 중이었던 이토는 1906년 3월 2일 서울로 왔다. 이후 1909년 5월 4일까지 대한 제국에 관련된 중요 정책은 모두 이토에 의해 논의되어 결정되었다. 이토는 사실상 대한 제국의 통치자였던 셈이다.

고종 황제는 을사늑약 전부터, 이미 일본을 저지하려는 노력을 기울였다. '조미 수호 조약' 1조에 보면 "타국의 어떠한 불공평이나 경멸하는 일이 있을 때에 일단 확인하고, 서로 도와주며, 중간에서 잘 조처하여 두터운 우의를 보여준다."는 내용을 글자 그대로 믿고, 1904년 주일 공사 조민희를 통해 미국 국무 장관에게 밀서를 전달했다. 고종이 보낸 밀서 내용은, "미국 정부가 현재 조미 수호 조약과 저촉되지 않은 범위 내에서 동양 문제의 해결에 임하여 한국의 독립 유지에 전력해 주시기 바랍니다."였고, 미국은 대답하지 않았다.

1905년 고종은 미국에 다시 밀사를 파견했다. 배재 학당을 졸업하고 독립 협회의 회원이기도 했던 이승만은 영어에 능통했던 이유로 고종이 주목한 인물이었다. 이승간은 미국 워싱턴에서 미국 국무 장관을 만났지만, 성과는 없었다. 1905년 3월 25일, 고종 황제는 러시아 공사관으로 밀서를 보냈다.

짐이 금일의 경우에 더욱 간난하여 호소할 곳이 없습니다. 오직 폐하에게 이처럼 거추장스럽게 호소할 뿐으로, 폐방의 진흥을 기함이 전연 폐하의 마음에 달려 있습니다. 지금 다행히도 만국평화회의가 열림에 폐방의 소우에 실로 이유 없음을 설명할 기회를 얻고자 합니다. 조선은 일찍이 러·일 개전어 앞서 중립을 각국에 선언하였는데, 이는 세계가 모두 아는 바입니다. 그런데 현재 상황은 심히 분개해 마지않는 바입니다.

폐하께서 폐방이 이유 없이 화를 입고 있는 점을 살피시어, 짐의 사절로 하여금 평화 회의가 열림에 즈음하여 폐방의 형세를 설명할 수 있도록 힘껏 도와주시기를 바랄 뿐입니다. 이를 만국에 숨김없이 알려 물의를 일으키게 되면, 그로 인하여 폐방의 원래 권한이 회수될 수 있을까 기대합니다.

과연 그렇게 이루어진다면 짐과 우리 한국은 감격할 것입니다. 전 주조선 귀국 공사가 돌아감에 즈음하여 이와 같은 희망을 토로하면서 모든 공사들에게도 청탁한 바 있은즉, 원컨대 널리 살펴주시기를 바라나이다.

그러나 소용없는 일이었다. 당시 러시아는 일본에 계속 패전 중인 상황이었다.

1905년 9월, 고종 황제는 마지막으로 미국에 밀사를 파견했다. 그러나 미국 국무장관의 답변은 "이제는 어떠한 조치도 취할 수 없습니다."였다.

1907년 5월 22일, 이토는 새 내각을 조직했다. 박영효를 불러 궁내대신으로 삼고, 총리대신 이완용, 탁지부대신 고영희, 법무부대신 권중현, 농상공부대신 송병준, 내부대신 임선준, 군부대신 이병무, 학부대신 이재곤 7명으로 구성되었는데 이들 모두는 을사조약에 찬성했던 자들이었다. 이들은 정미7조약을 체결하기 위한 계획에 착수했다.

고종 황제는 비밀리에 이범진과 연락을 취해 헤이그 특사 파견을 논의했다. 1907년 6월 이범진은 고종의 밀명을 받아 아들 이위종을 특사 이준과 통역관 이상설과 함께 헤이그로 보냈다. 이상설과 이준·이위종 세 명은 만국 평화 회의에 참석해 을사보호 조약이 무효라는 것을 밝히려 했지만, 참석 자체가 거부되었다. 세계열강 사이의 이권에 대한 조정 회의였기 때문이었다. 이에 세 명의 밀사는 각국 대표들에게 각각 을사조약의 무효와 대한 제국의 독립을 주장하는 서한을 보냈으나 어떤 나라에서도 응답이 없었다.

이토는 이를 알게 된 후, 무장한 장교들을 대동하고 고종을 만나기 위해 입궐했다. "이 같은 음흉한 방법으로 일본에 대한 거부권을 행사하려는 것은 차라리 일본에 대해 당당하게 선전 포고를 함만 못하다."라고 협박했다. 이토는 이 문제로 고종을 퇴위시키기 위한 절호의 기회로 삼으려 했다. 헤이그 밀사 사건으로 고종의 심중을 알게 되면서 더 이상 시간을 끌었다가는 조선의 병합이 난감해질 것을 예상했기 때문이다.

이토 곁에는 충성스러운 이완용이 있었다. 이토의 지시로 이완용은 7월 6일 내각 회의를 열어 헤이그 밀사 사건의 책임을 묻기 위해 어전 회의를 열었다. 바로 이때, 친일파 송병준이 나섰다. "헤이그 밀사 사건은 정치적으로 중대한 문제가 되었고 일본 정부가 대단히 격분했다. 이를 그대로 둔다면 나라에 어떤 일이 벌어질지 모르니, 폐하께서는 자결하는 게 마땅하다. 사직이 위태로움을 충분히 고려하시라."라고 황제를 협박했다. 통분할 수도 없는 고종이 안색이 변하여 다른 대신들의 의견을 구했으나 아무도 입을 열지 않았다. "만일 자결하지 않으시려면, 동경에 가서 일본 천황 폐하께 사죄하거나, 하세가와 대장에게 비는 수밖에 없다."고 했다. 송병준의 노예근성은 수치스럽기 그지없었다. 그날 3차까지 열린 어전 회의에서 친일 대신들의 협박에 밀린 고종

5. 일본의 야욕 ··· 237

은 어쩔 수 없이 양위를 결정했다. 대한 제국의 대신들은 대부분 이토의 충견으로 변했다. 그 어떤 결정도 스스로 내리지 못했던, 우유부단한 대한 제국의 황제 고종의 곁에는 쓸만한 신하 한 사람도 없었다. 신하들에 의해 좌지우지 흔들려 충신들이 모두 해외로 떠나있거나, 자결했거나, 먼 타국에서 유배 생활을 하고 있었다.

이로써 1907년 7월에 정미7조약(한일 신협약)이 체결되어 조선 군대의 해산, 사법권·경찰권의 위임 등을 골자로 하여 법령권의 제정·관리 임명권·행정권의 위임 및 일본인 관리의 채용 등을 강제적으로 조치하게 했다. 일본의 차관 정치로 대한 제국은 사실상 식민지가 되었다.

6. 폐하께서 두려워하실 것이 과연 무엇입니까

 1907년 7월 31일 밤, 고종 황제는 강제 양위 절차를 거쳤다. 일본의 강압에 따라 8월 24일 순종 황제가 즉위한 것이다. 순종 황제는 고종 태황제와 떨어져 창덕궁에서 살게 되었고, 고종 황제의 경운궁은 '덕수궁'으로 불리면서 태황제 고종의 외로운 거처로 바뀌었다. 함께 살던 순종이 황제가 되어, 엄 귀비에게서 낳은 영친왕을 황태자로 삼아 창덕궁으로 데려갔기 때문이었다. 이 역시 이토의 협박이었다.
 영친왕은 나이 11살에 황태자에 책봉되어 곧바로 고종 태황제와 어머니 엄 귀비와 헤어졌고, 이후 일본에 인질로 끌려가게 되었다. 서열상으로는 이복형 의친왕이 황태자에 올라야 했으나 고종의 부정(父情)과 엄비의 권력에 의해 황태자 계승은 영친왕이 이어받았다. 이는 불행한 비극의 시작이었다. 이토 히로부미가 일본 유학을 명분으로 영친왕을 인질 삼으려고, 스스로 황태자의 스승 태자태사가 되었다. 그해 12월 4일 영친왕은 일본 유학을 떠나기 위해 덕수궁으로 작별 인사를 하러 갔다. 엄 귀비는 통곡하면서 분노에 떨었으나 별다른 수가 없었다. 12월 5

일, 어린 영친왕은 이토 히로부미를 따라 일본으로 떠나야만 했다.

　을사늑약과 정미7조약 후, 전국에서 의병이 일어났고 2월에는 비밀 결사대 신민회가 결성되었다. 신민회는 전국적으로 8백여 명의 회원이 있었고 대성 학교, 자기회사, 태극 서관 등을 통해 합법적인 활동을 했다. 이때에는 계층을 막론하고 다수의 민중들이 참여했으며, 주로 평민 의병장이 주류를 이루었다.
　1906년 4월 봉기한 신돌석의 의병 부대는 한때 그 수가 3,000여 명에 달했고, 태백산맥과 동해안을 따라 왕래하면서 격렬하게 항거했다. 신돌석은 신출귀몰하다는 소문이 돌았다. 유생 의병 중에는 함북 경성 출신 김정규가 고향에서 의병을 일으켰다가 1909년에 두만강을 건너 간도로 가서 의병 활동을 했다. 또한 전라도 익산의 이규홍 의병장과 임병찬이 있다. 이규홍은 의병 활동을 계속하다가 1918년 상하이로 망명했으나, 1924년 국내로 들어와 항일운동 끝에 체포되었고, 1929년 고문 후유증으로 사망했다. 참판을 지낸 민종석 의병장은 충청도 홍주성을 점령했는데, 이 의거를 두고 1906년 5월 30일 〈대한매일신보〉에 '때와 힘을 길러야 한다.'는 사설이 실렸다.

한국은 또다시 의병의 소동을 보게 되었으니 그 유래가 어찌 까닭이 없을 수 있겠는가? 을미의 거사는 나라의 원수를 갚아 의를 세우자는 것이었고 금년에 민종식이 의병을 일으킨 것은 나라의 권리를 회복하려는 것이었다. (…) 그러나 국가의 관계란 개인의 일과는 다르니, 국가의 크나큰 원수에 있어서는 때와 힘을 헤아리고, 피차의 알아 해낼 만한 승산을 잡은 뒤에 도모하지 않으면 아니 된다.

〈대한매일신보〉의 이와 같은 논조는 망국의 위기에서 분연히 일어난 의병에 대해 보수적이면서 부정적이기까지 한 글을 쓴 것이다. 나라의 위기를 두고 보지 않으면서 분노했던 계층은 민중이었고, 머릿속 계산이 많은 지식층은 민중을 어리석다고 여기면서 계몽해야 할 대상으로만 여겼다.

1906년 6월 4일 최익현은 74세의 노구를 이끌고 정읍 태인의 무성서원에서 의병을 일으켰다가, 6월 14일 대한 제국 관군과 충돌을 피하고자 의병 해산을 명령했다. 호남에서 봉기한 안규홍과 심남일 등은 의병대를 조직해 일제에 대대적으로 항거했다. 이들은 국권 회복과 신분 차별을 없애자는 주장을 펼쳤던 개화된 평민 대표였다.

일본은 9월 2일을 기해, 의병의 씨를 달리기 위해 본격적으로 총출동했다. 9월 6일, 통감부는 총포 및 화약류 단속법을 제정했고, 일본군의 '호남 대토벌 작전'은 9월부터 시작해 11월까지 계속되었다. 전국에서 가장 끈질기고 거세게 타올랐던 호남 의병대의 저항은 일본군을 두렵게 만들었으나 '의병 대토벌 작전'으로 인해, 호남은 완전히 초토화되고 말았다. 1909년 심남일 의병장은 순종 황제의 조칙을 받으면서 의병을 해산했다. 이후 심남일은 새로운 방법의 항일 운동을 모색하던 중, 일제에 체포되었고, 뿔뿔이 흩어진 의병들은 만주와 연해주로 활동 무대를 옮겼다. 이때 호남 의병은 수십 명 또는 수백 명 단위의 부대가 100개 이상으로 활동했고 그 규모는 3천여 명에 이르렀다.

연해주에서 활동했던 홍범도와 이범윤 부대는 번갈아 국내로 잠입해 일본군을 연이어 공격했다. 12월에는 양반 의병장들이 각지에서 일어났고 유학자 이인영을 총대장으로 추대한 '13도 창의군'이 결성되었으나 신돌석과 홍범도 부대는 평민 출신이라는 이유로 배제되었다. 유학자 이인영은 부친상을 당하자 부대를 해산시키고 고향으로 돌아가 버렸고, 의병장 없는 '13도 창의군'은 일본군의 공격에 맥없이 패배하고 말았다. 이처럼 양반 의병장들의 뿌리 깊은 봉건 의식과 충효 사상은 자발적으로 일어난 평민 의병장의 사기를 떨어뜨리는 장애로 작용했고, 의병들의 봉기를 자진 해체로 몰아갔다.

홍주 의병 이설은 을사오적을 처단하라고 상소한 뒤 체포되어 잔인한 고문을 당한 의병장이었다. 고문 후유증으로 시달리면서도, 이설은 전국의 선비와 백성 100만 명을 서울로 소집할 것을 제안하면서 비폭력 대중시위 운동을 제안했으나 뜻을 이룰 수 없었다. 이설은 죽음을 눈앞에 두고 다시 고종에게 글을 올렸다.

즉위하신 지 40여 년 동안에 칭송할 만한 일이 하나도 없고 기록할 만한 정치도 없습니다. 그럭저럭 게으르고, 퇴폐하여 시들시들 어둡게 막혀 조종(祖宗)이 이룩한 법이 깨끗이 없어져 버렸습니다. 이제 마침내 망국의 군주가 되어버리고 말았습니다.

상소문을 올린 뒤, 이설은 식음을 전폐하고 스스로 세상을 버렸다.

폐하께서 두려워하실 것이 과연 무엇입니까? 폐하께서 지금 국가가 있습니까? 토지가 있습니까? 인민이 있습니까? 이같이 국가도 없고 토지도 없고 인민도 없다면 폐하께서 두려워할 것은, 망국의 황제가 될까 하는 두려움뿐입니다.

이처럼 최익현이 올렸던 상소문도 죽음을 각오한 글이었다. 최익현은 유학자들과 전국의 유생들에게 막강한 영향을 끼친 인물로 일본군에 의해 대마도 유배에 처했다가 단식 중에 병사했다.

1909년 7월 12일 한국의 사법권과 감옥 사무를 빼앗는 '기유각서'를 이완용과 일본 통감 소네 사이에 맺었다. 이 각서로 인해 한국의 사법권과 재판소가 폐지되었고, 외교권과 경찰권까지 뺏겼다. 7월 27일 일본은 집회 결사를 제한하고 무기 휴대를 금지하는 보안법을 제정했다. 의병들의 항일 운동을 탄압하기 위한 목적이었다. 7월 31일 군대해산 조칙을 발령하여, 대한 제국 군대가 해산되었다. 이에 격노한 시위 대장 박승환이 자결로 항의했고 해산된 군인들은 모두 자발적으로 의병에 합류했다.

7. 국문 연구를 통한 지석영의 애국

'헤이그 밀사 사건'이 있던 해, 지석영은 학부대신 이도재의 협력으로 의학교의 학부에 '대한 제국 학부 국문 연구소'를 설치했다. 의학교장의 권리는 빼앗겼지만 지석영은 여전히 교장의 책무를 다하려 애썼다. 국문 연구소의 중요성은, 의학을 공부하는 학생들이 일본어로 강의를 하는 것은 강의 내용에 오류가 생겨날 위험이 있다는 주장이었다. 의학 강의를 제대로 이해하기 위해서 국문의 일반 문제를 연구하고 실제 문자를 규정해, 국문을 사용하기 위한 것이었다.

지석영이 의학교 내 국문 연구소를 설립하자, 이를 위험하게 여긴 일본의 방해가 더욱 심해지고 있었다. 을사늑약 후, 일본인이 주관하는 의학교 개편이 결정되었는데 이에 반발한 의학생들이 총 자퇴를 결정했고, 의학생 4명만이 남게 되었다. 학생 4명만으로는 졸업식을 치를 수 없다고 판단한 지석영과 교수들에 의해 3회 졸업식은 연기될 수밖에 없었다. 이런 난관 속에서 지석영은 의학교에 '국문 연구소'를 창설했고 「신정국문」을 중심으로 해서 조직적인 연구 활동을 시작한 것이다. 그러나 1907년 일제에 의해 의학교는 '대한 의원 의육부'로 개편되었다. 지석영은 의학교 교장에서 사임하고 모든 직을 내려놓으려 했으나, 대한 의원 의육부의 학감으로 다시 임명되어 의학교 행정직 직원으로 남았다. 누구보다도 당당하고 직설적이며 과감했던 성격의 그가 학감 자리에서 묵묵히 국문 연구에 매진했던 것은 조선의 정신이 바로 국문에 있다는 것을 절실히 느낀 이유였을 것이다. 그대로 물러난다면 조선 정부가 주도할 민간 의료 기관은 도저히 설립될 수 없었다. 그는 나라를 잃은 상황에서 국민들의 정신마저 빼앗길 수 없다는 생각으로 연구에 매진해야만 했다. 1906년 '여자교육회'가 설립되었고 지석영은 여자들이 읽을 국문 책을 선정하고 간행하는 등의 여러 방면에서 국문 연구 활동을 해나갔다.

지석영의 국문에 대한 의식은 그의 어린 시절로 거슬러 올라간다. 스승 강위 밑에서 친구 유길준·여규형·정만조 등과 함께 공부할 때였다. 강위는 1869년(고종 6년), '동문자모순해(東文字母分解)'라는 한글에 대한 학설을 세웠다. 이는 초성 16자를 왼쪽 세로줄 밖에 쓰고, 중성 11자를 맨 윗줄에 가로 써넣어서 'ㄱ+ㅏ=가'라는 식을 세운 것이다. 이로써 초성·중성·종성의 합한 소리의 그림표를 만들어 처음 공부하는 이의 학습에 도움이 되게 했다. 이것을 기초로 간행한 것이 지석영·이건창·김윤식·여규형·김홍집 등 20여 명이 참여한 스승 강위의 문집 『고권당집(古權堂集)』이다. 이후, 유길준은 국한문을 혼용하여 『대한문전(大韓文典)』을 저술하기도 했다.

이들과 달리 지석영이 국문에 열정적으로 힘을 쏟은 동기는 훨씬 현실적이었다. 영국 의사들이 편찬한 '제너의 우두법'을 한문 번역본으로 접하게 되었던 것이 그에게는 처음 맞닥뜨린 번역물이었을 것이다. 제너의 우두법을 터득하고, 콜레라와 천연두가 전국적으로 확산될 즈음, 일본인들이 한국어를 배우기 위해 '언어대방(言語大方)'이란 한글 사전을 편찬하였다. 지석영은 그 교정을 보게 되었는데, 그때의 경험으로 국어에 대한 필요성을 절실히 느꼈다. 한글 사전 편찬의 경험으로 갑신정변 이후, 유배지에서 저술한 「신학신설」을 순 국문으로 출간하게 되었던 것이다.

국문 연구소는 훈민정음 창제 당시의 정음청이 설치된 이후로, 한글 연구를 위한 최초의 국가 기관이었다. 위원장은 학무국장 윤치오가 선출되었다. 위원으로는 현은·송기용·장헌식·이종일·유필근·이민응·지석영 등이었고 한글 연구원 주시경은 칙임위원[1]에 위촉되었다.

---

1 칙임위원: 대신의 주청으로 임금이 임명함.

1908년 1월 21일 지석영은 국문 연구소 위원 자격으로 「국문연구안」을 발표했고, 1909년(융희 3년) 6월에 국문 운동의 일환으로 『언문(言文)』을 간행했다. 이 책은 국음(國音) 표기의 한자어(漢字語)를 모은 것이었다. 서문과 범례를 국문으로만 적고 가로쓰기로 출판했으며 한자가 필요한 것은 우측에 따로 썼다.

　　한문에 전력하던 사상을 국문과 상반하여 국한문교작법(國漢文交作法)이 시행되었다. 각종 한문을 국한문으로 번역하여 한자를 약간만 통하면 능히 전편문의(全篇文義)를 해득하니 교육상 제일 편이한 방법이다. 여기에 감념(感念)이 동하야 전국 동포의 언사(言辭)에 한문음으로 행용(行用)한 까닭으로 국어된 것을 약약조사(略略調查)한즉 일만 구천여 귀절이다. 이에… 일권 책자를 편집하여 언문(言文)이라 명칭한다. 하편에는 한자 자의(漢字 字意)를 국문으로 주석(註釋)하였다. 이에 국문만 통하면 무시로 형용하는 국어의 본면목을 가히 투득2할지라….

　　이는 지석영의 『언문』 서문 일부를 옮긴 것이다. 범례에는 「신

---

2 투득(透得): 환하게 깨달음.

정국문」에서 주장한 고저음(高低音)과 장음(長音)에 대해 자세히 언급했다. 『언문』은 가·나·다 순으로 정리했고, 가로쓰기의 215면이 되는 큰 책으로 〈대한매일신보〉에 광고로 실어 대중에게 알려 보급했다.

1909년에는 한자를 국어로 풀이해 집대성한 『자전석요』를 간행했다. 이는 국어의 음과 뜻이 표기된 것으로 한자 해석을 새로운 방법으로 개발한 것이다. 그가 간행한 주석(注釋)으로는 『아학편(兒學編)』이 있다. 이 책은 정약용의 2,000자로 이루어진 『아학편』을 참고했다. 여기에 중국 음과 일본 음, 그리고 소전3과 운목4을 추가시켰다. 또 『훈몽자략(訓蒙字略)』은 최세진의 저술 『훈몽자회(訓蒙字會)』를 참고했다. 『훈몽자회』는 조선 초기 어문학자인 최세진이 1527년에 펴낸 어린아이의 문자 교과서인데, 한자 3,360자를 분류하여 훈민정음으로 음과 뜻을 달아놓은 것이다.

지석영이 저술한 『훈몽자략 지석영 석음』은 한자의 개념과 의미 파악을 위한 책으로 한 면에 10행으로, 1행은 모두 7자로 총 3,104의 한자를 부수와 색인 획순에 따라 정리되었다. 이 책은 16세기에 편찬된 한문 입문서 『신증유합(新增類合)』과 같은 종류

---

3 소전(小篆): 한자의 여덟 가지 필체.
4 운목(韻目): 한시의 운.

의 책이라 할 수 있다. 『신증유합』은 원래 1,512자로 이루어진 기초 한문서였던 『유합』을 선조의 명에 따라 미암 유희춘이 30년 동안 수정과 보완을 거쳐 정리한 책이다. 체계적으로 한문과 국문 서적을 연구했던 지석영의 이런 노력으로 간행된 『훈몽자략 지석영 석음』은 우리나라 근대 국어의 『옥편』과 『한한자전(漢韓字典)』의 효시가 된다.

그 외에도 우리나라 한문 서식의 용례에 맞는 예문을 모아 『척독요람(尺牘要覽)』을 편집하여 편람5하도록 했다. 또한 중국의 '석자'에 대한 서적들을 발췌해서 『석자여의보록』6을 간행했다. 이런 노력과 저술 활동으로 한자와 국문이 일목요연하게 정리되었고, 그의 국한문 연구는 후대 학자들에게 국문을 더욱 집중적으로 연구하게 되는 계기를 마련했다.

내 친구 송촌 지석영은 항상 민중을 깨우치고 세상을 각성시킴으로 필생의 임무를 삼았다. 그가 찬집한 여러 책은 모두 고금을

---

5 편람(便覽): 특정 분야에서 필요한 사항을 간략하게 설명하고 필요한 때에 필요한 항목을 즉시 확인할 수 있도록 한 참고 서적의 일종.
6 『석자여의보록(惜字如意寶錄)』: 고대 중국에서 보배롭고 훌륭한 글자를 신령스럽고 기이한 것이라 여겼던 사람이 신의 도움을 받아 소원을 이루게 되었다는 사례를 모은 책.

참작하여 실제 일에서 옳음을 구하였으니, 사람들에게 좋은 은혜를 줌은 진실로 적지 않다.

위는 지석영의 연구와 업적에 대해 민병석이 평한 글이다. 민병석은 민씨 척족으로 오래전 지석영이 관직에 있을 때부터 막역한 사이였고, 궁내부대신으로 '경술7적'의 전 국민의 분노를 샀던 인물이다. 이를 볼 때, 지석영의 교우 관계와 인맥은 다방면에 걸쳐 있었으며 그의 학문 연구에 대해 학계는 물론 정계에서도 의학자는 물론이요, 국문학자로 높이 인정했던 것이다.

대한 제국의 국문 연구소는 2년 반 동안 운영되다가 1909년부터 활동이 정지되었다. 일제가 정부의 국문 연구 기관을 그냥 둘 리 없는 상황에서 연구 위원들은 꼼짝할 수 없었고, 지석영의 국문 연구 또한 이 시점에서 중단되고 말았다. 이 때문에 연구원들의 활동 보고서「대한국문설(大韓國文說)」은 결국 공포되지 못했고 세상에 빛을 볼 수 없었다.

1909년 9월 1일 본격적인 언론 탄압에 들어간 일본은 〈황성신문〉, 〈대한민보〉, 〈대한신문〉을 폐간했다. 〈대한매일신보〉는 '대한'을 빼고 〈매일신보〉로 제호를 고쳐, 총독부 기관지로 만들었다. 〈매일신보〉는 일제에 충성한 어용지가 되었다. 이로써 신문 14종과 서적 30여 종, 민족정신과 역사 관련 책 5,767권이 압수되어 소각되거나 일본으로 실려 나갔다.

국문 연구소는 1909년 말에 연구 성과를 정리한 「국문 연구 의정안」을 제출했다. 국문의 문자 체계와 그 표기 방법에 대한 근대적 규범을 확정한 것으로, '한글 맞춤법 통일안(1933년)'의 중요한 규범이 모두 여기서 비롯되었으나, 1910년 강제 병합으로 시행되지 못했다. 하지만 주시경이 국문 연구소의 연구 성과를 담은 마지막 결과물로 1910년 4월 15일에 『국어문법』을 발간하였다. 이 책은 일제 강점기 때 '국어'라는 말을 쓰지 못하게 되면서 『조선어 문법』으로 바뀌게 되었고, 국문 연구소의 연구서와 함께 민족정신과 독립 의지를 키우는 정신적 토대가 되었다.

지석영은 1910년(융희 4년) 6월 23일, 순종 황제로부터 팔괘장(八卦狀, 4등)을 받았다. 이는 국한문 연구의 공적으로 받은 훈장이었다. 1902년(광무 6년)에 받은 팔괘장은 고종황제가 우두법 접종에 관한 공으로 수여한 것으로 5등 훈장이었다. 이를 볼 때, 지석영의 공적은 국가가 인정한 의학자이며 국문 연구가였음을 알 수 있다.

지석영은 논객이었고, 사회운동가로 한일 합방 전까지만 해도 적극적인 사회 문화 단체 활동을 했다. 1908년 지석영은 대한 자강회의 회원으로 활동하고 있었다. 대한 자강회는 1906년 3월 발족해 초대 회장은 윤치호였다. 지석영은 평의원 3기 의장으로 의무교육 실시, 악폐의 금지, 단발 시행 및 유색(有色) 복장을 착용할 것을 정부에 건의하기도 하는 등 계몽 운동의 선두에 서 있었다. 대한 자강회는 상실된 국권 회복은 실력 양성에 있다면서 자주적 자강 독립론을 주장한 단체였다. 급진적인 무력 투쟁을 비판하면서, 비폭력에 의한 독립을 위해 점진적인 실력 양성만이 독립의 길이라는 것이다. 그러나 이 단체는 오래가지 못했다. 1907년 고종의 강제 퇴위로 순종 즉위를 반대하는 운동을 이어가자 통감부가 이완용 총리대신에게 지시를 내려 1908년 8월 21일 대한 자강회를 강제 해산시켰다.

대한 자강회의 반대편에 있는 대동 학회는 이완용이 설립한 친일 유교 단체였다. 1907년 신기선 등 전직 관리들을 동원해 만든 이 학회는 통감부와 친일 내각의 지원을 받았기 때문에 '둘째 일진회'라고 손가락질 당하면서 국민들의 비난을 받았다. 이에 단재 신채호는 〈대한매일신보〉에「일본의 충노(忠奴) 세 사람」이라는 논설을 실어 이토 히로부미의 돈 1만 환을 받아 세운 이완용의 '대동 학회'를 강하게 비판했다.

1907년 지석영이 참여한 기업 '대한 철도 회사'의 대표 박기종이 68세를 일기로 세상을 떠났다. 박기종은 정계 실력자 지석영·이하영·이인영 등의 세력을 규합하여 1899년 대한 철도 회사를 설립했다. 대한 철도 회사는 서울~원산, 원산~경흥을 잇는 경원선과 함경선 부설권을 확보한 뒤, 프랑스의 철도 회사가 착공을 미루고 있었던 경의선 부설권을 가져왔다. 박기종은 철저하게 민족 자본을 고집하면서 외국 자본을 거부했다. 따라서 특허 기간인 1년이 지나도록 자금 문제로 착공하지 못하자, 경의선과 경원선 부설권이 황실 궁내부로 넘어갔다. 그 후, 1902년에는 삼랑진과 마산을 연결하는 삼마 철도 부설권도 확보했다. 이 역시 일본의 집요한 방해와 자금 부족으로 일본의 철도 회사에 부설권을 넘길 수밖에 없었다. 일본은 1904년 러일 전쟁 때, 한국 내 모든 간선 철도를 군사 철도로 부설했다. 이로써 대한 철도 회사의 부설권과 운영권이 모두 일제로 넘어가게 되었다. 박기종은 1차 수신사 김기수 일행에서 통역을 맡은 후, 관직에 나왔고, 1895년에 개성학교(현 부산 상업 고등학교)의 설립자이기도 했다. 박기종의 사후, 지석영은 대한 철도 회사의 흥망성쇠를 경험하면서 그 어느 때보다도 국력이 강해야 한다는 것을 절실히 느꼈을 것이다. 자본과 기술이 있어도, 국가의 힘이 없으면 모든 것을 빼앗기게 되는 현실이었다. 이는 1907년 의학교를 일제에 넘기면서 통절하게 느꼈을 것이다. 지석영은 거의 동시에 대한 철도 회사가 경영권을 잃게 된 경험을 한 셈이다. 박기종의 죽음을 보면서 지석영은 일제의 막강한 힘을 두렵게 여겼을지 모른다. 대한 철도 회사는 일제가 내세운 '식민지 시혜론'을 거부한 철도 기업이었다. 박기종은 젊은 시절 어업으로 축적했던 전 재산을 철도 부설에 쏟아부었으나 역부족이었음을 깨달았고 자본만으로는 철도 부설도, 애국도 할 수 없다는 절망으로 내몰렸다.

이 시기 지석영은 국채 보상 연합 회의소 부소장으로도 활동했다. 국채 보상 운동은 1907년 대구에서 시작되어 거대한 민중 운동으로 확산되었다. 1905년 6월부터 일본은 높은 금리의 차관을 강제로 들여오도록 했고 대한 제국의 국채는 1,300만 원이었다. 당시 1,300만 원은 대한 제국 국가 예산과 거의 같은 금액이었다. 통감부가 한국 경제를 파탄 내기 위해 도로와 학교·병원 등 사회 기반 시설 공사를 명분으로 세운 차관 때문에, 차관의 사용도 통감부에 권한이 있었고, 대한 제국 정부는 무력한 상태였다. 대구의 기업가 서상돈이 "국채 1,300만 원을 갚지 못하면 장차 토지라도 내놓아야 하므로 이천만 동포가 담배를 석 달만 끊고 그 대금으로 국채를 보상하자."고 처음으로 주장했다. 이로써 국민 대회가 열렸고 모금 활동이 시작된 것이다. 지석영은 담배를 끊어야 하는 이유와 금연으로 절약한 돈으로 나랏빚을 갚자는 '흡연의 해(害)'라는 제목의 강연을 하였다. 이 시기에 지석영의 사회단체 활동은 어느 누가 보아도 반일 운동이었고, 통감부에 항거하는 것이었다.

국채 보상 운동이 일어나자 고종부터 담배를 끊었고, 〈대한매일신보〉, 〈황성신문〉 등이 주도적으로 이를 보도하면서 지도급 인사들과 학생·군인 등이 성금을 내놓고, 부녀자들이 금가락지와 비녀 등을 내놓으면서 신문사에는 연일 성금이 들어왔다. 위기를 느낀 통감부는 신문 탄압에 들어갔다. 1909년 11월 '국채 보상금 처리회'가 결성되었는데, 이 사이에 한국의 국채는 눈덩이처럼 불어나 4,400만 원을 넘어서고야 말았다. 일제는 강제 병합 후, 1910년 12월 12일 〈대한매일신보〉의 대표 양기탁을 성금 횡령 혐의로 체포하면서 성금을 모두 압수했다. 이로써 대한 제국 국민들이 스스로 힘을 모은 경제적 구국 운동은 일제에 의해 좌절되고 말았다.

지석영은 대한 자강 협회가 해산되자 곧 '기호 흥학회'에서 부회장으로 활동하게 된다. 기호 흥학회는 애국 계몽 단체로 1908년 1월에 이용직·지석영·정영택 등 경기도 및 충청도의 기호 지방(畿湖地方) 인사 105인이 발기·설립하여 매달『기호 흥학회 월보』를 발간하였다. 발행인은 김규동으로 편집인은 이해조가 맡았고, 창간호에 의친왕의 친필 '함여유신(咸與維新)'을 실었다. 이 회보는 1909년 7월까지 월간·국판으로 통권 12호를 발간했으나, 내용이 국권 회복에 관계된다고 하여 여러 번 압수되었다가 1910년 9월 일본에 의해 강제 해산되고 말았다. 을사늑약 후, 애국 계몽 운동자들은 국권을 회복할 수 있는 길은 오직 교육을 진흥시키고 산업을 발달시키는 데 있다는 것에 뜻을 모았다. 교육 진흥 사업의 체계 있는 지역적 추진을 위해 각 지역별로 여러 단체가 설립되었는데 기호 흥학회는 그중 하나로서, 서우 학회·한북 흥학회·호남 학회에 이어 설립되었던 단체였다. 2개월 뒤에는 교남 교육회·관동 학회가 설립되었는데 이 단체들은 표면상으로는 교육 사업을 내세웠지만, 근본 목적은 자주독립과 애국 사상의 고취에 있었다.

　이런 사회단체의 활동으로 본다면 지석영의 개화사상은 친일이 아닌, 자주적이며 자강의 국권 회복과 독립에 대한 염원으로 점철되고 있었다는 것을 알 수 있다. 그는 망국으로 향하는 시기에도 변함없이 민중의 계몽과 나라의 근대화를 위해 끝까지 노력했던 것으로 보인다.

8. 감염병의 대유행과 대한 제국 의사들

　대한 제국의 멸망이 목전에 있었던 1909년에 다시 감염병 괴질이 유행하기 시작했다. 7월 말에 콜레라가 부산과 청주에서 발생하여, 8월 중순에는 인천과 신의주로 확산되었고, 9월 초에는 서울까지 올라왔다. 사람들은 공포에 싸였고, 학교는 휴교에 들어갔으며 각종 토목 공사도 모두 중단되었고 시전도 문을 닫았다. 통감부에도 의사를 비롯해 직원·친위대 군인·일본인 순사·학생 등 가릴 것 없이 콜레라로 쓰러졌다. 9월 26일까지 전국에서 환자 872명이 발생했고 503명이 사망했다. 이때 총리대신 이완용의 처신이 가관이었다. 국민들의 손가락질을 받고 있었던 그가 거액을 들여 새집을 마련했으나 콜레라가 무서워 이사를 미루다가, 결국 무당을 불러 굿판을 벌였다.(대한매일신보, 1909년 10월 5일) 이런 예를 보더라도 이완용은 권력과 재물에만 집착했던 전근대적인 인물이었다.
　10월에 들어서자 콜레라 환자는 크게 줄었고, 12월경에는 흔적도 없이 사라졌다. 1909년 7~12월 콜레라 감염자는 1,514명, 그중 사망자는 1,262명이었다. 이는 통감부의 강압적 방역 조치와 국민들의 높아진 의생 수준 때문이었다. 당시 정부 차원에서 의학교와 함께 『호열자예방주의서』를 발간하여 보급하면서 보건 위생 사업을 펼친 덕분이었다. 이 시기에 의사 김익남·유병필·김필순 등의 개화 지식인 의사들이 국민 방역에 팔을 걷고 나섰다. 이들이 호열자를 단시일에 극복하게 만든 공로자들이었다. 의사 김익남은 1895년에 일본으로 건너가 의학을 전공한 관비 유학생이었다. 1899년 동경 자혜 의원 의학교를 졸업한 후, 대한 제국이 설립한 관립 의학교의 유일한 한국인 의사였고 교관이었는데, 1904년에 육군 3등 군의장으로 소령에 임명되었던 이력이 있다.

의학교 출신 의사들은 1908년 11월 15일 일본인 의사단체에 맞서기 위해 조선인 의사들의 '의사 연구회'를 창립했다. 의학교 교수였던 김익남·안상호와 의학교 졸업생인 유병필·최국현·장기무 등이 의사 연구회를 주도했다. 이들은 급변하는 국내외 시국에 관해 의견을 나눴으며, 최신 의학 지식을 교환하면서 전염병에 대한 방역 대책과 활동을 이어갔다. 1909년 4월에는 임원회의 결의를 통해 의사법을 제정·반포해 줄 것을 정부에 건의하기도 했다.

1909년 콜레라가 유행할 시기에 정부가 세운 관립 의학교는 이미 일본인 관제의 '대한 의원 교육부'로 명칭을 바꾼 뒤였다.

'대한 의원 교육부'는 12월 27일에 개편되면서부터 한국인 교수로는 유세환·유병필·최규익이 있었다. 이들이 감염병을 위해 큰 활약을 한 것이다. 그러나 조선인 의사들의 의사연구회는 1910년 8월 29일 일제에 의해 강제 해산되었다.

무릇 인생의 우환으로는 질병보다 혹독한 것이 없는데, 종래 조선의 의술은 아직 유치한 정도를 벗어나지 못하므로 병고를 구하여 천수를 완전히 하기에 충분치 않다. 이를 가장 통한하게 여겼던 바 지난번 경성에 중앙 의원(구 대한 의원)을 열고 또 전주·청주·함흥에 자혜 의원을 설립한 이래 중서(衆庶) 중 그 은파(恩波)를 입는 자가 매우 많다. 비록 아직 전국에 보급되지 않은 것은 유감이지만, 이미 명령을 내려 다시 각 도에 자혜 의원을 증설하여 명의를 설치하고 양약을 구비하여 널리 기사회생의 인술을 받게 할 것이다.

윗글은 경술국치일인 1910년 8월 29일 데라우치 총독의 포고문의 내용이다. 이는 일제의 억지에 불과했다. 일제는 조선의 '의사 연구회'를 강제 해산시킨 날, 이 글을 선포했다. 일제는 지방 각처에 선심을 쓰듯 자혜 의원을 세워 민중에게 의료 혜택을 활용한다고 했으나, 가난한 조선인은 근대적 병원을 거의 이용할 수 없었다. 따라서 자혜 의원은 일제의 식민지 정책을 정당화하는 데 가장 중요한 시설일 뿐, 조선인은 병원 치료에서 소외될 수밖에 없었다.

이 시기에 전염병은 전국에서 급성으로 발발하곤 했다. 근대 의학을 공부한 의사들은 병마로 시달리는 백성을 위해 활동을 계속했다. 지석영이 유배지에서 돌아와 간곡하게 상소했던 의학교 설립이 근대 지식인 의사들이 탄생한 곳이었다. 조선 최초의 근대 의학교에서 공부한 의사들은 1919년에 콜레라 재유행 시기에도 커다란 활약을 하면서 국민들의 목숨을 구한 애국지사들이었다. 이들 이전에 최초의 의학박사는 서재필이었다. 그러나 그는 이완용에 의해 축출당해 미국으로 돌아갔다. 그 뒤를 이은 의사들은 1911년 세브란스 의학교(전 제중원) 졸업생으로 독립운동가가 된 이태준이 있고, 이재명과 함께 이완용 암살사건에 가담했던 오복원·김용문 등이 있다.

지석영이 의학교 교장으로 활동했던 당시부터 1908년까지 의학교 졸업생은 총 54명이었다. 제1회 졸업생은 1902년(광무 6년)에 19명, 제2회는 1904년(광무 8년)에 13명, 제3회는 1905년(광무 9년)에 4명으로, 모두 36명이 의사로 활동할 수 있었다. 뒤이어 제4회 졸업생은 1908년(융희 2년)에 13명, 1909년(융희 3년)에 5명이었다. 한일 합방은 지석영의 인생에서 모든 활동을 중단하도록 만든 절망의 시기였다고 볼 수 있다. 항일 운동을 하지도 않았고, 해외로 이주하지도 않았으나 백련암에 암자를 마련하여 은둔했기 때문에 이 시기의 지석영에 대한 기록은 전혀 찾을 수 없다.

1910년 만주에서 페페스트가 유행하여 중국 동부 지역에서 6만 명 이상의 사상자를 내면서 대한 제국으로 이동·상륙했다. 이때 페페스트는 위협적으로 확산되기 시작하면서 유행병으로 돌았다. 감염성 질환인 두창·콜레라·장티푸스·발진티푸스·적리(이질)·디프테리아·말라리아나 기생충병 등은 여전히 국민들을 괴롭히고 있었고, 성병·결핵·한센병 등의 만성 전염병 또한 민간에 돌고 있었다. 이중 한센병의 경우, 개항 이후에 문제시된 이유는 선교사들에 의해 다시 발견되었기 때문이었다. 그러나 이 모두 통계로 잡히지 않아 정확한 자료가 없었다.

개항 이후, 급성 전염병의 발발은 불가피한 것이었다. 도로 정비·철도 부설 등으로 교통이 발달하면서 무역이 증대했으며, 인구 이동과 한 지역에 인구 밀집으로 감염이 확산되었기 때문이었다. 그러나 정부 차원에서의 검역과 예방 접종은 미미하기만 했다. 한일 합방 후, 일제는 공중 보건 사업을 위해 시설 기반을 마련하지 않았고, 강압적인 단속만 되풀이했을 뿐이었다. 이질이나 장티푸스 같은 전염병의 예방에는 상하수도 설비가 필수였고, 시간적·재정적 투자가 지속적으로 이어져야 했다. 그러나 일제 경찰의 단속은 지나치게 강압적이었고, 방역 활동은 예방보다는 환자들 격리와 단속에 있었기 때문에 조선인들의 분노만 살 뿐이었다.

9. 한국인의 대대적인 이민이 시작되다

    1909년 9월 4일 일본은 청나라와 '간도 협약'과 '만주 5 안건에 관한 협약'을 체결했다. 을사늑약으로 조선의 외교권을 빼앗은 일본은 간도 협약을 체결함으로써 조선의 영토 간도를 청나라에 넘겼다. 청나라와 조선은 1712년 '서쪽은 압록으로, 동쪽은 토문으로(西爲鴨綠, 東爲土門)'라는 경계비를 간도에 세웠다. 그러나 19세기 말에 와서 청나라는 토문강을 두만강이라 억지를 쓰기 시작하면서 조선과 영토 갈등이 깊어지고 있었다. 간도에 눈독을 들이던 청나라는 1909년 일본과 맺은 '간도 협약'으로 조선의 영토 간도를 얻어냈다. 그 대신, 일본에게 남만주 철도 부설권과 탄광 채굴권을 넘기고서 '간도 협약'을 조인했다. 청나라는 예로부터 조선을 속국으로 여겨 조공을 받아냈고, 근대에 이르러서는 식민지로 만들려는 계책을 세웠으나, 전쟁에 지면서 결국 조선을 일본의 손에 빼앗긴 셈이 되었다. 이를 볼 때, 조선의 고종이 의지한 청나라의 정체는 호시탐탐 먹이를 노리는 맹수와 같았다. 이처럼 청나라는 조선에 악영향을 끼친 후, 일본과 이익을 맞교환하듯, 간도 땅을 기어이 손아귀에 넣었던 것이다.

일본 역시 청나라와 마찬가지로 간도 땅을 노렸다. 조선의 영토 점령을 위해 치밀하게 계획을 세운 일본의 야욕은 간도 땅까지 뻗쳐있었는데, 1906년 3월 29일 조선 주둔군 참모부가 육군성에 제출한 「간도에 관한 조사개요」에 그 야욕이 노골적으로 드러나 있다.

> 간도는 함북에서 길림에 이르는 도로의 요충에 해당하며 물자가 풍부하다. 만약 우리가 공격을 취해 함북에서 길림 방향으로 진출하려고 하면, 우선 간도를 점령하지 않으면 안 된다.

이로써 엉터리 국경이 세워졌고, 간도를 개척한 약 10만 명의 한국인들은 자기 땅을 빼앗겼다.

1909년 7월 27일 〈대한매일신보〉는 '북도 지방에 있는 의병들은 근일에 다수히 북간도로 건너간다더라'라는 짤막한 기사를 실었다. 이는 한국의 의병들이 1909년 국내에서 100여 차례에 걸쳐 일본군과 교전을 벌였으나, 일본의 '남한 대토벌 작전'에 밀려나 만주나 연해주로 옮겨 간 것을 말한 것이다. 이 중에서 제천·영월의 유인석 장군이 서간도에서 맹활약을 했고, 춘천의 이소응 의병장도 서간도로 건너가 유인석 장군의 부대에 합류했다.

1910년 한일 합방 후에, 간도는 일본 경찰이 활개를 치고 다

녔고, 망명한 한국인들은 간도를 독립운동의 기지로 만들었다. 나라를 잃고 간도로 떠난 한국인들은 황무지였던 간도를 기름진 농토로 만들었고, 학교를 세우면서 새롭게 정착하게 되었다.

연해주 지역은 러시아가 청나라의 연해주 소유권을 빼앗은 1858년 이후부터 개발을 시작했다. 러시아는 자국민의 이주를 적극적으로 지원하면서 연해주 이주를 도왔는데 이때, 자기 땅이 없는 조선인들이 연해주로 이주했다. 자연재해와 전염병과 가뭄이 겹쳐 고향을 떠난 가난한 농민들이 대부분이었고, 일제의 핍박을 피하고자 타국으로 이주하게 된 의병들도 많았다. 홍범도 장군의 부대는 1908년 이후, 국내 활동을 접고 연해주에서 의병을 조직해 항일 투쟁을 계속하게 되었다. 이에 부응해 한국인들은 1912년 권업회를 조직하면서 민족 교육과 계몽에 힘썼으며, 1914년에 연해주에서 대한 광복군 정부를 조직했다. 이들의 조직은 일본의 요청을 받은 러시아 차르 정부의 탄압으로 해산되었다. 그러나 러시아 혁명 후에는 독립운동가 이동휘 장군이 중심이 되어 1919년에 '대한 국민 의회'를 세웠다.

일본의 속임수로 태평양을 넘어 이민을 떠난 경우도 허다했다. 1903~1905년에는 7,000명 이상이 하와이로 이주해서 사탕수수 농장에서 일했다. 이들 중에서 1,037명은 1903~1907년에 미국 본토로 건너갔다. 멕시코의 한인들은 1905년 일본 대륙 식민 합자 회사가 모집한 1,033명이었다. 이들이 애니깽(용설란) 농장에서 노예가 되었던 실상이 신문에 실려 알려지게 되었다. "일을 하다가 주인 마음에 들지 않으면 매를 맞고, 곤란한 것을 견디내지 못하여 도망하다가 경무청에 잡히어 갇힌 자가 많고, 잡히면 볼기가 25개요, 두 번 도망하다가 잡히면 볼기가 50개라, 심지어 처자를 버리고 달아난 자도 있고 나무에 목을 매어 죽은 자도 있다."(대한매일신보, 1907년 9월 17일)

일본인의 간계에 빠진 동포들의 참상이 미주 한인 사회의 언론과 '대한 국민회 본부(1909년)'의 적극적인 활동으로 뒤늦게 알려졌다. 멕시코 농장에서 일했던 한인들은 4년의 계약이 끝나자 1909년 5월에 유카탄주 일대에 정착하기도 했다. 이들은 한국의 독립을 위해 모금 운동을 시작했고 한글 학교를 세워 민족정신의 뿌리를 이민의 땅에 심었다.

제6장 식민의 시대를 살다

1. 안중근, 이토 히로부미, 지석영

　독립운동가 안중근은 1907년 고종 퇴위와 군대해산 후에 블라디보스토크로 떠났다. 연해주에서 이범윤의 의병 부대 참모 중장으로 활동했으나 일본군 포로를 국제법에 의해 풀어준 후, 기습을 받아 일본군과의 전투에서 참패당했다. 1909년 3월 2일 안중근은 12명의 동지와 함께 '단지 동맹(斷指同盟)'를 결성하면서 안중근과 엄인섭은 이토 히로부미를 처단하고, 김태훈은 이완용의 암살을 하기로 손가락을 잘라 맹세했다. 만일 3년 이내에 이를 성사하지 못하면 자살하기로 약속했다.

　1909년 10월 이토는 만주 대륙 진출을 위해 하얼빈 여행길에 올랐다. 그에 앞서 이토가 죽기 전에 했던 일은 대한 제국의 영친왕과 유람 여행을 떠난 것이다. 1909년 7월 26일 이토는 천황으로부터 대한 제국의 인질 영친왕의 '브육 총재'로 임명되었다. 이토는 한국의 민심을 속이려고 열두 살의 이왕 세자(李王世子, 영친왕 이은)와 함께 8월 1일부터 북해도 지방 유람에 나선 것이다. 이는 한국 국민의 정서를 배려하고 있다는 모습을 보여주려는 데에 불과했다. 그들이 유람 여행 때 찍은 사진은 더없이 다정해

보였다. 이토는 영친왕의 보호자 역할로 북해도의 각지를 돌고 8월 23일에 일본으로 돌아왔던 것이다. 이 또한 한일 합방을 위한 수순이었다.

안중근은 신문에서 이토가 사흘 뒤인 10월 26일 아침, 하얼빈에 도착한다는 사실을 알게 되었고 우덕순·조도선·유동하와 함께 이토를 저격하기로 모의했다.

1909년 10월 26일 이토를 태운 열차가 하얼빈에 도착했다. 이토는 러시아의 코코프체프와 약 25분간의 열차 회담을 마친 후, 러시아 장교단을 사열하고 발길을 옮겼다. 이때, 귀를 찢는 총소리가 들렸다. 안중근이 이토를 향해 총을 연속으로 쏘았고, 이토를 향한 3발이 모두 명중했다. 1909년 10월 26일 오전 9시 반이었다. 이토는 총을 맞은 지 30분 후 오전 10시에 절명했다.

안중근의 이토 저격 사건은 대한 제국 정국을 혼란에 빠뜨렸다. 인천항의 연회에 참석하고 있었던 이완용은 황급히 서울로 돌아와 조전을 보냈다. 이토의 시신이 하얼빈에서 다롄항을 통해 도쿄로 옮겨질 예정이었기 때문이었다. 이완용은 순종의 칙사 윤덕영, 고종의 칙사 조민희, 통감부 고위 관료들, 한성 부민 대표 유길준과 함께 조문단을 꾸려 다롄항에 도착했다. 이완용 일행은 일본인들의 분노 때문에 배에서 내릴 수 없었고, 해상에 정박해 있던 아키츠마호에 승선해서 조의를 표하는 데 그쳤다.

이완용은 조선으로 돌아와 이토의 추므식을 대대적으로 거행했다. 3일간 전국에 음악 연주를 금지했고, 장충단에 이토 영정을 설치했으며 12월 12일, '한자 통일회'[1] 주최로 추도 행사를 열었다. 이 추도식은 동대문 밖 영도사에서 치렀는데, 한성 부민 회장(현 서울 시장) 유길준이 이토 히로부미의 약사(略史)를 읽었고, 이완용은 위로문을 읽었으며, 지석영은 추도문을 낭독했다. 당시 지석영은 '대한 의원'의 행정직 학성감으로 재직하던 중이었고, 국문 연구소 위원으로 활동하고 있었다. 게다가 이토 장례식이 있던 5일 전, 12월 7일에 '한자 통일회' 부회장으로 선임되었다. 지석영은 이토의 추도식에서 자신에게 주어진 역할을 거절할 명분이 없었다. 어떤 자료에는 지석영이 의학교장 자격으로 추도문을 낭독했다, 라는 기록이 있다. 그러나 그는 한자 통일회의 일본인 회장 대신, 한국의 부회장 자격으로 추도문을 읽어야만 했을 것이다. 지석영은 이때 어떤 심정이었을까. 1906년 을사늑약의 치욕을 못 견디고 자결한 민영환의 추도식에서도 추도

---

[1] 한자 통일회: 일·한·청(日·韓·淸)의 한자를 통일해 문명을 이룬다는 목적으로 설립된 단체로 일본에 본부를 두었고 회장은 일본인이었다.

문을 낭독했던 지석영은 이럴 수도, 저럴 수도 없는 상황에 봉착해 있었다. 절체절명 선택의 순간, 그가 총리대신 이완용이 내린 결정을 거절할 수 있었을까. 이완용으로서도 합리적이고도 당연한 자리에 지석영을 내세운 것이었고, 유길준 또한 지석영과 막역한 관계였다. 강직하면서도 불의를 참지 못했던 예전의 자신으로 다시 돌아갈 수 없는 식민의 시대, 그는 참혹했을 것이다. 추도사를 읽으면서 참담한 심정이었을 것이다. 12월의 맹추위에 지석영이 단상에 올라 이토의 추도문을 읽는 광경이 저절로 그려진다. 그는 이때, 어떤 선택도 용납되지 않는 상황에 놓여 있었다. 거부할 수 없는 자리에서 그 어떤 것도 선택할 수 없는 자의 고통. 그것은 나라를 빼앗긴 국민의 슬픔이고, 국민의 교육과 계몽에 앞장섰던 힘없는 지식인의 비통함이었으리라.

지석영과 이완용과 유길준의 관계는 필요시에 긴밀하게 얽히다가, 거의 데면데면한 사이가 되었다가, 정치적으로 필요시에 얽히게 되는 상황이 되곤 했다. 그때마다 어김없이 지석영이 불이익을 당했다. 이들의 모호하면서도 모순된 관계는 한일 합방을 기점으로 분명하게 갈라서게 된 듯했다. 이완용은 망국에 앞장선 친일파 매국노였고, 유길준은 친일파였으나 나라의 자존심과 지식인으로서의 양심을 버리지 않았다. 지석영 또한 친일파였으나 그의 친일은 종두법 보급과 근대 의학·의생들 교육에 있었다.

후일에 이토 추도문 낭독 사건으로 인해 지석영은 오욕의 시간을 되새기면서 지내야만 했다. 역사는 그를 어떻게 평가하고 있을까. 이토의 추도문 낭독이 지석영에게 주어졌을 때, 고통스러웠을 것이다. 이토를 처단한 안중근 의사의 소식을 들으며 누구보다도 기뻐했을 그가, 하필이면 이토의 추도문을 작성하고 국민들 앞에 서서 낭독해야 했다. 울분으로 뜨겁게 타오르는 불길을 다스릴 수 없다면, 이 민족의 미래는 없다. 이 제안을 거절하고 영영 매장되어야 하는 것이 옳은가. 추도문을 읽고, 조용히 지친 풀처럼 누워서 때를 기다려야 하는가. 이제 선택은 없다. 살아남아, 끝까지 살아서 가난과 슬픔에 허덕이는 국민들과 함께 이 조선 땅에서 살아가야 하는 것이 옳다. 지석영의 내면에 출렁이는 것은 아마 이런 심정이지 않았을까. 그가 어찌, 안중근 의사의 결단을 모를 것인가. 후일, 추도식에 임한 그의 행적은 한 줄의 기록으로 남았다. '지석영은 이토 히로부미의 장례식에서 추도문을 낭독했다.' 과연 이 한 구절로 의학자 지석영의 고독한 생애와 빛나는 업적을 모두 부정해야만 하는 것일까.

이 일로 인해 지석영은 평생 따라다니는 불명예, '개화'라는 의미가 지워진 '친일파'라는 오명을 지울 수 없게 되었다. 이토의 장례식에서 행한 그의 행위는 지금까지 '지석영'이라는 이름을 욕되게 하면서, 빛나는 공적과 아름다운 삶을 모조리 어둠 속으로 보내

버렸다. 우리나라 개항기에 우두법을 실행하면서 수많은 생명을 구한 공적에도 불구하고 오늘날까지 그의 이름은 묻혀 있다. 개화파였으며, 비폭력 독립운동과 애국·계몽으로 끝까지 자신의 소임을 다하였던 그는, 일각에서는 극우 친일파라고 말한다. 우두 접종의 빛나는 업적을 부정 당하게 되었던 것은, 단 하나의 실수 아닌 선택 때문이었다. 이토의 장례식에서 추도문을 거절하지 못했던 그는 그때, 또 한 번 죽었을 것이다. 이처럼 한 사람의 불가피한 선택은 후세 사람들에게 생각거리를 남겨주게 된다. 왜 그럴 수밖에 없었나. 과연 친일이란 무엇인가. 그 시기에 지석영이 행했던 공적을 모조리 외면하고, 친일파라고만 단죄할 수 있을 것인가.

대부분의 친일파는 나라를 팔아 부와 권력을 누렸으나, 지석영은 평생 청빈의 삶을 살면서 어린아이를 위한 의료에 종사했다. 비교할 수 없는 비교는 역사 속에서 기록으로만 남게 된다. 독립을 위해 모든 것을 희생했던 의사들과 열사들의 삶은 그래서 더욱 위대하고 고귀하다. 그들의 삶은 독립 정신과 애국적 희생으로 역사 속에서 영원히 빛난다. 그러나 그렇지 않은 어떤 삶은 자신에 대해 한마디도 변명하지 않았기 때문에, 부끄러운 이름으로 매도당하게 된다. 결코 의도하지 않았던 그 시간의 선택은 지석영의 부정적인 행위의 기록으로 남고 말았다. 참으로 안타까운 결과가 아닐 수 없다.

2. 한일 합방으로 친일파가 득세하다

1910년 8월 22일 창덕궁과 경운궁 부근에 2,600명의 일본군 헌병들이 늘어서 있었다. 이완용과 데라우치 통감은 8월 16일부터 병합 협상에 들어가 18일 내각 회의에서 조약 내용과 절차를 확정 지었고, 기밀이 누설될 것을 우려해 당일 오전 10시에 어전 회의 안건을 통고했다. 순종은 "대세가 정해진 이상 속히 실행하라."면서 당일 오후 1시에 어전 회의를 열겠다는 명을 내렸다. 오후 4시 총리대신 이완용은 준비된 조약문에 서명했다.

조약의 공포는 8월 29일로 정했다. 그러나 순종이 서명을 거부하자 데라우치는 어새만 찍은 채 조칙문을 공포했다. 현재 남아있는 조칙문에는 어새(御璽)가 찍혔지만, 황제의 서명은 없다. 합병 조약은 형식적으로 무효였고, '경술국치'라는 이 문서에 도장을 찍은 대신들은 '경술7적'으로 불린다. 총리대신 이완용·내부대신 박제순·탁지부대신 고영희·농상공부대신 조중응·궁내부대신 민병석·시종원경 윤덕영·중추원 의장 김윤식이다.

한국 황제 폐하와 일본국 황제 폐하는 양국 간의 특수하고도 친밀한 관계를 회고하여 상호 행복을 증진하며 동양의 평화를 영구히 확보코자 하는 바이다. 이 목적을 달성하기 위해서는 한국을 일본 제국에 합병함만 같지 못한 것을 확신하여 이에 양국 간에 합병 조약을 체결하기로 한다. 일본국 황제 폐하는 통감 자작 데라우치 마사다케를, 한국 황제 폐하는 내각 총리대신 이완용을 각각 전권 위원으로 임명한다. 이 전권 위원은 회동 협의한 후 좌의 제조를 협정한다.

　　　　　　　　　　　통감 자작 데라우치 마사다케

대한 제국, 조선 왕조는 27대 519년을 끝으로 멸망했다. 일본은 조약 공포와 동시에 '대한(大韓)'이라는 국호를 없애고 조선 총독부 초대 총독에 데라우치를 임명했다.

일제는 태황제 고종에게 이태왕(李太王), 황제 순종에게는 이왕(李王)이라는 일본의 작위를 주었고, 대한 제국 황실은 이왕가(李王家)로 격하되었다. 이로써 궁내부도 이왕직(李王職)으로 바뀌었다. 이는 일본 천황가의 왕실 봉작제의 일원이 되었다는 것으로, '태왕'과 '왕'의 작위를 받은 고종과 순종은 일본 천황의 먼 황족이 된 셈이다.

8월 29일, 순종 황제는 한국이 일본에 합병되었음을 알렸다.

이날부터 태극기는 물론이고, 대한 제국의 국호 사용 금지와 이와 관련 있는 명칭이 금지되었다. 이때, 뜻있는 인사들은 자신의 관직에서 물러났다.

지석영도 모든 관직에서 물러났다. 순종 황제는 그의 공적을 치하하는 뜻으로 훈5등을 특서했다. 이후 11월에 지석영은 일본 동인회(同仁會) 회장 오쿠마 시게노부 백작으로부터 청보성휘장(青寶星徽章)을 받았다. '동인회'는 일본이 조선에 진출했을 때, 1904년 설립된 단체로 통감부의 의료정책을 지원한 단체였다. 지석영은 동인회의 지원 정책에 힘입어 의학교 교장으로서 학교 운영에 성심껏 임하였고 교수진의 보강과 의생들의 교육을 위해 열정을 바쳤다. 그는 1907년 3월까지 의학교 교장과 함께 동인회의 고문으로 추대되어 활동했는데, 이는 교장으로서의 지석영이 재정난에 빠진 정부로부터 전혀 지원을 받지 못했다는 것을 단적으로 보여 준다. 의학교 설립을 반대한 당시에도 재정 문제가 거론되었으니, 을사늑약 이후에 정부의 재정은 최악의 상황이지 않았겠는가. 학교 건물 유지는 물론, 교수진 월급과 의료 기기 구입·유지, 각종 교재는 물론 의생들의 기숙 시설이나 복지에도 막대한 자금이 필요할 수밖에 없었다. 의학교를 설립한 교장으로서 지석영의 고충은 일본 '동인회'의 자금 지원을 받아들이지 않을 수 없었다. 이는 그가 일본을 거부할 수 없는 가장 중요한 이유였고, 국내 친일파들과의 친분 또한 불가피했던 일이었다.

일본은 대한 제국 고위 관료들에게 귀족 작위를 내렸다. 이때 작위를 받은 사람은 모두 76명이었다. 순종은 한일 합방에 공을 세운 이들에게 작위와 함께 은사금을 내렸다. 그중 김석진은 작위 수여를 거부하고 자결했고, 대원군 사위 조정구는 자살에 실패한 후, 승려가 되었다. 을사조약 체결에 반대한 한규설·민영달 등 5명은 작위를 거절했다. 유길준 또한 데라우치 총독에게 평민으로 여생을 살게 해달라는 편지를 보낸 후, 작위를 반납했다. 이로써 작위를 받은 사람은 모두 68명이었다. 일제는 조선 귀족들을 식민 통치에 순응한 조선인의 모범으로 삼으려 했다. 또한 이들을 이용하여 내선일체와 황국 신민화를 위해 다양한 실천과 활동을 요구받았다. 이들과 달리 고종의 양위 이후, 연해주에서 의병 부대를 조직하는 등 항일 활동을 펼쳤던 이범진은 경술국치 다음 해 1911년, 자결했다. 그는 매국노 이완용과 전혀 다른 길을 선택하여 해외에서 활동하다가 귀국하지 못한 채, 애국자의 이름으로 스스로 세상을 마쳤다.

1910년 12월 22일 오전 10시 이완용은 독립운동가 이재명이 휘두른 칼에 어깨와 허리를 맞고 쓰러졌다. 종현 성당에서 열린

벨기에 황제 레오폴드 2세의 추도식에 참석하고 돌아오던 길이었다. 그 길로 인력거꾼은 사망했고, 이완용은 수술을 받았다. 상처는 매우 깊었으나 목숨은 건질 수 있었다. 이 사건으로 지석영은 이재명 의사와 연루되었다는 혐의를 받고 체포·구속되었다가 무혐의로 간신히 석방되었다. 이완용은 일이 터질 때마다 지석영을 맨 먼저 구속시키곤 했다. 자신의 길을 묵묵히 가고 있는, 정계와 타협하지 않는 지석영은 이완용으로서는 도무지 속을 알 수 없는 사람이었다. 의학교 교장으로서, 또한 국문학자로서 연구에 몰두하면서, 정치와는 무관한 것 같은 지석영은, 이완용으로서는 눈엣가시였고 배제하고 싶은 대상이었다. 정치적 숙적이었던 이범진을 제거하고 해외로 보내버린 이완용이 왜 지석영을 근거리에 두고 일이 터질 때마다 불러들였을까. 또는 사건이 터질 때마다 과중한 체포령을 내리면서까지 안달했을까. 지석영은 이완용의 처사에 신경을 쓰지 않았다. 직언을 불사하면서, 고종의 측근으로 살고자 하지 않았고, 아부하지 않았고, 개인적 권력과 재물욕도 없었다. 이완용으로서는 이런 그를 이해할 수 없었다. 도무지 무슨 생각을 하는지, 지석영은 폭을 잡을 수 없는 사람이었다. 지석영은 한편으로는 어리석게 보이기도 했다. 의학교를 지키기 위해 필요하다고 생각되면, 굴욕을 참아가면서 자신이 해야 할 역할에 충실한 삶을 살았다. 어쩌면 이완용은 정세 변화에 능한 자신의 변절이 합리적이라고 위안하면서도, 때로는 씁쓸하고 회의감이 들지는 않았을까.

이완용의 저격 사건이 터지자, 고종과 순종은 매일 시종을 보내 경과를 알아보게 했다. 이 사건으로 대한 제국의 관료와 일본인들이 보낸 위로금 액수만 해도 2만 원을 넘었다. 이완용의 막강한 권력은 순종 황제의 것보다 더 높았다.

일본에게 협력한 대가로 작위를 받은 '조선 귀족회'는 일본의 지배 정책을 지원하는 다양한 활동을 전개했다. 1911년 자작 조중응과 남작 조민희 등의 부인 30여 명이 조선 귀족 관광단의 명칭으로 일본을 시찰했다. 이들 친일 활동의 정점에는 이완용과 박영효가 있었다. 일제의 친일파 육성 정책은 유학생과 시찰단을 받아들이면서 장기적으로 계획된 것이었다. 이로써 일본에게 절대 충성을 다하는 자로써 관리를 삼았고 친일 단체를 만들었다. 친일적 민간인에게도 교육을 받게 하고 직업까지 마련해주면서 이들을 민정 경찰로 삼아 이용했다. 일본의 구상은 일본에게 절대 충성하는 자들을 중심으로 한국의 관료 체제를 더욱 강화시키는 방침을 세웠으나 실제로 한국인들을 임용하지는 않았다. 1911년 조선 총독부의 1천 명에 가까운 직원 중에 한국인은 겨우 44명이었고 이들은 고급 관리가 아닌 말단직이었다.

조선 총독부는 한국 병합 후의 시정 방침을 정했다. 『일본제국주의의 한국통치 / 김운태 저(著)』에서 글을 재인용하면, 1) 한국을 병합하더라도 한국에는 일본 제국 헌법을 시행치 않는다. 2) 일본과 차별하여 통치한다. 3) 일체 정무는 무관 총독이 독재한다. 4) 정치와 정치 기구는 될 수 있는 한 간단하게 한다. 5) 총독부의 회계는 특별 회계로 하고 그 경비는 한국의 세입(철도와 통신, 관세)으로 충당할 것을 원칙으로 한다. 6) 조선인을 하급 관리로서 다수 채용한다. 그 외 등등이다. 일제는 중앙과 행정 조직은 물론, 지방의 행정까지 일본식으로 정비했다. 또한 그들 관리 중에서도 친일파 가운데서 가장 충성스러운 친일파를 임용했다.

일제 통치하에서 관리가 된다는 것은 반민족적인 행위였다. 그 때문에 뜻있는 사람들은 총독 정치에 비협조적이었고 현재 직위에서도 물러나기를 청했다. 그러나 기회주의자들은 관리가 되기 위해 애를 썼다. 합방 초기 일제의 관리로 남아있는 자들은 구한말 대한 제국의 관리 출신이 대부분이었다. 대부분 일본 유학생 출신으로, 갑신정변과 갑오개혁 후에 일본으로 도피해 망명한 자들이었다. 이들은 '한일 신협약' 이후 관리로 참여했고 총독부에 빌붙어 출세를 향해 달렸던 친일파들이며 매국매족에 앞장선 자들이라는 비판을 지금까지 면할 수 없다.

3. 개화의 어둠 속에서

 1911년 지석영은 형 지운영과 경기도 안양의 삼성산(관악산)에 있는 사찰 삼막사에 백련암을 짓고 칩거했다. 지석영은 독실한 불교 신자였고, 그가 생활하던 공간에는 늘 불상이 있었다고 한다. 그의 불교적 사상은 더욱 내면화되어 세상 것에 초탈한 듯 살아갈 수 있었다. 이렇듯 한일 합방 후, 그가 세상을 버린 듯 산속 암자에서 살았던 시간은 그 어느 기록에도 보이지 않는다.
 1913년 11월 15일에 총독부가 의사 규칙과 의생 규칙을 공포했다. 이때, 지석영은 의생(1914년 1월 19일, 의생 면허 등록 번호 6호)으로 등록했다. 의학교 교장에서 의생으로, 백의종군하듯 의료 행위를 할 수 있는 면허증을 얻어낸 셈이었다. 일제는 의학자 지석영을 제대로 대우하지 않은 것이다. 그럼에도 불구하고 지석영은 다시 민간 진료를 하기 위해 뜻을 세웠다. 이때 지석영의 결심은 후학이 알 수 없다. 그가 처사로 살았던 시간, 수행과 은둔의 시간, 깊은 절망과 비탄에 빠져 지내지만은 않았을 거라는 추측을 할 뿐이다.
 백련암 생활을 청산한 이후, 지석영은 서울 계동에 '유유당(幼

幼堂)'을 설립했다. 유유당은 지석영이 세운 최초의 소아 질병 의료원으로 소아의 우두 시술을 전문으로 했다. 1885년 『종두신설』을 저술할 때, 지석영은 '유유당 거사'라는 아호(雅號)를 사용한 것으로 보아 그의 일관된 생을 보여준다. 특히 소아과, 즉 어린아이를 위한 전문 진료소는 개화기 지석영으로부터 처음 시작되었음을 알 수 있다.

총독부의 의생 면허 발부 이후, 지석영은 의생들의 단결을 위해 서둘러 '전선 의회(全鮮醫會)'를 조직했다. 이들 전선 의회(전 한의사 협회)와 전선 의생회(의사 협회)는 성질이 다른 단체였는데 회의 끝에 통일된 의생회를 만들게 되었다.

9월 11일 총독부가 한일 병합 5주년을 기념하기 위한 행사로 경성에 '조선 물산 공진회'를 개최했다. 조선 물산 공진회에서는 일본이 들여온 각종 근대 문물과 조선의 전국 산물로 농업·수산업·축산업·상업·물산·의학·금융 등에 관한 물품과 책이 전시되어 10월 30일까지 50여 일 동안 열렸다. 이때 창덕궁 비원 영하당 뜰에서 의생 700여 명이 모여 '전선 의회' 발기 총회를 개최하고, 11월 7일 지석영을 회장으로 임원진을 선출했다. 이를 지원하기 위해 왕실에서는 500원을 하사하고, 총독부도 300원을 기부했다. 회장 지석영은 이 자금으로 호관을 마련해 전선 의회 활동을 시작했다. 의생들이 뜻을 모아 단결해야만 의학을 보급할 수 있었고, 민생을 위해 진료를 시행할 수 있다는 의견들이었다. 그러기 위해서는 일제와 충돌을 일으키지 않아야 했다. 그러나 '전선 의회'는 4개월도 못가 분쟁 상태가 되었다. 1916년 4월 1일 총독부에서는 보안법 제1조에 의해 강제 해산을 시켰는데, 이는 사실 핑계였을 뿐이다. 조선인 의사들이 모인 지식인 단체를 허락하지 않겠다는 일제의 강력한 탄압 정책이었다. 총독부는 지석영·김성기·최동섭·경도학·장기학·윤용배·조병근·박인서 등을 종로 경찰서로 연행한 후, 의생들의 단체를 조직하지 않겠다는 서약서를 받고서야 이들을 석방했다.

한일 합방 후의 지석영은 일제에 순응해야만 한다고 생각했을 것이다. 일제 총독부의 힘을 빌려야만 했던 의학자는 자칫 나약한 어용 지식인처럼 보였다. 그러나 한일 합방 전에 그는 올곧은 유학자였으며 개화사상가였고 철저한 행정가로 살았으며, 의학자인 동시에 국문 연구자였다. 이 모두 같은 사람인 지석영의 정체성이다.

지석영의 생애를 통틀어 보면 전방위에 걸친 여러 애국 활동은 다양하면서도 광범위했으나 실제 알려진 바는 종두법을 보급한 근대 의학자·국문 연구자 정도일 뿐이다. 가장 안타까운 것은 매국에 가까운 친일파로 규정되어 역사의 기록 어느 한 칸 속에 갇혀 녹슬어버렸다는 사실이다. 지석영의 형 지운영은 김옥균 살해에 실패했으나 애국자로 당시 세간에 알려져 있었다. 이를 보더라도 한 인물의 평가는 시대에 따라 변하며 그것은 매우 편파적임을 알 수 있다. 어떤 잣대를 들이대는지에 따라 한 사람의 생애가 도마와 칼의 사이, 정중앙에 놓이게 된다. 격동의 시대를 살아가는 한 인물의 운명은 보통 사람들보다 선택을 강요당할 때가 수없이 많다. 그가 어떤 길을 택했는가에 따라 평가가 달라지는데 그 평가는 지나치게 엄중하다. 그 엄중한 평가로 인해 종두법에 대한 열정으로 가득했던 생, 지석영의 빛나는 생을 모조리 망각하게 했다.

지석영은 지운영과 백련암에서 살았던 동안에도, '김옥균을 마음의 스승으로 여기면서 살았다'라고 신문 기자의 인터뷰에서 밝혔다. 지석영의 정신을 형성한 사상가는 스승 강위였고, 개화파 김옥균은 그의 평생 멘토였다. 따라서 그의 일생은 근대화의 길 위에 있었다. 한 예로서 일본에서 배워온 종두법 의술은 수많은 사람의 생명을 구하고 싶은 자신만의 순수한 외길이었다.

지석영은 구한말의 왕실과 불화하지 않았고, 일제 총독부에 항거하지도, 순응하지도 않았을 뿐, 그저 묵묵히 자신의 소신껏 살았다. 한일 합방 이후, 모든 관직을 사임하고 은둔했던 3년여 동안 불교에 정진한 후, 의생 면허에 등록한 것을 봐도 알 수 있을 것이다. 그는 시기적으로 불안정하고 위태로운 상황에서도 의술 활동과 의생들의 교육으로 생을 마칠 때까지 헌신했다.

현재까지도 지석영은 일제에 충성했던 친일파로 알려져 있다. 그렇다면 살기 위해, 직업을 갖기 위해 일제의 정책에 순응한 자들을 모두 친일파라고 해야 할 것인가. 종두법으로 생명을 살리는 것이 전부라고 생각한 지석영에게 민중은 구제해야 할 대상이었고, 의술은 자신의 사명이었다. 그는 죽는 날까지도 친일과 반일을 구분하여 살지 않았다. 선진적 개화사상가로, 의학자와 국문 연구자로 민중을 위해 헌신하면서 일제 식민의 시대를 고집스레 버텨내었던 외로운 지식인이었다.

1917년 10월 조선 병원(서울시 공평동)을 설립한 원장 이응선은 지석영을 원장으로 추대했다. 서양 의학과 고문에는 전 일등 군의장 김익남을 기용했고, 동양 의학의 고문에는 전 조선 의생회 회장과 전 광제원 원장 등의 협조를 얻었으며, 산파와 간호원을 갖추어 한방과 양방을 병용하는 종합 병원을 개원했다. 종합 병원 설립 과정과 의사 임명, 간호원 임명까지 총독부의 허가가 있어야 가능한 일이었다. 일제 강점기 식민의 시대, 모든 의료 사업은 일제의 허가와 지원이 필수였다.

4. 조선의 독립과 근대화를 꿈꾸며

    1차 세계 대전이 끝난 후, 파리에서 강화 회의가 열리게 되었다. 상해의 신한청년단은 김규식을 파리 강화 회의(1919년 1월 18일)에 파견했다. 연합국 측의 27개국 대표와 5개의 민족주의자 대표단이 참석했는데 전쟁에 대한 책임과 영토 조정, 평화 유지를 위한 조치 등의 합의를 결정할 예정이었다. 그러나 미국 대통령 윌슨은 '민족 자결주의'[1]를 내세웠고, 다만 일본 제국 영토 내에는 적용되지 않고, 오직 오스트리아와 독일의 식민지에만 적용이 된다는 차별적 선언으로 대한 제국은 제외되고 말았다. 2월 8일 일본의 조선 유학생들이 이 결정에 항의해 독립 선언서를 발표했고 국내에서는 종교 지도자들이 학생 대표들과 함께 고종의 장례일에 만세 시위를 계획했다. 그러나 최남선을 비롯한 33인은 독립 선언식이 시위로 바뀔 것을 염려해 탑골공원이 아닌 태화관에서 모였다. 일제와 맞서 싸우지 않고, 강대

---

1 민족 자결주의: 각 민족은 정치적 운명을 스스로 결정할 권리가 있으며, 다른 민족의 간섭을 받을 수 없다는 주장.

국들의 양심과 인도주의를 요구해야 한다는 소극적인 발상이었다. 태화관은 이완용의 별장이었던 장소로 당시에 고급 요릿집이었다. 이들이 고급 요릿집에서 독립 선언서의 기념 잔치를 벌였을 때, 태극기를 들고 만세를 불렀던 민중들은 일제의 총격에 피를 흘리며 쓰러지고 있었다. 33인 이들이 과연 민족 대표의 자격이 있을까. 이들 중에서는 후일 변절해 친일파로 생을 마친 인사들이 적지 않다.

    1919년 3.1 운동이 일어나자 해외의 교민들 사이에서 독립 활동이 전개되기 시작했다. 국내에서는 학생 대표와 민중들, 노동자들과 상인들의 시위는 4월이 되자 전국으로 번졌다. 국민들은 3.1 운동을 통해 스스로가 민족 해방 운동의 주체라는 것을 깨달았다. 이들의 시위가 알려지자 만주·중국·연해주·미주 지역에서도 시위가 일어났다. 국내에서는 일제의 대대적인 학살로 4월 말에 시위가 멈추었다. 이 결과, 세계 언론이 3.1 운동을 주목하기 시작했고 일제는 무단통치에서 문화통치로 정책을 바꾸었다.

    33인 대부분이 태화관에서 순순히 일경에게 연행된 후, 3년 이내의 징역을 살고 풀려난 것과 달리, 3월 1일 만세 시위 참가자들은 7,500여 명이 죽었고, 구금된 자들은 15년 넘게 징역을 살았으며 그들의 가족까지 연행되어 고문을 당하는 등, 온갖 탄압 속에서 겨우 목숨을 부지했다.

1920년에 일본군은 간도 지역의 한국인들을 무차별 학살했다. 봉오동 전투와 청산리 대첩에서 대파한 보복이었다. 10월 9일에서 11월 5일까지 27일간 간도 일대에서 학살된 사람의 수는 확인된 수만 해도 3,469명에 이르지만, 확인되지 않는 숫자와 그 뒤에 3, 4개월에 걸쳐 학살된 사람은 수만 명에 이를 것으로 추정되고 있다.

1926년 2월 11일, 천수를 누린 이완용이 죽었다. 이재명의 첫 번째 저격에도 목숨을 건졌고, 강우규 의사가 던진 폭탄에서도 살아남은 지 7년 만의 일이었다. 2월 13일 성대한 장례식이 열렸는데, 이완용의 집에서 용산까지 천여 대의 인력거가 줄을 이을 정도였다. 메이지 천황은 일본 최고의 훈장인 국화대수장을 수여했다. 그러나 그의 죽음은 조선인에게는 매국노의 죽음이었고, 저주와 조롱거리일 뿐이었다.

6월 10일, 만세 운동이 일어났다. 황제 순종의 인산일에 약 30여만 명의 인파가 모인 가운데 5~600여 명의 학생들이 시위를 전개하였고, 이에 힘입어 지방 곳곳에서도 만세 운동이 지속적으로 일어났다. 6.10 만세 운동의 영향을 받아 1927년에 민족주의

자들과 사회주의자들은 '신간회'를 조직하였다. 신간회는 1928년 말까지 국내외에 총 148개 지부 3만 9천여 명의 회원들을 확보했다. 이처럼 국내외를 불문하고 독립을 위한 투쟁이 계속 일어나고 있었고, 일제의 억압에도 불구하고 독립 단체들의 저항도 더욱 강경해져 갔다.

1928년 11월 일제는 총독부 기관지 〈매일신보〉에 '조선의 제너-송촌 지석영' 기사를 연재했다. 은둔하다시피 살고 있는 노년의 지석영을 다시 소환한 것이다. 12월 6일 총독부는 '우두법 도입 50주년' 행사를 벌여 관·공·사회단체가 모인 자리에서 지석영에게 표창장을 수여했다. 지석영이 충남 덕산에서 처음 우두접종을 실시한 날(1878년 12월 6일)을 기념하면서 '조선의 문명은 일본으로 인한 근대화사업'이라는 것을 대대적으로 선전했다. 20년 전인 1907년 의학교 교장인 지석영을 학감으로 끌어내리고, 결국 쫓아냈던 총독부가 지석영을 다시 불러낸 이유는 무엇일까. 의생 신분 지석영에게서 무엇을 얻고 싶었을까. 우두법 도입으로 일본의 식민 통치가 근대화 과정이라는 것을 선전할 요소를 찾아냈기 때문이었다. 지석영이 일본에 가서 우두법을 배워와 수많은 인명을 구한 업적은 총독부에게도 놓칠 수 없는 조선 근대화의 정당성이었다. 이로써 조선 정부의 무능을 일본이 일깨웠다는 취지였다. 강제 합병의 불가피함, 침략의 정당성, 바로 이것이 지석영을 부각시키면서 얻어내려고 했던 일제의 선전이었다. 몰락한 조선과 근대화된 일본을 극적으로 비교한 것이다. 이 표창이 지석영(73세)에게 어떤 생각을 주었을까. 식민지 국민으로서 망국의 슬픔을 감추고 있었을까. 그의 심중을 도무지 알 길이 없다. 추측해 보건대, 식민지 체제하에서 지석영은 마음 둘 곳 없는 경계인이 되어버리지는 않았을까. 경계인도 될 수 없었던, 알려진 친일파로 외롭고 고독한 마음을 숨기고 살지 않았을까. 그 누구라도 그 시대, 그 상황에서 어떤 길을 택했을지는 장담컨대, 알 수 없다.

국내외적으로 독립운동의 열기는 가라앉지 않았고 독립운동 단체들은 해외에서 맹활약을 떨치고 있었다. 중국에서는 장개석의 쿠데타(1927년)가 일어나 남경에 국민 정부를 수립했다. 이로써 1928년에 조선 공산당 조직이 해체당했다. 1929년에는 원산에서 총파업이 일어났다. 원산 총파업에는 원산 헌병대가 총동원되어 일제의 자본과 권력을 위해 원산 노동자들을 압살하려는 대응을 했다. 이에 굴하지 않고 80일 동안 이어진 원산총파업에 힘입은 전국의 노동자들이 파업을 선언하면서 일제의 통치에 저항했다.

4. 조선의 독립과 근대화를 꿈꾸며 … 293

1929년 11월, 광주 학생 항일 운동이 일어나자 신간회는 이를 전국적인 민중 운동으로 확대시키기 위해 12월에 민중 대회 개최를 준비하다가, 일제의 탄압으로 지도부 44명이 긴급 체포되면서 내분이 일어났고, 1931년에 해산되었다.

1931년 1월 25일, 지석영의 인생을 회고한 기자 회견이 열렸다. 그는 우두를 시술했을 때의 에피소드와 자신이 걸어온 의학자의 길을 말했으며, 개화 혁명가 김옥균의 훌륭한 인품을 평생 숭앙하고 살았다고 했다. 일제가 지석영을 다시 소환하여 인터뷰한 이 시기는 일본이 대동아 공영권을 통한 아시아 지배를 개화파 '김옥균의 삼화주의'[2]에서 찾아내려고 했던 때였다. 김옥균의 '삼화주의'와 개혁 사상은 결과론적으로는 안중근 의사의 '동양 평화론'[3]과 그 궤를 같이하고 있다. 일본의 근대 사상가 후쿠자와 유키치의 '탈아론'[4]은 이토 히로부미에게 영향을 미쳤고, 김옥

---

2 김옥균의 삼화주의(三和主義): 조선·일본·중국의 삼국이 손잡고 화목과 발전을 도모하면 아시아에 평화가 자리 잡고 번영을 누릴 수 있다는 주장.
3 동양 평화론: 안중근이 1910년 3월 옥중에서 쓴 동양 평화 실현을 위한 미완성의 논책.
4 후쿠자와 유키치의 탈아론((脫亞論): 일본은 아시아를 벗어나 서구 열강을 본받자는 것으로 제국주의적 경제 침탈을 목적으로 한, 한국 침략을 정당화한 것이다.

균의 '삼화주의'는 안중근의 '동양 평화론'에 영향을 주었다고 할 수 있다. 그러나 일제는 갑신개혁을 주도한 김옥균을 통해, 조선의 지배는 정당하다는 논리를 끌어내야 했다.

    김옥균과 같은 개화파로서 종두법을 보급했던 지석영이, 당시 신문 기사로는 좋은 소재였을 것이다. 김옥균이 실패한 갑신정변은 친일이 아닌 개혁의 길을 걷고자 했던 혁명가에게, 일본의 조선 침탈의 극적인 기회를 만들어 준 사건이었다. 일본은 김옥균을 이용하기에 급급했다. 일본은 혁명어 실패한 김옥균 때문에 조선 정부와 불편해지는 것을 피하려고, 태평양의 절해고도 오가사와라 섬으로 유배를 보냈다. 2년 후에는 북쪽의 홋카이도로 보내어 귀찮은 듯 그의 존재를 완벽히 묵살해 버렸다. 김옥균은 추위와 고통에 지쳐 몸에 병을 얻게 되었고 일본에게 실망한 나머지 마지막 카드로 청나라의 도움을 받으려고 상해로 떠났고, 그곳에서 자객 홍종우에게 살해되었다. 일본은 그들에게 필요했을 때는 적절하게 이용하고, 필요가 없어지면 단숨에 등을 돌렸다. 비열한 토사구팽이었다. 일제 총독부의 비겁한 양면성을 지석영이 몰랐던 것인가. 일제는 김옥균을 이용했을 뿐이다. 종두법을 전파한 지석영을 철저히 이용했던 것처럼, 다시 김옥균을 부각시키면서 조선의 지배를 논리적으로 정당화하고 있는 것에 불과했다.

지석영은 자신의 맡은 바 일을 해내면서 우직하기 짝이 없는 외길을 걸었다. 일제의 지배가 영원히 끝나지 않을 것이라는 절망이 그를 옴짝달싹하지 못하게 했을 것이다. 그가 이완용처럼 적극적으로 매국에 가담한 적이 있었던가. 청빈을 살던 지석영에게 지금도 친일파라는 무거운 돌덩이를 던질 수 있을 것인가. 식민지 체제에서 이탈할 수 없었던 그의 일생은 마치 조롱에 든 새와 같았다. 1932년에 이봉창 의사가 도쿄에서 일본 천황에게 폭탄을 던졌고, 윤봉길 의사가 상해 사변의 승리를 축하하던 훙커우 공원(현 루쉰 공원)에서 폭탄을 던졌다. 이처럼 치열하게 전개되는 독립운동을 접한 노년의 지석영은 어떤 생각을 했을까.

1935년 2월 1일, 유유당 할아버지 지석영은 80세로 일생을 마쳤다.

『지석영 평전』 해설

　송촌 지석영은 한의사 집안에서 태어나 생을 마치는 날까지도 의술을 놓지 않았던 의학자였다. 개항 이후, 전국으로 번지고 있던 천연두에 대한 두려움이 그의 일생을 결정했다고 할 수 있겠다. 아버지 지익룡의 친구이면서 스승인 박영선과 개화사상가 강위를 통해 각종 의학서와 서양 문물을 접했고, 영국 의사 '제너의 우두법'에 대해 알 수 있었다. 당시 조선에는 천연두 예방법으로 '인두법'이 있었다. 천연두에 걸리면 강제 격리되어 죽을 날만 기다리던 조선 후기, 인두법을 개발한 선구자들은 청나라에 다녀온 실학자 박제가와 다산 정약용이었고 인두법을 시행한 포천의 의사 이종인이 있다. 그러나 이들은 정치적 이유로 유배를 떠났고, 이후 '인두법'은 그들의 저서와 함께 세상 속으로 묻히고 말았다. 이로써 구한말에 지석영이 '우두법'을 보급하면서 수많은 백성들을 구해내기 전까지 조선에서의 천연두는 가장 무서운 전염병이었다.

　개항 이후, 스승 박영선이 제1차 수신사 김기수의 수행원으로 참여하게 되자 지석영은 종두법에 대해 깊은 관심을 보이면서 일본에서 시행하는 종두법을 배워올 것을 부탁했다. 박영선이 『종두귀감』을 구해왔으나 무용지물이었다. 책 속의 종두법으로는 천연두를 예방할 수는 없었다. 고민 끝에 지석영은 부산에 거류하는 일본인 의사를 찾아가 '우두법'을 2개월간 배우고 두묘 40여 개를 얻어낸 다음, 처가인 충주 덕산에서 2살짜리 처남에게 조선 최초로 우두를 접종했다. 이후 지석영은 우두를 직접 채취하고 우두 접종을 연구·보급하였다.

그러나 혼란한 정치적 상황은 지석영을 그대로 두지 않았다. 그는 두 차례의 유배를 겪으면서도 근대 의학과 국문학 연구에 깊이 몰두했다. 을사늑약 전후, 망국의 위기에서도 지석영은 근대 의학교를 설립했다.

일제의 강압으로 의학교 교장에서 물러나고 국문 연구소 활동을 접은 지석영은 한일 합방 이후, 은둔자처럼 살았다. 매국 행위로 작위를 받은 친일파들과는 전혀 다른 길을 걸었던 그는 묵묵히 의술의 길을 걸었다. 한일 합방에 항의한 민족지도자들의 잇따른 자결과 망명, 그리고 항일 독립투사들의 행로와는 전혀 다른 길이었다. 지석영, 그는 평생 자신이 가야 할 길을 우직하게 걸으며 자신이 가진 모든 능력을 마지막까지 의술에 바쳤다. 구한말 망국의 시대, 관료로서의 지석영, 그의 친일에 변명의 여지를 둘 수는 없을 것이다.

이상은 본문에 서술한 지석영의 일생을 요약한 것이다. 한 사람의 일생을 단 몇 줄의 미천한 문장으로 어찌 다 말할 수 있을 것인가.

지석영은 근대 의학과 종두법으로 이미 알려졌지만, 구한말의 관료로 정치 인생을 살았다. 개화파로서 일생을 일본과의 관계에서 벗어날 수 없었던 이유였다. 그가 활동했던 시기는 세계열강의 각축이 시작되고 제국주의의 침탈이 지속되었던 시기였다. 이 땅에 청일 전쟁과 러일 전쟁이 일어났고, 결국 나라를 빼앗기게 된 혼란기였다. 그가 살았던 삶이 바로 우리 대한민국의 과거 역사였다. 그의 일생이 바로 근대의 정치사였고, 근대 의학이 탄생하던 시기였다.

처음 '지석영 평전'을 써야 한다는 것에 답답함을 많이 느꼈다. 생애 관련 자료를 구하지 못해, 평전을 쓴다는 일은 막막했다. 사실적 자료 없이 어떻게 선생의 일생을 논할 수 있을 것인가. 충분하지 못한 자료를 곁에 두고 글을 시작해 나가면서 우리나라 개항기가 바로 지석영의 생애와 맞물린다는 사실에 놀랍고도 흥분이 되었다. 친일과 반일 그 사이에서, 고뇌 끝에 자신의 소신을 지키면서 살아가기란 얼마나 어려운 일인지 알 수 있었다. 그런 이유로 이 평전의 시작은 우리나라의 개항부터 정확한 일지와 함께 개화로 인한 여러 변화, 그리고 정치적 구도를 함께 그려나가지 않을 수 없었다.

  자료를 구하는 과정에서 참으로 난감했던 것은 현재 지석영에 관한 자료는 거의 찾아볼 수 없다는 것이었다. 지석영 전집이 출판된 적이 있었으나 절판되었고, 도서관에서도 찾을 수 없었다. 중고 서점과 도서관을 뒤져도 그의 생애를 다룬 책은 보이지 않았다. 머릿속에 강하게 남아 있었던 것은 교과서에서 접했던 한 장의 사진, 검은 두루마기를 입고 찍은 승려와 같이 근엄한 모습의 사진이었다. 이를 실마리로 해서 무엇을 쓸 것인가. 근대사를 좀 더 깊이 공부하면서, 같은 시기에 활동했던 개화파들의 자료를 읽어나가다 접했던 이름, 지석영이 간혹 등장하면 그것을 실마리로 해서 관련 자료를 찾아냈다. 그제야 지석영과 가장 대척점에서 있던 사람은 이완용이라는 것을 알았다. '이완용 평전'에는 지석영에 관한 사건이 딱 한 차례 등장했다. 다른 자료를 찾아보면서, 지석영의 이름이 나오면 희열을 느꼈다. 김옥균 암살을 시도했으나 실패했던 자객 지운영이 지석영의 형이라는 것도 흥미로웠다. 개화기를 다룬 역사서와 위키백과의 자료는 그저 자료일 뿐이었는데, 우연히 '대한 의사 학회'에서 펴낸 전기『송촌 지석영』을 발견한 것은 기적에 가까웠다. 그제야 비로소 안심하고 우리나라의 근대사의 한 중심에서 활동했던 그의 목소리를 듣게 되었다. 500매도 쓰지 못할 것 같았던 이야기는 점점 살이 올랐고 피가 돌기 시작했다. 지석영과 고종의 관계에도 더욱 관심을 기울였다. 그의 상소문을 보면서 왕비 민씨의 객관적 평가도 가능해졌으며 고종의 역사 인식이 곧 대한 제국의 정치체제였다는 것을 알았다.

  모든 면에서 일본의 메이지 천황과 비교당할 수밖에 없었던 고종, 을미사변의 참담한 일을 겪고 아관 파천을 감행했을 때의 고종, 러일 전쟁에서 중립 선언을 했으나 무시당했고, 미국으로부터도 외면당했던 망국의 지도자 고종을 더욱 깊이 들여다보면서 지석영의 관계를 정립해 보았다. 지석영이 우직하게 살면서 소신을 버리지 않고, 왜 친일파 수장들과 타협하지 않았는지를 깨달았다. 근대사를 읽으면서 당시 인물들의 생애도 고찰해 보았고 인물 자료를 좀 더 세심하고 정확하게 참고하고 분석할 수 있었다. 개화파 김옥균의 개혁 실패의 원인을 안타깝게 들여다보았고, 인간적인 고통과 슬픔을 엿볼 수 있었다. 동학 혁명이 왜 실패했으며, 외세에 의지했던 고종의 사대주의가 어떤 결과를 가져왔는지 안타까웠다. 을미사변과 을미의병들, 대한 제국의 멸망을 앞두고 봉기했던 의병들과 한일 합방 후의 독립운동가들, 만민 공동회와 더불어 여론을 이끈 독립 협회 회원들, 구한말 지식인들의 현실 타협 등을 써나가면서, 지석영은 어떤 시대적 소명에 가치를 두었는지 궁금했다.

일제 강점기를 살아가야 하는 현실 속에서 지석영은 나약한 인간에 불과했다. 스스로 결정할 수도, 선택할 수도 없는 체제 속에서 의학교 교장으로서의 소명을 놓지 않으려 애썼고, 학감으로 전락할 때도 자신이 해야 할 일 의생 교육을 위해 살았던 모습을 발견했다. 한일 합방 전의 위급하고 혼란한 시기에도 상소문을 올려 국문 연구에 대한 필요성을 강조했다. 종두법 보급으로 가려진 그의 국문 연구가로서의 삶은 위대한 것이었다. 국한문 혼용과 국문 연구의 결과물인 저서들에 대한 자료를 찾아낸 것은 참으로 다행하면서도 소중했다. 논객으로서 「양매창론」을 쓰면서 이 땅에 매독이 만연하게 될 것을 괴로워하는 마음도 읽어낼 수 있었다. 지석영의 관료적 삶을 볼 때, 동학 농민군 토벌대의 선봉이 된 것은, 당시 입헌 군주제의 주어진 현실이었다. 그는 왕실의 신하였고, 왕의 명령에 복종하는 도구적 인간일 수밖에 없었다.

지석영의 생애에서 가장 치명적인 아킬레스건은 이토 히로부미의 추도식 사건이다. 일본에 극우적인 친일파로서의 지석영. 여전히 '친일파'라는 오명을 지우지 못한 채이다. 이완용은 당시 고종보다 더 실세였고, 유길준은 그와 절친이면서 동지였다. 그들은 지석영의 삶에 가장 큰 영향력을 끼치던 정치적 존재들이었다. 그들과의 인연으로 지석영은 이럴 수도, 저럴 수도 없었을 것이다. 그는 인간적이며 지극히 보편적인 한 개인이었다. 일본이 지석영을 이용할 때는 항상 종두법을 앞세우면서 극적으로 선전을 하지 않았던가. 그것이 현실이었다. 지석영은 독립운동을 하지 않았고, 할 수도 없었다. 그것이 그의 삶이었다. 안중근도, 안창호도, 김옥균도 아닌 지석영의 삶. 근대적 인간으로서 자신의 역할에 충실한 주어진 삶을 살았다. 그것이 그 시대, 그의 소명이며 가치관이었다. 마지막까지 간과할 수 없었던 한 가지는 어린이에 대한 사랑이었다. 유유당 할아버지로 살면서 80세로 타계할 때까지 소아과 진료를 계속했다는 것이 이를 말해준다. 지석영이 종두법을 배우고자 했던 동기는 대책 없이 죽어가는 어린이를 살리기 위한 것이었고, 유배지에서 돌아와 가장 먼저 한 일도 어린이를 위해 세운 진료소 '우두보영당'이었다.

근대를 살다 간 과학자 지석영의 삶을 조망하고 깊이 공감하면서 얻어낸 것은, 지금 우리는 어떤 삶의 태도를 갖고 있는가, 이다. 지금 이 시대 역시 구한말과 별반 다르지 않다. 호시탐탐 전쟁을 불사하려는 북한, 일본 정부의 반성 없는 태도와 독도 문제에도 끝없이 영토를 고집하는 야욕, 중국의 역사 침탈과 경제적 압력, 또한 미국과의 관계들은 근대기와 다름이 없다. 시대는 흘러갔어도 권력가·재벌가를 비롯한 지도층의 부패는 계속되고 있어 민생은 불안하다. 또한 중국에서 시작된 코로나19로 인한 돌연변이와 각종 감염병 추세는 장담할 수 없이 인류를 위협할 것이다.

바이러스 감염이 지속되는 시대에서 각자 자신의 위치에서 어떤 삶을 살아야 하는지에 대한 사유는 계속되어야 한다. 우리는 안중근이 될 것인가, 이완용이 될 것인가. 현재 가장 중요한 것은 역사 속, 부조리한 사회의 현실에 분노할 줄 아는 인간으로서의 태도이다. 보통의 평범한 인간으로서의 자유와 권리를 보장하는 민주국가에서 끝없이 행해지는 관료층의 부패 소식을 접할 때마다 생각해야 한다. 어떻게 살 것인가. 지석영의 생애는 그렇게 볼 때, 굴욕을 견디면서라도 살아내야 했던 땅에서, 자신의 역할을 잊지 않고 수행한 것이라고 보고 싶다. 지석영 평전을 쓰는 일은 그가 살다 간 과거를 통해 현재의 국내 상황과 세계정세를 충분히 인식하고 미래를 대비해야 한다는 생각을 갖게 해주었다.

필자는 역사적 사실과 인물·사건을 서술해 가면서 균형감을 놓치지 않는 것을 중요시했다. 이 작업을 통해 필자의 관점과는 다른 또 다른 평전이 나올 수 있으리라 생각한다. 변화하는 시대를 살아가는 한 인물의 평가는 그 시대에 따라 달라지고 거듭해서 새롭게 연구되어야 하며, 우리에게 '역사와 나'에 관한 숙제를 안겨주기 때문이다.

지석영 연보

1855년(0세, 철종 6년) 5월 15일: 서울 중서훈동(원동) 12통 9에서 지익룡의 넷째 아들로 태어나다.

1876년(21세, 고종 13년) 5월 29일: 제1차 수신사 김기수의 일행으로 일본에 다녀온 스승 박영선이 『종두귀감』을 전하다.

1879년(24세, 고종 16년) 10월: 부산 제생 의원의 마쓰마에를 찾아가 종두술을 배우고 두묘를 얻어 돌아오다.

12월 6일: 충주군 덕산면 처가에서 2살 된 처남에게 우두를 최초로 접종하고, 덕산면 아이들 40여 명에게 우두 백신을 접종하여 천연두 예방에 성공하다.

1880년(25세, 고종 17년) 2월: 한성(서울)에 종두소를 설치하다.

5월: 제2차 수신사 김홍집의 수행원이 되어 일본으로 가다.

	7월 6일: 일본내무성 위생국 우두 종계소에서 우두법과 두묘 제조 기술을 배우다.
1882년(27세, 고종 19년)	7월 23일: 임오군란이 일어나 종두소가 불에 타버리다.
	10월: 전라도 어사 박영교가 「권종우두문」을 써서 공포하고, 지석영을 초대해 전주에 우두국을 세우다. 충청도 어사 이용호의 요청으로 공주에 우두국을 세우다.
1883년(28세, 고종 20년)	2월 22일: 문과에 9등으로 합격하다. 승정원의 임시직 가주서(假注書)가 되다.
	12월 30일: 성균관 전적(典籍)과 사헌부 지평으로 임명을 받다.
1885년(30세, 고종 22년)	5월: 첫 저서 『우두신설』에 김홍집·이도재가 서문을 쓰다.
1886년(31세, 고종 23년)	10월 11일: 성균관 전적으로 임명 받다.
1887년(32세, 고종 24년)	3월 25일: 사헌부 장령으로 임명 받다.
	3월 30일: 상소문을 올리다.

	4월 15일: 체포되어 고문 당하다.
	4월 30일: 전라도 강진현 신지도에 유배되다.
1888년(33세, 고종 25년)	12월: 『중맥설』 저술.
1891년(36세, 고종 28년)	1월 15일: 『신학신설』 저술.
1892년(37세, 고종 29년)	1월 18일: 유배에서 풀려나다.
1893년(38세, 고종 30년)	4월: 교동에 우두보영당 설립하여 무료 진료를 시작하다.
1894년(39세, 고종 31년)	4월 1일: 갑오경장, 김홍집 내각 출발하다.
	6월 25일: 형조 참의가 되다.
	7월 4일: 상소문을 올리다.
	7월 15일: 승정원 동부승지가 되다.
	7월 17일: 우부승지가 되다.
	7월 25일: 한성소윤이 되다.
	8월 5일: 한성부윤이 되다.
	8월 19일: 대구 판관으로 발령받다.
	9월 25일: 영남 토포사로 임명되어 동학군을 토벌하러 가다.
	10월~11월 15일: 동학군을 토벌하고

	토포 효유문(曉諭文)을 쓰다.
	11월 14일: 진주 목사로 임명되다.
	11월 17일: 대구 판관 유임되다.
1895년(40세, 고종 32년)	2월 15일: 동학군 토벌한 후에 영남 토포사, 해임되다.
	4월 29일: 동래부사로 임명되다.
	5월 10일: 동래에 도착하다.
	5월 29일: 동래부 관찰사로 임명받다. (봉임 2등)
	10월 7일: 종두규칙 공포되다.
	11월 7일: 종두의양성소 규정을 공포하다.
1896년(41세, 건양 원년)	1월 18일: 부산항 재판소 판사를 겸임하다.
	1월 20일: 건양 원년에 세입 세출 총예산 설명을 발표하다.
	2월 11일: 대구 판관
	2월 12일: 김홍집 총리 참살 당하다.
	4월 7일: 독립신문 창간하다.
	8월 6일: 지방판관 동래부 폐지되다.

	11월 30일: 독립 협회 회보에 「국문론」을 발표하다.
1897년(42세, 광무 원년)	10월 13일: 중추원 이등 의관에 임명되다.
1898년(43세, 광무 2년)	3월 26일: 중추원에서 면직되다.
	3월 28일: 황해도 풍천군 초도로 10년 유배형을 받다.
	6월 29일: 혐의가 없어 유배에서 풀려나다.
	6월 29일: 독립 협회 회원(목원근·소억준·홍정후)과 의학교 설립을 위한 편지를 학부에 올리다.
	7월 25일: 학부에서 '후일을 기다리라'는 답신을 받다.
	11월 7일: 지석영은 학부대신에게 편지를 보내 의학교 설립을 건의하다.
1899년(44세, 광무 3년)	1월 16일: 정부에서 의학교 설립을 결정하다.
	3월 23일: 의학교 관제(직령 제7호)를 내리다.

3월 28일: 의학교 교장으로 임명되다.

3월 29일: 교관 경대협과 남순희를 임명하고, 서기 유홍을 임명하다.

5월 9일: 일본인 교사를 초빙하다.

7월 5일: 의학교 교칙을 마련하다.

7월 13일: 의학교 학생을 모집하다.

8월 16일: 의학교 입학시험을 처음으로 치르게 하다.

9월 29일: 의학교 교재가 일본으로부터 면세로 통관되다.

10월 2일: 의학교 개교와 동시에 입학식을 거행하다.

10월 25일: 의학교 교재 번역을 위해 일본 학자 초빙하다.

1900년(45세, 광무 4년) 1월 12일: 교관 심영섭을 발령하다.

4월 2일: 교관 김익남을 발령하여 봉임 1등으로 초대하다.

4월 17일: 교관 홍종덕을 발령하다.

4월 25일: 교관 윤태응 등을 임명하다.

5월 22일: 의생들이 수업을 거부, 반대

	한 일본인 교사를 해직하다.
	6월 11일: 교사 일본인을 초빙하다.
1902년(47세, 광무 6년)	8월 28일: 교관 최규익을 임명하다.
	11월 17일: 「양매창론」을 〈황성신문〉·〈제국신문〉에 싣다.
	12월 20일: 훈장 오등 팔괘장을 받다.
1903년(48세, 광무 7년)	3월 24일: 〈황성신문〉에 「권종우두설」을 싣다.
1904년(49세, 광무 8년)	10월 10일: 교관 유세환을 임명하다.
1905년(50세, 광무 9년)	3월 17일: 양매창을 예방해야 한다는 내용으로 상소문을 올리다.
	7월 8일: 국문을 개정할 것을 상소하다.
	7월 25일: 정부에서 지석영의 「신정국문」을 공포하다.
	11월 2일: 일본 동인회 고문으로부터 청보성위장 깃발을 받다.
1906년(51세, 광무 10년)	8월: 적십자 병원이 신축되어 기공식에 참석하다.
1907년(52세, 광무 11년)	3월 10일: 의학교는 총독부로 넘어가 지

	석영은 교장직에서 해임되다.
	의학교 명칭은 '대한 의원'으로 변경되고, 관제(칙령 제9호)로 공포하다.
1907년(53세, 융희 원년)	11월: 의학교와 광제원, 적십자 병원이 자리를 옮기다.
	12월 27일: 총독부가 '대한 의원'의 관제를 개정하다.(칙령 제73호)
1908년(54세, 융희 2년)	1월 1일: '대한 의원'의 학생감으로 임명되다.
	국문 연구소 위원이 되다.
1909년(55세, 융희 3년)	2월 4일: '대한 의원'의 관제가 개정되다.(칙령 제10호)
	저서 『자전석요』를 출간하다.
	12월 2일: 이토 히로부미의 장례식에서 추도문을 낭독하다.
1910년(56세, 융희 4년)	6월 23일: 훈장 4등, 팔괘장을 받다.
	9월 20일: 강제 합방이 되자, 모든 관직에서 물러나다.
1912년(57세, 일제 강점기)	저서 『석자여의보록』을 출간하다.
1914년(59세)	1월 19일: 의생으로 면허(제6호)를 등

	록하고 계동 106호에서 소아과 '유유당'을 개설하고 진료를 시작하다.
1915년(60세)	2월: 전국 조선 의생회(현 한의사 협회의 전신) 회장에 선출되다.
1916년(61세)	조선 의생회는 총독부에 의해 해체되다.
1917년(62세)	10월: 이응선이 설립한 '조선 병원' 원장에 취임하다.
1928년(73세)	11월: 총독부 기관지 〈매일신보〉에 지석영에 관한 기사가 연재되다.
	12월 6일: 조선 종두 50주년 기념식에서 표창장을 받다.
1935년(80세)	2월 1일: 별세하다.

『지석영 평전』을 전후한 한국사 연표

1855년(철종 6년)   지석영 탄생.
1866년(고종 3년)   병인양요 발발.
1871년(고종 8년)   신미양요 발발.
1875년(고종 12년) 운요호, 강화도 침범.
1876년(고종 13년) 강화도 조약 체결.
1880년(고종 17년) 제2차 수신사 김홍집 파견.
1881년(고종 18년) 일본에 신사 유람단, 청에 영선사 파견.
1882년(고종 19년) 임오군란 발발.
1884년(고종 21년) 우정국 설치, 갑신정변 일어남.
1885년(고종 22년) 한성 조약과 톈진 조약 체결.
1886년(고종 23년) 영국, 불법으로 거문도 점령.
1893년(고종 30년) 동학교도, 보은·금구 집회.
1894년(고종 31년) 동학 농민 운동 일어남. 청일 전쟁 발발.
1895년(건양 원년) 을미사변·을미개혁·을미의병이 일어남.
1896년(건양 2년)   아관 파천 일어남.
1897년(광무 원년) 국호 대한 제국 선포.

1898년(광무 2년)	독립 협회, 만민 공동회 개최. 독립 협회 해산.
1899년(광무 3년)	대한 제국 국제 반포.
1901년(광무 5년)	이재수의 난 일어남.
1904년(광무 8년)	러일 전쟁 발발, 한일 의정서 맺음.
1905년(광무 10년)	을사늑약 체결. 을사의병 봉기.
1906년(광무 11년)	일본이 한국 통감부 설치.
1907년(융희 원년)	국채 보상 운동 전개, 고종 퇴위.
1908년(융희 2년)	일제, 동양 척식 회사 설립.
1909년(융희 3년)	안중근, 이토 히로부미 사살.
1910년(융희 4년)	경술국치(한일 합방)로 식민국이 됨.
1911년(일제 강점기)	105인 사건으로 신민회 해체.
1912년	임병찬, 대한 독립 의금부 창설.
1913년	흥사단 창설, 대한 광복단 결성.
1914년	박용만, 하와이에서 국민 군단 창설.
1915년	대구에서 대한 광복희 조직.
1919년	고종황제 서거, 3.1 운동 발발.
	강우규, 일제 총독에게 폭탄 투하.
	상해에 대한민국 임시 정부 수립.
1920년	청산리 대첩.
1926년	6.10 만세 운동 일어남.

1928년	원산 총파업 일어남.
1929년	광주 학생 항일 운동 일어남.
1930년	여공 강주룡, 고공 농성 단식 투쟁 끝에 요절.
1932년	이봉창·윤봉길 의거.
1933년	한글 맞춤법 통일안 발표.
1935년	지석영 별세.

참고 문헌

기창덕・허정・이관일・이충구 지음, 『송촌(松村) 지석영(池錫永)』, 대한의사학회, 1994

신명호 지음, 『고종과 메이지의 시대』, 역사의 아침, 2014

정진석・권영민・이헌창・김가승・박가주・전봉관・지해범 지음, 『제국의 황혼』, 21세기북스, 2011

김윤희 지음, 『이완용 평전』, 한겨레 출판, 2011

김상웅 지음, 『주시경 평전』, 꽃자리, 2021

김삼웅 지음, 『친일정치 100년사』, 동풍, 1995

정과리・이일학 외 지음, 『감염병과 인문학』, 강, 2014

사이토 타이켄 지음, 『내 마음의 안중근』, 집사재, 2002

박태균 지음, 『박태균의 이슈 한국사』, 창비, 2015

신동원 지음, 『호열자, 한국을 습격하다』, 역사비평사, 2004